Eden en enfer

Du même auteur
aux Éditions J'ai lu

CHASSEUSES D'ALIENS
1 – Fatal rendez-vous
N° 8353

GENA
SHOWALTER

CHASSEUSES D'ALIENS – 2
Eden en enfer

Traduit de l'anglais (États-Unis)
par Nellie d'Arvor

POUR elle

Vous souhaitez être informé en avant-première
de nos programmes, nos coups de cœur ou encore
de l'actualité de notre site *J'ai lu pour elle* ?

Abonnez-vous à notre *Newsletter* en vous connectant
sur **www.jailu.com**

Retrouvez-nous également sur Facebook pour avoir
des informations exclusives.

Titre original
ENSLAVE ME SWEETLY

Éditeur original
Pocket Books

© Gena Swol, 2006

Pour la traduction française
© Éditions J'ai lu, 2007

À Jill Monroe, qui a dit :
« Si tu dois l'appeler Eden, autant faire en sorte
qu'elle ait un parfum de paradis. »

À Sheila Fields, qui a dit :
« C'est une tueuse. Et alors ?
On a le droit d'aimer le travail bien fait. »

À P. C. Cast, qui a dit :
« Quelqu'un devrait bien un jour écrire une histoire
où l'on trouverait un homme doté d'un double pénis… »

On me demande souvent où je trouve mes idées. Eh
bien… Je dois remercier les charmantes jeunes femmes
ci-dessus mentionnées. Sans elles, ce livre aurait eu
pour héroïne une tueuse dépressive, dont le parfum
aurait été quelconque, et qui n'aurait croisé dans ces
pages que des hommes dotés de pénis normaux.

1

Dans les hauteurs d'un entrepôt de la West Cattle Cie, tapie dans la poussière, les ténèbres et les odeurs de foin séché, je ronge mon frein en attendant mon heure. Dans mon poing, une pyro-arme A7, le canon braqué vers la scène qui se déroule en contrebas.

De part et d'autre de la grande salle, deux rampes murales halogènes m'accordent un avantage stratégique en me permettant de voir sans être vue. Pour être honnête, je dois dire que je n'aime pas le spectacle qui s'offre à mes yeux.

À l'instant même, un groupe d'aliens s'amuse à humilier deux femmes nues et gémissantes ligotées au mur du fond. Ceux qui ne participent pas à l'action regardent en ricanant et attendent leur tour. Les voir faire preuve de tant d'imagination dans l'abject me révulse et fait grimper d'un cran mon besoin de passer à l'action. Mon doigt se crispe sur la détente. Ces salauds ont l'air de passer un si bon moment que je m'en promets un meilleur encore lorsque viendra le moment de les flinguer.

Si je suis là, c'est parce que le gouvernement me paie pour débarrasser la société de citoyens d'outre-monde si malfaisants et dépourvus de scrupules que même un avocat de leur cause refuserait de les défendre. Mais je ne suis pas un agent de l'A.I.R. [1] – je suis pire encore.

---

1. Alien Investigation and Removal. Recherche et Neutralisation des Aliens. *Cf.* tome précédent, *Fatal rendez-vous*, J'ai lu n° 8353. *(N.d.T.)*

Un peu de patience, Eden... me dis-je pour refréner mon ardeur vengeresse. Objectif prioritaire : rassembler autant d'informations que possible. Ensuite seulement, honorer mon contrat. EenLi, la cible que je dois abattre, enlève avec ses comparses des êtres humains qui finissent réduits en esclavage sur d'autres planètes. J'ai besoin d'apprendre où ces salauds « stockent leur marchandise ». Si je pouvais aussi découvrir de quelle manière s'effectue le transit d'une planète à l'autre, mon triomphe serait complet.

Bien sûr, je me doute qu'ils doivent utiliser pour ce faire les portails interdimensionnels qui ont permis aux aliens de débarquer sur Terre. Malheureusement, ce que nul n'a jamais réussi à découvrir, c'est leur fonctionnement et surtout leur localisation.

Pourtant, je devrais être mieux placée que quiconque pour savoir où ils se trouvent. Ne suis-je pas moi-même une Raka ? On nous appelle également les « dorés », eu égard à nos cheveux, à notre peau et à nos yeux semblables à de l'or. Mais étant donné que j'ai été conçue sur Terre et élevée par un Terrien, ces portails restent pour moi aussi mystérieux que pour n'importe quel être humain.

Une des deux femmes hurle soudain, mettant un terme à mes pensées. Son tortionnaire est en train de lui pincer les tétons en riant. Mon doigt s'impatiente plus que jamais sur la détente. Ils ne perdent rien pour attendre...

Je me suis juré de prouver cette nuit que je suis aussi capable et digne de confiance que n'importe quel être humain. Jusqu'à présent, on ne m'a confié que des missions de routine, qu'aurait pu accomplir n'importe quel adepte de jeux virtuels.

Il faut savoir que mon patron est également mon père adoptif, ce qui explique son manque d'empressement à m'exposer en première ligne. Je sais qu'il ne cherche qu'à me protéger, mais il me tarde de lui prouver qu'il a tort. De la réussite de ma mission dépend mon avenir.

Je l'ai obligé à me la confier, et je compte bien faire en sorte qu'elle soit un succès sur toute la ligne.

Mon viseur ne quitte pas ma cible. EenLi Kati – alias John Wayne ou Wayne Johnson selon l'humeur – est un Meca d'une trentaine d'années, de taille moyenne, doté d'une paire d'yeux blancs effrayants. On ne sait pas grand-chose de ceux de son espèce, si ce n'est qu'ils ont le pouvoir d'influer sur les phénomènes météo et qu'ils préfèrent un climat sec et chaud.

La peau opalescente d'EenLi, comme celle de tous les Mecas, change de couleur au gré de ses émotions. Le rouge vineux que la sienne arbore pour l'heure trahit son énervement.

Habillé à la manière d'un desperado du Far West, Stetson et boots à éperons, il est en train de se disputer dans le coin le plus obscur avec un de ses congénères du nom de Mris-ste. Ce dernier, lui aussi, tente de se faire passer pour un cow-boy. Pitoyable ! Aux yeux de qui pensent-ils faire illusion ?

Ils discutent dans leur propre langue, mélange heurté de consonnes gutturales et de voyelles stridentes. Cela tombe bien : je suis polyglotte et comprends la plupart des idiomes extraterrestres. Au vol, je parviens à saisir les mots « corps », « bénéfice » et « sous-sol ».

Officiellement, ma mission consiste à éliminer EenLi, mais je suis prête à me faire Mris-ste en prime. Mes lèvres, à cette perspective, se retroussent en un sourire gourmand. Voilà plus d'un an que ces deux-là travaillent ensemble, et je préfère ne pas songer au nombre d'humains qu'ils ont eu le temps d'enlever et de vendre au plus offrant.

Pour me détendre, j'inspire à fond et relâche l'air de mes poumons en expirant le plus lentement possible. Allongée à plat ventre, je sens les aspérités du plancher me rentrer dans la chair, mais ce n'est pas ce qui me gêne le plus. Il règne dans cet entrepôt une atmosphère étouffante, et mon accoutrement militaire n'arrange rien, pas plus que mon masque de camouflage.

Un filet de sueur dévale entre mes omoplates pour aller se perdre entre mes fesses. La chaleur caniculaire qui écrase depuis des semaines New Dallas tarde à se dissiper. Sans doute faut-il en remercier nos amis les Mecas.

J'aimerais pouvoir me désincarner, quitter mon corps pour déambuler, tel un fantôme invisible et insaisissable, au milieu des salauds qui tourmentent en riant grassement ces pauvres femmes sans se lasser.

J'ai tué nombre de mes ennemis en utilisant cette technique. Hélas ! je ne peux le faire que lorsque je suis certaine d'abandonner mon corps en un lieu parfaitement sûr. Impossible, en effet, de veiller à ma sécurité quand je laisse derrière moi mon enveloppe charnelle vulnérable et sans défense.

Une série de bips stridents se fait entendre. EenLi tire de sa poche un portable dernier cri et se le colle à l'oreille.

— Quoi encore ? hurle-t-il en anglais dans l'appareil.

Je ne peux entendre ce qui se dit dans l'écouteur, mais à voir le Meca ôter son chapeau et le serrer convulsivement entre ses doigts, je devine que ça ne doit pas lui faire plaisir. Quelques secondes s'écoulent. Puis une minute. Les mâchoires crispées, il écoute en silence. Quand il range enfin le portable et remet son Stetson, son crâne rougeoie comme une braise.

Grondant de colère, EenLi se jette sur son complice et le bouscule en lui enfonçant ses deux mains dans la poitrine. Mris-ste bascule en arrière, ses longs cheveux noirs – une perruque, manifestement – balayant ses épaules.

— Rassure-moi ! lance EenLi d'une voix menaçante. Tu as bien évacué le bétail contaminé hors du Puits ?

Le Puits est un bar louche du coin, repère de dealers, de junkies et de putains qui y proposent ou qui y cherchent leurs doses d'oubli tarifé.

— Évidemment ! répond Mris-ste en se redressant. Je ne suis pas idiot au point de laisser malades et bien portants dans les mêmes cellules.

Ce dernier mot me fait frémir. Deux jours plus tôt, j'ai suivi EenLi dans ce bar, mais pas une fois je ne l'ai vu s'absenter de la salle principale, même pour aller aux toilettes. Et comme je n'ai pas remarqué de portes de communication, les cellules en question doivent être bien cachées. Voire souterraines. Intéressant...

— Alors comment se fait-il, s'étrangle EenLi de plus belle, que deux esclaves aient été retrouvées mortes dans leur cellule ? C'est Pablo qui vient de me l'apprendre. Manifestement, ces deux-là étaient malades aussi, mais tu ne l'as pas vu !

— Je... je...

La peau de Mris-ste vire au bleu, mais même sans la couleur, il a tout l'air de chier dans son froc.

— Combien ? demande sèchement son chef. Combien sont mortes durant le transfert ?

— Trois, répond l'autre d'une voix à peine audible.

Il n'en faut pas plus pour plonger EenLi dans une rage noire, au propre comme au figuré.

— Nous sommes censés en livrer douze. Pas sept, idiot !

— Je suis désolé.

— Qu'est-ce que tu veux que ça me fasse ? Ce n'est pas ça qui va ramener mon bétail à la vie ! Si nous en perdons une seule de plus, je vendrai ta misérable carcasse pour éponger le manque à gagner.

Mris-ste écarte la menace d'un rire nerveux.

— Toutes les autres sont sauvées, je le jure ! J'ai confié les malades à Rose. Elle va les soigner et s'en occuper.

Je connais Sahara Rose, trente-six ans, humaine, blonde aux yeux bleus. Je l'ai filée durant plusieurs jours en prenant en main ce dossier. Sympathisante connue de la cause alien, elle a passé plus d'une nuit dans les bras d'EenLi. Je sais où elle habite, quelle voiture elle conduit, et quelle marque de lubrifiant vaginal elle utilise lorsque son amant lui rend visite.

— Plus qu'un jour avant l'ouverture du portail ! déplore EenLi. Impossible de trouver du bétail de remplacement.

Dois-je comprendre que les portails interdimensionnels ne sont pas accessibles en permanence ? Je dresse l'oreille, espérant en apprendre davantage – *Dis-moi où il se trouve ! Dis-moi où il se trouve !* – mais le pseudo-cow-boy passe à autre chose. En l'occurrence, la tenue que devront porter les malheureuses le jour de la vente.

Aucun intérêt. Il est temps pour moi de passer à l'action.

Je préfère le combat rapproché au tir à distance, mais surgir au milieu de mes ennemis risquant de réduire mes chances de réussite, je reste à mon poste d'observation.

Avec une froide détermination, je ferme un œil derrière mon masque, braque le viseur de ma pyro-arme sur le Stetson et attends le moment le plus favorable pour tirer. Je le sais, je suis condamnée à réussir du premier coup. Car dès que le canon de mon pistolet aura craché son rayon mortel, les porteurs de flingues de l'entrepôt me prendront aussitôt pour cible…

Je tire. Un sifflement. Un cri. Le grand méchant Meca fringué en cow-boy d'opérette se dégonfle comme une baudruche et s'effondre. Le Stetson roule sur le sol et je me fige. Je n'ai pas abattu le bon client ! Celui-ci porte une perruque de cheveux noirs. Ma balle de feu a mis fin à la triste carrière de Mris-ste et non à celle d'EenLi !

À quel moment celui-ci lui a-t-il passé son chapeau ? Comment ai-je pu ne pas le voir ?

Pas le temps de m'appesantir sur la question. Le premier instant de stupeur passé, tous les regards se sont tournés dans ma direction. Des cris furieux retentissent. Les plus rapides des aliens, déjà, défouraillent et visent. Balles et rayons bleuâtres se mettent à pleuvoir autour de moi en une averse mortelle.

Calme et concentrée, je rengaine mon arme et laisse tomber dans le vide le rouleau de corde dont j'ai accroché solidement l'extrémité à une poutre. Une main glissée dans la poignée du dispositif de descente, je me lance à mon tour tout en récupérant mon flingue, prête à envoyer dans l'autre monde quiconque aura le malheur de passer dans ma ligne de mire.

Mais pour mon malheur à moi, je n'ai pas encore atteint le sol qu'une balle m'atteint à l'avant-bras gauche dans une explosion de douleur. Il en faut davantage pour me ralentir et saper ma détermination, même si je vais devoir l'extraire rapidement. Plus le projectile restera en moi, plus il causera de dégâts à mon organisme. Les métaux terrestres agissent comme des poisons sur moi et ceux de mon espèce, mais dans l'immédiat, ma mission passe avant toute autre considération.

Il me faut en finir. Et vite. Au jugé, je continue à tirer, contribuant au feu d'artifice assourdissant qui a transformé l'entrepôt en antichambre de l'enfer. Dès que mes pieds touchent terre, je lâche la corde et dégaine mon arme de secours. Ainsi doublement armée, je passe la scène au crible, d'un regard panoramique.

Une évidence m'apparaît d'emblée : EenLi a disparu. Sans doute s'est-il précipité sur la première porte venue dès qu'il a vu son second tomber à ses pieds. Ce qui signifie que j'ai échoué et que ma mission est un fiasco...

Envahie par le désarroi et le découragement, je secoue la tête pour me reprendre. J'ai joué et j'ai perdu, mais je dois maintenant nous sortir vivantes de ce guêpier, les deux prisonnières et moi.

Cachée derrière un pylône, j'évalue la situation. Il reste cinq aliens, tous canardant à qui mieux mieux. Après avoir estimé la distance qui me sépare des femmes entravées, je me lance en avant en arrosant mes adversaires du feu de mes deux flingues. Je ne suis plus qu'à cinq ou six mètres des captives lorsqu'une balle m'atteint de plein fouet. Si je continue comme ça, je vais me faire tuer.

Rengainant l'une de mes armes, j'extrais d'une poche latérale une mini-grenade que je dégoupille avec les dents et expédie dans les lignes ennemies d'un fluide mouvement du poignet. Le souffle de la déflagration m'envoie valser contre le mur. D'un coup, tout l'air reflue de mes poumons.

Quand je reprends enfin ma respiration, la fumée et la poussière s'insinuent sous mon masque et emplissent mes narines. Instinctivement, je couvre mon visage de mes mains pour le protéger des éclats de toute sorte qui pleuvent autour de moi. Plusieurs minutes s'écoulent en silence. Plus de tirs dans mon dos. Ni cris ni gémissements non plus.

Je relève la tête pour constater que les cinq Mecas gisent sur le sol, ensanglantés et définitivement hors d'état de nuire. Les femmes ligotées au mur semblent dans un sale état elles aussi, mais elles sont vivantes. C'est du moins ce que je crois avant de réaliser que l'une d'elles, victime d'une balle perdue, fixe d'un œil vitreux et sans vie le spectacle de désolation qui nous-entoure.

Fermant les paupières, je me laisse glisser contre le mur et m'assois par terre. L'atmosphère est suffocante. J'ai besoin de me réoxygéner, de forcer mes poumons à se remplir, mais j'ai l'impression que je n'en ai même plus le courage. Il me faut à présent appeler mon père ; je n'ai pas le choix.

D'une main lasse, j'extirpe mon portable d'une poche. À haute voix, je lance un « boss » un peu tremblant et attends que le réseau nous mette en communication.

Je dois la vie à cet homme, et bien plus encore. C'est lui qui m'a trouvée et recueillie, enfant, après l'assassinat de mes parents. J'ignore ce qui l'a poussé à m'adopter, et il se mure dans un silence buté dès que je m'avise d'évoquer devant lui cette sinistre nuit. Ce qui est certain pour moi, c'est que sans lui je n'aurais pas survécu. Il m'a élevée, aimée, et m'a appris tout ce que je sais.

Michael me répond à la deuxième sonnerie.

— Alors ? demande-t-il aussitôt.

Au ton de sa voix, je devine qu'il s'attend à l'habituel rapport victorieux. Il a tout fait pour m'écarter de cette mission, allant jusqu'à proposer, quand il a compris qu'il n'y parviendrait pas, de faire équipe avec moi « juste au cas où ». Ravalant ma salive et ma fierté, je m'efforce d'être claire et concise.

— La cible s'est échappée. Deux victimes d'enlèvement retrouvées. L'une morte, l'autre blessée.

Un court instant de silence.

— Fantastique ! commente enfin mon père d'un ton acerbe. Comment expliques-tu cet échec ?

— Je ne l'explique pas. J'avais EenLi en ligne de mire. J'ai tiré... et c'est son complice qui a été abattu.

— Comment cela se fait-il ?

— Je ne sais pas.

— Bordel de merde, Eden F. ! Je t'avais dit de ne pas te mêler de ça...

Michael ne m'appelle ainsi que lorsque je le pousse à bout et qu'il est sérieusement fâché.

— Désolée... dis-je dans un souffle.

Et je le suis plus que je ne saurais le dire. Par ma faute, un esclavagiste court dans la nature. Pis encore, à présent qu'il se sait repéré, il va se tenir sur ses gardes et se rendre insaisissable. En bref, j'ai tout fait foirer.

Pour limiter les dégâts autant que faire se peut, je livre à Michael ce que j'ai appris.

— Le Puits... C'est un bar à l'est de la ville. Il doit s'y trouver des cellules dans lesquelles quelques femmes sont encore retenues. D'autres, malades, ont été confiées à une humaine du nom de Sahara Rose.

— C'est noté. Je mets un agent là-dessus. Quant à toi, amène-moi la survivante. Pronto !

Sur ce, il raccroche.

Dans le brusque silence qui s'ensuit, je réalise que mon bras me fait un mal de chien. L'esprit un peu embrumé, je jette un coup d'œil à la plaie. Elle est plus sérieuse que je ne le croyais et je perds du sang en abondance.

Ignorant la douleur et luttant contre la faiblesse qui peu à peu m'envahit, je me redresse en grimaçant. Mes jambes flageolent et la tête me tourne. La douleur en profite pour redoubler au niveau de mon estomac. Je titube jusqu'à la femme qui se met à crier en me voyant trancher ses liens avec un couteau de combat.

Aussitôt libre, elle se précipite loin de moi et s'effondre en sanglotant quelques mètres plus loin, ses cheveux sales couvrant ses épaules rougies par les coups. J'essaie de ne pas penser à l'autre, celle qui jamais plus ne rentrera chez elle.

Le fusil sanglé dans mon dos me semble soudain peser comme un bloc de béton et m'entraîne vers le sol. Il m'est de plus en plus difficile de respirer et mon estomac me fait mal à hurler. Je soulève ma chemise et découvre juste sous les côtes une autre plaie sanglante, au point d'impact de la deuxième balle.

Je serre les dents à l'idée de ce qu'il me reste à faire et sors d'une de mes poches un scintillant petit extracteur. Sans me laisser le temps d'hésiter, je presse l'extrémité de l'instrument contre ma plaie à l'abdomen. Instantanément, la pince se déplie et fouaille mes chairs à la recherche du projectile. Un voile de sueur me couvre le front. Un long cri de douleur m'échappe sans que je puisse le retenir.

Combien de temps ce supplice dure-t-il avant que l'extracteur ne se replie, la balle serrée entre ses mâchoires ensanglantées ? Je n'en sais rien. Je ne suis plus qu'une boule de souffrance et de peur. Je ne veux pas mourir. Pas ici, pas comme ça, dans la peau d'une perdante... À cette idée, je laisse fuser un rire sans joie.

Il me faut lutter contre le vertige de plus en plus puissant qui menace de me faire sombrer dans l'inconscience à tout moment. Je dois me concentrer, sans me laisser un instant de répit, pour renouveler l'opération sur mon avant-bras. J'y parviens au prix de je ne sais quelles réserves ignorées de courage, sous les yeux horrifiés de ma compagne d'infortune, dont les cris se mêlent aux miens.

Dans un dernier sursaut d'énergie, je sors d'une poche une seringue prête à l'emploi et m'injecte directement dans le cœur une dose massive de molybdène, pour lutter contre les effets toxiques du métal des balles dont le poison se diffuse peu à peu dans mon sang. Une douleur encore plus intense que celles qu'il m'a fallu endurer jusqu'alors me foudroie. Longuement je crie, encore et encore, jusqu'à ce que mes cordes vocales n'en puissent plus.

La seringue vide échappe à mes doigts gourds. J'ai mal partout, mais une douce torpeur commence déjà à m'envahir. Une minute encore, deux peut-être, et je serai K.-O. Tant qu'il me reste la force de le faire, je repêche mon portable. Je prononce le mot « boss » d'une voix si faible et inaudible que je m'étonne d'entendre la communication s'établir. Cette fois, Michael ne décroche qu'à la cinquième sonnerie.

— Oui ?

— Je suis blessée.

— De mieux en mieux...

Le sarcasme fait mal, mais il n'a pu masquer un soupçon d'inquiétude dans le ton de sa voix.

— C'est grave ? s'inquiète-t-il. Tu peux aller te faire soigner par tes propres moyens ?

— Je vais... essayer.

Mais déjà, l'inconscience m'accueille et m'enserre dans ses bras miséricordieux.

2

Je flotte...

Ou plutôt, je crois flotter, jusqu'à ce que je réalise, un instant plus tard, que des bras forts et rassurants me portent. Une odeur de pin et d'homme emplit mes narines, je baigne dans une aura de mâle vigueur. On me transporte, mais qui, et pourquoi ? Une épaisse brume blanche nimbe mes pensées, gardant les réponses à mes questions hors de ma portée.

— Va-t-elle s'en remettre ? demande quelqu'un.

Mon père, peut-être, quoique je ne reconnaisse pas tout à fait sa voix ni l'angoisse qu'elle trahit.

— Je n'en sais rien. Elle a perdu beaucoup de sang.

Une autre voix d'homme, que je ne reconnais celle-là pas du tout. Le timbre est plus profond. Jamais je n'en ai entendu de si âpre, de si volontaire, de si menaçant.

Les deux voix, irréelles et lointaines, semblent surgir d'un rêve. Lequel des deux hommes me tient dans ses bras ? Mon père ou l'inconnu ? Qui que ce puisse être, il émane de lui une chaleur fort différente de toutes celles que j'ai connues jusqu'alors. Une chaleur qui imprègne et console, aussi douce et bienfaisante qu'une berceuse.

— Il va falloir lui enlever ses vêtements, reprend l'inconnu. Débarrassez-la de son masque, qu'elle puisse respirer.

— Attendons d'être à la voiture.

La voix de Michael se brise un peu plus. Il est toujours fou d'inquiétude quand je me blesse. Quand j'étais

18

enfant, déjà, il se faisait un sang d'encre pour le moindre bobo.

Les minutes passent. À moins que ce ne soient des heures. Je n'en sais rien, et je m'en fous. Il y a belle lurette que le temps ne signifie plus rien pour moi. Tout ce qu'il me reste, c'est la force rassurante de mon sauveur, mais même cela m'est bientôt refusé lorsque je me sens déposée en douceur sur le sol.

Des mains pressées me débarrassent de mes vêtements, ravivant mes douleurs. On enlève mon masque. Quelqu'un retient son souffle, mais ce n'est pas moi. Puis, il y a un long silence.

— Merde… marmonne enfin celui que je ne connais pas.

Quelque chose comme de l'ébahissement est passé dans sa voix. Des doigts effleurent ma joue et vont se perdre dans mes cheveux, réconfortants et doux.

Dormir… Je crois que je vais dormir encore un peu.

J'ai lamentablement raté EenLi. J'ai tout fait foirer. Encore et encore, ces mots résonnent dans mon esprit. *J'ai raté EenLi et j'ai tout fait foirer.*

Le visage ricanant du Meca se glisse dans mes pensées et me nargue, juste à la limite de ma conscience. Je tends la main pour saisir mon flingue et n'empoigne que les plis d'un drap frais. Les événements de l'entrepôt défilent dans mon crâne, brouillés, semblables aux images d'une vieille vidéo. Les coups de feu. Le sang. La douleur insupportable.

L'image d'EenLi s'estompe puis s'efface. Je me mets à courir après lui, mais mes jambes ne touchent plus terre et je m'agite dans le vide. Il rit, et son rire me crucifie. *Tu es une ratée, Eden. Une ratée…* J'avais un vrai job, pour une fois, l'occasion de faire mes preuves. Et il a fallu que je laisse filer ma cible sans même une égratignure !

À l'arrivée des aliens sur Terre, il y a bien longtemps de cela, les humains ont essayé de tous les détruire.

D'après ce que j'en sais, à la place, ils ont bien failli s'anéantir eux-mêmes. Par mesure de survie, une paix armée a fini par être conclue entre l'humanité et les extraterrestres. La Terre leur reste ouverte, à condition que ceux qui s'en prennent violemment à ses habitants puissent être abattus à vue par un corps d'agents spécialement constitué.

Sans aucun doute possible, EenLi fait partie de ces prédateurs à abattre. Ma mission était de le détruire, mais je n'ai réussi qu'à le laisser s'enfuir. *Une ratée, Eden. Une ratée…* Le mot se répercute comme un écho ironique dans mon esprit. Pour lui échapper, je me décide à ouvrir les yeux.

Pantelante, je m'efforce de discipliner ma respiration et les battements de mon cœur. Il fait noir autour de moi. Une lueur diffuse venue de je-ne-sais-où révèle cependant à mes yeux un ciel de lit de dentelle et un plafond voûté. Où suis-je ? J'essaie de tourner la tête, mais les muscles de mon cou refusent de m'obéir. Une nouvelle tentative se révélant tout aussi infructueuse, je commence à paniquer. Que se passe-t-il ? Pourquoi suis-je incapable de bouger ?

Non loin de moi, une machine indéterminée produit de légers bips intermittents et réguliers. Il flotte dans l'air une odeur d'antiseptique. Soulagée, je me détends et me laisse aller dans l'épaisseur du matelas. Un hôpital… C'est dans un hôpital, tout simplement, que je me trouve.

Je passe la langue sur mes lèvres desséchées et réalise que je meurs littéralement de soif. Un coassement rauque que m'échappe.

— À boire…

Nul ne me répond. Je dois être seule. Pour m'en assurer, je dis un peu plus fort :

— J'ai soif !

Un instant plus tard, un homme se dresse à mon chevet. Je ne peux distinguer ses traits, mais je devine dans le noir qu'il est grand et baraqué. Une chaleur radiante émane de lui, dans laquelle j'aspire immédiatement à me fondre, à me blottir, à disparaître.

Dans un frisson, je lui demande :

— Où est Michael ?

— Il dort, répond-il de cette voix basse et grondante déjà familière. Tenez...

Il approche de mon visage un gobelet muni d'une paille. J'en tète avidement l'extrémité et manque défaillir de bonheur. Jamais rien ne m'a paru aussi délicieux que cette eau sucrée.

— Assez ! reprend l'inconnu en éloignant la paille de mes lèvres. Dormez, maintenant.

C'est un ordre, et sa voix ne laisse planer aucun doute : cet homme est habitué à ordonner autant qu'à être obéi... En temps ordinaire, il en faut moins pour me faire dresser sur mes ergots. Mais là, je suis trop lasse pour m'insurger. En fermant les yeux, je me promets d'apprendre à ce mec dès que possible comment il convient de me parler.

— Réveille-toi !

La voix, ferme et déterminée, ne me laisse pas de répit.

— Réveille-toi, bon Dieu !

Une main calleuse enserre mon bras nu et le secoue. De mon point de vue, le propriétaire de la main comme de la voix mériterait d'aller finir ses jours en enfer. À défaut de pouvoir l'y envoyer, je tente de rouler sur le côté et d'enfouir ma tête dans l'oreiller, mais je reste obstinément couchée sur le dos.

Cela, plus que le harcèlement dont je suis l'objet, finit par me faire sortir du brouillard dans lequel je flotte. Je tire sur un bras. Rien ne bouge. Sur une jambe. Rien non plus. En proie à la panique, je fais un effort surhumain pour ouvrir les yeux.

— Enfin ! se réjouit la voix de l'homme, soulagé.

L'intense lumière blanche qui baigne la pièce me fait cligner des paupières. Lentement, très lentement, mes yeux s'accoutument et enregistrent ce qui m'entoure. Des liens de contention laser m'immobilisent sur le lit, plaquant leur vive lueur sur les reliefs du tee-shirt que je porte et sur le drap qui recouvre mes jambes. Puis je lève la tête et tombe nez à nez avec mon tourmenteur. Michael Black. Mon boss et père adoptif.

Ma panique se dissipe ; je me laisse aller dans les profondeurs accueillantes du matelas thermo-adaptable. Le visage buriné de Michael trahit le souci qu'il s'est fait pour moi. Je perçois l'inquiétude au fond de ses yeux noisette et dans le dessin de ses lèvres pincées. Ses cheveux gris, d'ordinaire toujours impeccablement coiffés, retombent sur son front et ses tempes. Quant à son costume haute couture, il est plus fripé qu'une peau de rhinocéros.

— Pourquoi suis-je attachée ?

— Tu t'agitais trop, me répond-il d'un air gêné. Ce qui rouvrait sans arrêt tes plaies.

— Libère-moi. Tout de suite.

Je me suis efforcée de donner cet ordre d'une voix plate et dénuée d'émotion. Plus que jamais, je suis décidée à ne montrer aucun signe de faiblesse. Surtout devant cet homme qui m'a toujours fait l'impression de n'en avoir aucune. Cependant, Michael me connaît mieux que quiconque, et sait que je déteste par-dessus tout ne pas être libre de mes mouvements.

Sans se faire prier, il s'exécute, pressant à la tête du lit un anneau d'identification qui libère aussitôt mon corps de l'emprise des lasers. Pendant que je m'étire autant que me le permettent les douleurs dont je suis percluse, il va s'asseoir dans le fauteuil disposé à mon chevet, dans lequel il a dû passer des heures à me veiller.

— Comment te sens-tu ? s'enquiert-il.

— Bien.

Je suis moi-même surprise de le constater. À part une grande faiblesse et une douleur sourde à mon bras et au côté, je pourrais presque me sentir en forme.

— Mais je meurs de soif ! dis-je d'une voix rauque. De l'eau ! De l'eau sucrée, s'il te plaît...

Je jette un regard d'envie au gobelet posé sur la table de chevet. Michael me le tend et je bois longuement, fermant les yeux de bonheur. Pour ceux de ma race, les aliments sucrés sont de puissants revigorants. Bien qu'il ne reste plus beaucoup de Rakas sur cette planète, j'imagine qu'ils doivent être responsables des trois quarts de la consommation mondiale de sucre...

Après m'être désaltérée, j'examine la pièce dans laquelle je me trouve. D'épais tapis bleu marine et cramoisis couvrent le sol. De luxueuses appliques dorées lancent leurs volutes vers le plafond voûté. Trois portes-fenêtres donnant sur une terrasse sont ouvertes, leurs stores holographiques désactivés. Manifestement, ce n'est pas dans un hôpital que je suis. Même ma literie, draps de soie et couvre-lit de velours émeraude, est d'un luxe qui n'a rien de médical.

— Où suis-je ?

— Dans ma maison, répond-il laconiquement.

Ce qui ne m'apprend pas grand-chose : Michael possède treize propriétés à travers le monde.

— Laquelle ?

— New Mexico. C'était la plus proche de New Dallas.

— Tu as refait la déco, depuis ma dernière visite...

Il acquiesce d'un hochement de tête. Je proteste, les sourcils froncés :

— Tu pourrais peut-être me dire pourquoi je ne suis pas dans un hôpital...

Il en existe plusieurs, pour les tueurs dans notre genre, humains ou non. J'ai déjà eu l'occasion d'y effectuer plus d'un séjour.

— *Primo*, énumère Michael en soutenant mon regard sans ciller, tu délirais et je ne tenais pas à ce que qui que ce soit puisse entendre ce que tu disais. Tu ne cessais de regretter d'avoir laissé filer EenLi, et je veux que tout le monde croie que tu l'as fait exprès. *Secundo*, je ne tiens pas à ce que ton nom figure dans le fichier des blessés par balle. Et *tertio*, je préfère mêler le moins de monde possible à cette affaire.

Bien que satisfaite, je ne peux m'empêcher de soupirer. J'aurais préféré être en train de triompher modestement de mes succès devant lui, plutôt que d'avoir à le remercier de sa sollicitude.

— Encore en train de jouer les anges gardiens, boss ?

Il hausse les épaules et détourne les yeux.

— En fait, *mon* patron à moi n'est pas mécontent de la façon dont les choses ont tourné. EenLi travaillait autrefois pour nous et...

— Quoi ?

Sans doute ai-je mal entendu...

— EenLi a été l'un de nos agents, répète-t-il posément. Plus spécifiquement, il travaillait pour moi.

De mieux en mieux !

— Et comment se fait-il, dis-je en masquant ma stupeur, que je n'en aie rien su jusqu'à maintenant ?

Nouveau haussement d'épaules de Michael, plus raide et plus agacé cette fois.

— Tu étais chargée d'une mission éclair. Je t'ai dit tout ce que tu avais besoin de savoir pour la mener à bien, et ce détail n'en faisait pas partie.

— Le fait qu'une cible ait suivi un entraînement comme le nôtre n'est pas un « détail ». Il a dû deviner qu'il était repéré et se tenir sur ses gardes dès l'instant où je l'ai mis sous surveillance.

— J'en doute. Il se débrouillait pas mal pour se fondre dans tous les milieux, c'est pourquoi nous le gardions, mais il n'était pas bon à grand-chose d'autre. Il était bien trop sous l'empire de ses émotions ; il se laissait dominer par ses vices et ses faiblesses. Je suppose que c'est pour cette raison qu'il a décidé de gagner plus d'argent dans la traite des esclaves. Point final.

Je ferme les yeux un instant pour digérer l'information. Puis, rattrapée par ma curiosité, je finis par demander :

— Pourquoi ton boss est-il satisfait qu'il se soit échappé ?

— Le gouvernement voudrait découvrir ce que sont ces portails interdimensionnels et où ils sont situés. On pense qu'EenLi, tôt ou tard, pourrait nous y mener.

Michael se radosse à son siège et me dévisage avant de conclure :

— Ils ont décidé qu'ils lui laisseraient la vie sauve tant qu'il ne l'aura pas fait.

Les poings serrés sur mon lit de souffrance, je tempête et m'insurge.

— Je l'ai suivi pendant des semaines ! Il n'a jamais trahi la localisation du moindre portail...

— Les ordres sont les ordres. Il vivra tant qu'il ne nous aura pas livré le secret du voyage interplanétaire.

Les ordres sont les ordres, peut-être, mais nul ne m'empêchera d'en penser ce qui me plaît. Et si EenLi s'arrangeait pour ne jamais fournir cette information ? Cela suffirait-il à lui garantir une longue vie de crimes tranquilles et impunis ?

Mon regard glisse le long de mon corps drapé dans les plis du tee-shirt trop grand et du drap. Manifestement, j'ai maigri.

— Depuis combien de temps suis-je ici ?

Michael se penche en arrière dans son fauteuil, pose sur la table de chevet en acajou véritable ses mocassins italiens, puis consulte sa montre suisse hors de prix.

— Treize jours, six heures et quarante-huit minutes, dit-il. Naturellement, j'ai veillé à ce que tu ne manques de rien.

— Même d'un docteur ?

Si son objectif était de me soustraire à l'œil vigilant du gouvernement, j'imagine mal comment il s'est débrouillé pour me faire soigner.

— Non, répond-il après avoir hésité un court instant.

— Dans ce cas, dis-je en arquant un sourcil, qui s'est chargé de me rafistoler ?

— Lucius Adaire.

— Cela ne me dit rien. Qui est-ce ?

— Un homme. Un humain.

Il en faudra davantage pour satisfaire ma curiosité. Je remarque cependant que mon père adoptif s'est raidi sur son siège rien qu'à devoir prononcer le nom de cet homme mystère. Michael, qui a vu ce qui peut se concevoir de pire sur cette Terre – et qui y a parfois contribué – n'est pas du genre à se laisser troubler facilement. Alors pourquoi une telle réaction ?

Je me sens obligée d'insister.

— Mais encore ?

— Plus tard, grogne-t-il avec un geste vague de la main. Dis-moi plutôt si tu n'as rien oublié de me dire à propos de ce que tu as vu et entendu dans l'entrepôt.

Le boulot avant toute chose... Inutile d'insister pour en savoir plus sur le mystérieux docteur. Je me concentre et me plonge dans mes souvenirs.

— EenLi a dit qu'il ne restait plus qu'une journée avant l'ouverture du portail, dis-je enfin en cherchant le regard de Michael. Naturellement ce jour est passé, à l'heure qu'il est, mais cela semble signifier que ces fameux portails ne sont pas accessibles en permanence.

— Qu'est-ce qui provoque leur ouverture ?

— Il n'en a pas parlé.

Michael fait la grimace.

— Le butin est plutôt maigre... Après t'avoir secourue, j'ai envoyé un commando au Puits. Bien sûr, il n'y avait plus personne. Nous avons bien trouvé des cellules aménagées au sous-sol, mais vides.

L'estomac noué, je passe une main lasse sur mon visage.

— Y avait-il des signes d'occupation récente des lieux ?

— Des tinettes de fortune qui n'avaient pas été vidées. Des menottes tachées de sang séché, ayant toutes servies sur des victimes recherchées, selon les analyses ADN.

— Et Sahara Rose ?

— Disparue. Vu l'état de son domicile à notre arrivée, elle a dû déguerpir vite fait bien fait.

— Merveilleux...

Il me reste une question à poser, que j'hésite un instant à formuler. Mais même si je redoute la réponse que je vais obtenir, j'ai besoin d'avoir une vue globale de la situation – ou du désastre, c'est selon...

— Qu'en est-il de la femme de l'entrepôt ? Celle qui a survécu...

Adossé à son siège, Michael croise les mains derrière sa nuque et s'absorbe dans la contemplation du plafond. Dans son mutisme, je trouve une confirmation à mes craintes. Dégoûtée de moi-même autant que d'EenLi, je secoue la tête avec découragement et lâche un long soupir.

— Elle est morte, c'est ça ?

Michael baisse les yeux sur moi et grimace un sourire d'excuse.

— Je suis désolé... Ses blessures étaient trop sérieuses. Elle est morte avant même notre arrivée sur les lieux.

Envahie par un intense sentiment de culpabilité, je me mords l'intérieur des joues pour ne pas crier.

— Comment s'appelait-elle ?

— Ne te torture pas ainsi ! proteste-t-il en détournant le regard. Tu as fait ce que tu as pu.

— Son nom !

— Amy, dit-il avec réticence. Amy Evens.

Amy Evens... Elle était jeune. Vingt-cinq ans, tout au plus. Elle avait de beaux cheveux blonds, de grands yeux bleus. Comme toutes les jeunes femmes de son âge, elle avait probablement rêvé au grand amour et à un bonheur tout simple, empli des petites choses de la vie. Et pourtant, elle avait été enlevée, séquestrée, bafouée, abusée, avant de mourir seule dans des circonstances absurdes.

À cette minute, la haine que je nourris à l'égard d'EenLi n'a d'égal que le dégoût que m'inspire mon propre échec. Protéger et secourir d'innocentes victimes constitue une large part de mon travail. Je ferme les yeux, dans le vain espoir d'effacer le souvenir des deux femmes entravées et subissant les assauts humiliants de leurs geôliers. Même si leur situation n'avait alors rien d'enviable, elles étaient au moins encore en vie, ignorant qu'une mort injuste n'allait pas tarder à les faucher.

Rien ne viendra donc tempérer ma culpabilité... J'ai fait échouer ma mission de toutes les manières possibles. En ne parvenant pas à abattre EenLi, j'ai signé l'arrêt de mort des deux malheureuses que j'avais pour devoir de sauver.

Une vive douleur me poignarde le côté et l'avant-bras, comme pour me rappeler que je mérite chacune de ces blessures. Dès lors, n'étant pas du genre à m'apitoyer sur moi-même, je sais ce qu'il me reste à faire. D'une manière ou d'une autre, il me faut racheter mes torts.

— Et maintenant ? dis-je en me forçant à soutenir le regard de Michael. Que faisons-nous ?

— Selon moi, EenLi est toujours à New Dallas. Il doit chercher à rassembler une nouvelle équipe. Je veux que tu y retournes, que tu le retrouves, que tu localises ces foutus portails, et que tu finisses le job.

— Je...

Incapable de poursuivre, je renonce à lui exprimer ma gratitude. Le fait que Michael ait suffisamment confiance en moi pour m'offrir une seconde chance m'emplit de joie et de fierté. Je suppose que cela n'a pas dû être facile pour lui de mettre de côté ses instincts protecteurs. Il n'y a pas à dire : j'aime cet homme...

— Merci, parviens-je enfin à murmurer. Je te promets de ne pas échouer, cette fois.

Le visage de Michael se durcit, autant que son regard qui pèse sur moi comme une chape de plomb.

— Ne me remercie pas encore, dit-il. Pour la suite de cette mission, tu devras travailler avec un partenaire.

La colère qui m'envahit à ces mots est à la mesure de mon espoir déçu.

— Certainement pas ! Je travaille seule. Toujours.

— Pas cette fois.

Au ton de sa voix, il paraît évident qu'il ne changera pas d'avis. Pourtant, il va bien devoir s'y résoudre.

— Je suis parfaitement capable de me débrouiller seule. Je n'ai pas besoin qu'on me donne un coup de main pour réparer les pots que j'ai moi-même cassés.

Sans me quitter des yeux, Michael croise calmement les bras et lance par-dessus son épaule :

— Lucius… Vous pouvez venir faire connaissance avec votre nouvelle partenaire.

Aussitôt, les portes coulissent et l'intéressé entre dans la pièce d'une démarche féline, comme s'il s'était tenu en faction dans le couloir, attendant son heure. Il est humain, comme mon père adoptif, mais beaucoup plus jeune, grand et musclé que lui.

Lorsqu'il s'arrête au pied de mon lit, une odeur de pin, de savon et d'homme assaille mes narines. Et bien qu'il ne soit pas suffisamment proche pour me toucher, je sens la chaleur qui émane de lui dériver jusqu'à moi et m'électriser la peau. Il ne m'en faut pas davantage pour comprendre que c'est cet homme qui m'a trans- portée dans ses bras, qui m'a donné à boire la nuit précédente, et qui m'a déshabillée et soignée lorsque j'étais inconsciente. J'aimerais rester de marbre, mais je ne peux ignorer le frisson qui s'empare de moi à l'idée que ses mains se sont posées sur ma peau nue.

Ses lèvres, roses et ourlées, ressemblent à de délicats pétales. C'est bien tout ce que l'on peut trouver de fragile en lui… Sur son visage, tout n'est que dureté de granit et traits angulaires. Des pommettes taillées dans la pierre, un nez aquilin coulé dans l'acier, de forts sourcils noirs pour chapeauter deux yeux d'un bleu de glacier. On lit dans son regard d'aigle qu'il a vu plus d'horreur que d'innocence dans le monde et ne s'illusionne plus à son sujet. Mais pour l'heure, c'est avec un ennui condescendant qu'il me considère.

Il porte un tee-shirt aussi noir que ses cheveux et aussi ajusté que son jean. Dans le registre de la virilité, inutile pour lui d'en rajouter. Il lui suffit d'exister tel qu'en lui-même. Allongée comme je le suis, à peine habillée, faible et sans doute aussi impressionnante qu'un chaton malade, je me sens soudain vulnérable. Je ne connais pas ce mec et préfère éviter qu'il ne voie en moi une faible femme. Avec ce que j'espère être un sourire de dédain suprême, je le détaille de la tête aux pieds.

— Salut, dis-je d'un ton indolent. Déjà tué quelqu'un, Frankie ?

J'ai cherché à prendre l'avantage en le plaçant sur la défensive. C'est raté. Son visage ne trahit pas la moindre émotion. Il reste campé au pied du lit, indifférent, silencieux, distant.

Décidée à l'ignorer comme il m'ignore, je tourne la tête vers Michael.

— Je ne veux pas d'un partenaire. Je n'en ai pas besoin.

Il me sourit, mais je lis dans son regard que sa décision est irrévocable.

— Tes protestations n'y changeront rien, Eden. Je veux que tu fasses équipe avec Lucius. Tu n'as pas le choix. C'est un ordre.

— Je ne le veux pas dans mes jambes. Il va me gêner.

— Il sait ce qu'il a à faire.

— Ça m'étonnerait. Je sais à quoi m'en tenir, avec les types comme lui. Tout en muscles, rien dans la tête ! Je ne peux pas faire mon boulot convenablement si je dois veiller *en plus* à sa sécurité.

L'homme se décide enfin à intervenir. Il le fait d'une voix rauque et basse, comme si ses cordes vocales avaient subi quelque dommage.

— Écoute-moi bien, *Cookie*… Si je dois un jour me résoudre à ce que tu veilles à ma sécurité, je n'aurai plus qu'à changer de métier. Je me déciderai peut-être pour le clonage des fleurs, ou le dressage des chiens-robots. Je verrai ça en temps utile. Mais d'ici là, tu veilles sur tes fesses et moi sur les miennes. O.K. ?

Sur ce, il sort de la pièce aussi silencieusement et avec la même grâce féline qu'à son arrivée. Dès que la porte s'est refermée derrière lui, je fixe Michael d'un œil incrédule.

— Dis-moi que je rêve... Il vient bien de m'appeler « Cookie » ?

— Tu l'as cherché, non ? répond-il d'un air amusé.

— Je n'en reviens pas que tu m'imposes de travailler avec un mec pareil !

Le sourire s'élargit sur les lèvres de mon père adoptif, qui soutient sans ciller mon regard courroucé.

— Tu n'as qu'à considérer que c'est en pénitence de tes péchés.

Même si j'aime le voir heureux, je ne suis pas pour autant décidée à laisser sa bonne humeur m'attendrir.

— Tu ne peux pas me faire ça ! Je refuse.

Son sourire se fige et son regard se glace.

— Tu n'as pas le choix, lâche-t-il sèchement. Tu feras équipe avec Lucius pour cette mission, ou tu devras te chercher un job dans une autre agence. C'est compris ?

Il ne plaisante pas. Michael ne lance jamais de menaces en l'air. Vu sous cet angle, je n'ai plus qu'à m'incliner. Les poings serrés le long de mes flancs, je détourne les yeux et acquiesce d'un bref hochement de tête.

— Il sait faire quoi, à part jouer les bellâtres ombrageux ?

Et dangereux. Mais cela, je ne suis prête à l'admettre que dans le secret de mes pensées.

— Attends un peu. Tu ne tarderas pas à le découvrir par toi-même.

Michael n'est pas pour rien mon père adoptif : il peut se montrer encore plus têtu que moi. Inutile donc d'insister. Tout ce que je dois savoir sur le mystérieux Lucius Adaire, il me faudra l'apprendre seule.

Il se lève et vient déposer un baiser sur mon front avant d'ajouter :

— Une dernière chose… Je veux que tu sois sur pied, en possession de tous tes moyens, dans trois jours au plus. Sans quoi je confie cette mission à Lucius et à lui seul.

Il ne me laisse pas le temps de protester. Je le regarde sortir en fulminant, bien décidée à le prendre au mot. Je serai sur pied dans *deux* jours, et pas un de plus ! Ma fierté autant que mon honneur sont en jeu. Je ne laisserai pas ce Cro-Magnon faire main basse sur ma mission.

Plus que jamais, il me faut faire mes preuves, et pas qu'aux yeux de Michael.

Je ferme les yeux et cède à la fatigue qui d'un coup me submerge, marmonnant dans un demi-sommeil :

— Cookie, mon cul !

3

Plus tard, cette même nuit, je me force à m'extraire de mon lit. Mes muscles endoloris crient grâce, mais je parviens en prenant appui sur les murs à rester debout et à sortir de ma chambre. Vêtue de mon seul tee-shirt blanc qui m'arrive aux genoux, je me glisse dans le silence baigné de lune de la maison endormie.

Les jambes raides, je descends avec précaution l'escalier d'acajou qui mène au bureau de Michael. Avec ses murs couverts d'étagères chargées de vénérables reliures – rien à voir avec les holobooks vendus de nos jours –, j'aime cette pièce au luxe discret et à la décoration éminemment masculine. Je laisse courir un doigt rêveur à la surface de l'antique globe terrestre, parcours du regard les cartes de l'univers accrochées aux murs. D'un œil nostalgique, je contemple l'échiquier plaqué ivoire et ébène autour duquel Michael et moi avons passé tant de soirées, à parler, à échafauder des plans et à rire.

Tu as autre chose à faire qu'à rêver au bon vieux temps, fillette. Au boulot !

Après m'être installée dans le confortable fauteuil de Michael, je court-circuite sur son ordinateur les dispositifs d'identification par empreintes digitales et vocales, comme il m'a lui-même appris à le faire. Cependant, j'ai beau me lancer à la recherche d'informations sur Lucius Adaire, je constate la disparition récente de tout dossier le concernant, ce qui n'est pas pour m'étonner. Mon père adoptif, préférant que j'ignore tout de mon nouveau partenaire, a dû, en homme avisé, prendre ses précautions.

Aussi frustrée qu'épuisée par mon inutile effort, je regagne ma chambre. Il ne reste que quelques heures avant le lever du soleil, et j'ai besoin d'un minimum de sommeil. Toutefois, avant d'avoir pu me recoucher, je me fige à côté du lit à baldaquin. À une discrète odeur de pin, je comprends que je ne suis pas seule dans la pièce. Plissant les yeux, je finis par distinguer dans la pénombre la silhouette de Lucius Adaire, tranquillement installé dans un fauteuil.

— La pêche a été bonne ? demande-t-il, comme s'il était parfaitement au courant de ce que je viens de faire.

Sans prendre la peine de lui répondre, je me mets au lit. Progressivement, le matelas s'adapte aux contours de mon corps. Dans le cocon tiède et doux de mes draps de soie, je me détends et ferme les yeux, sans toutefois relâcher tout à fait ma garde.

— Qu'as-tu l'intention de faire ? s'étonne mon visiteur indésirable.

— Dormir. Tu es autorisé à rester et à te rincer l'œil, comme le pervers que tu dois être.

— Pas question !

Prête à bondir, je le sens se pencher sur moi. Sa main se pose sur mon épaule qu'il agrippe et secoue rudement.

— Debout ! ordonne-t-il. Habille-toi. Entraînement.

Plutôt laconique… Ça tombe bien, je ne me sens pas d'humeur à faire la conversation.

— Bas les pattes, Frankie ! Ou gare…

— Toi, t'es pas du matin.

— Je le serais si c'était le matin. La nuit, je dors. Assez discuté : dehors !

— Tu es toujours aussi insupportable, ou c'est juste un genre que tu te donnes ?

À l'instinct, je me redresse d'un bond et laisse mon poing s'envoler. J'atteins Lucius au menton. Non seulement il ne bronche pas, mais c'est moi qui ne peux m'empêcher de grimacer de douleur. Il doit avoir un squelette en titane, et mon coup a singulièrement manqué de force. A-t-il eu le temps de le voir venir et a-t-il choisi de ne pas l'éviter ? À la réflexion, probablement. Ce qui veut dire que je ne suis pas non plus au top côté réflexes et vitesse d'exécution...

En tout cas, mon dépit semble beaucoup l'amuser.

— Remue-toi les fesses ! lance-t-il en parfait gentleman. Si c'est là tout ce dont tu es capable, c'est EenLi qui aura ta peau, et non l'inverse.

Le pire, c'est qu'il n'a pas tout à fait tort. Alors, je hurle.

— Dehors !

Avec un temps de retard, Lucius s'exécute, non sans délivrer un dernier ultimatum par-dessus son épaule.

— Rendez-vous à la salle d'entraînement du sous-sol. Dans trente minutes. Pas une de plus !

Je ne me force à sortir du lit que lorsque les portes ont coulissé derrière lui. Je me sens encore plus mal en point qu'à mon retour dans la chambre. Comme je ne peux qu'en blâmer Lucius, j'ai hâte de me mesurer à lui. Étant donné la forme qui est la mienne, je ne risque pas d'avoir le dessus, mais j'aurai toujours la possibilité de faire quelques dégâts. Je souris d'aise à cette perspective en m'affairant à mes préparatifs.

Pour commencer, je recouvre mes plaies de cyanoacrylate adhésif, un genre de super-glu chirurgicale qui devrait les empêcher de se rouvrir. Ensuite, je m'offre le luxe d'une longue douche parfumée à la rose. La plupart des gens, aujourd'hui, se lavent sous un spray sec aux enzymes et à la glycéride. Michael, Dieu merci, est assez riche pour m'offrir autant de douches à l'ancienne que je le souhaite. J'avoue que je ne m'en prive pas... à tel point que c'est devenu presque un hobby.

Je me suis laissé dire qu'il y a bien plus d'océans que de terres émergées sur la planète Raka. Peut-être tous mes congénères adorent-ils se baigner. Si mes parents avaient survécu, j'aurais pu le leur demander. Que ne donnerais-je pas pour avoir la possibilité de le faire ! Un poignant regret m'étreint comme chaque fois que je me risque à penser à eux. Tant d'années après leur disparition, comme ils continuent de me manquer, tous les deux !

En sortant de la douche, je me sens un peu plus fraîche et alerte. D'un coup d'œil à l'horloge murale, je vérifie l'heure. Trente-trois minutes ont passé depuis que Lucius m'a délivré son ultimatum. J'en souris de contentement. L'imaginer en train de poireauter dans la salle de gym redouble ma satisfaction.

Lorsque je lève les bras pour libérer mon visage en nouant mes cheveux, je ne ressens qu'une faible douleur au côté. Le moral soudain gonflé à bloc, je vais explorer ma penderie. Dans toutes ses maisons, Michael me réserve une chambre avec dressing garni en permanence. J'opte pour un soutien-gorge de sport rouge vif et un short en spandex assorti.

Mon estomac commence à gargouiller alors que je mets la dernière main à mes préparatifs. Je n'ai rien absorbé de plus substantiel que de l'eau sucrée depuis des jours. Je pénètre dans la cuisine et frissonne de plaisir en sentant le dallage de marbre sous mes pieds nus. Une cafetière encore fumante répand dans la pièce une odeur de café – du vrai arabica, et non un ersatz synthétique. Je fronce le nez de dégoût. Je ne comprendrai jamais comment les humains peuvent se délecter d'un breuvage aussi amer !

Sur le panneau de contrôle, j'enfonce quelques touches. Trente secondes plus tard, un sandwich à la dinde émerge du guichet. Je le saupoudre généreusement de sucre et parviens à en avaler la moitié avant que mon estomac ne crie grâce.

Quarante-neuf minutes se sont écoulées. Souriante, je gagne enfin la salle d'entraînement du sous-sol.

J'y découvre Lucius occupé à se défouler, torse nu, sur un punching-ball. Sa peau hâlée révèle une musculature de bronze antique, que seules déparent quelques cicatrices zébrant sa cage thoracique. La sueur sinue en ruisselets le long de son torse pour aller se perdre dans la ceinture de son short noir. Il a l'air sexy en diable et ne m'accorde pas un regard à mon entrée. Mon sourire se fige sur mes lèvres. Comment un personnage aussi odieux peut-il ne pas être également hideux ?

Je passe les deux heures suivantes à faire des exercices d'assouplissement sur le matelas de gym. Je me concentre et canalise mon énergie pour dépasser progressivement les limites imposées à mon corps par mes blessures. Je dois m'interrompre à plusieurs reprises, en nage et tremblante comme une feuille. Même si je ne suis pas au mieux de ma forme, cela prouve au moins que je suis vivante...

Sans doute Lucius aurait-il préféré me voir m'entraîner aux haltères, ou sur le ring de boxe virtuel. Habituellement, c'est par là que je commence, mais aujourd'hui, je suis décidée à ménager mes forces.

Délaissant le matelas, je vais à l'espalier pour quelques étirements. Alors que je lève la jambe à la verticale contre les barreaux, je prends conscience du silence qui règne soudain et tourne la tête vers mon partenaire. Figé sur place, il fixe sur moi un regard intense qui me fait frémir de rage et m'exclamer :

— Espèce de voyeur ! Tu prends ton pied ?

— Quand tu auras fini de jouer les danseuses, aboie-t-il, on pourra peut-être s'entraîner sérieusement. À moins que tu ne te sentes pas de taille à lutter contre moi.

— J'en ai maté de plus coriaces, Frankie.

Un muscle se contracte sur sa mâchoire. Ses yeux de Cro-Magnon lancent des éclairs.

— Mettons les choses au point, *Cookie*... Tu ne m'aimes pas, et j'en ai autant à ton service. Tu penses ne pas avoir besoin d'un partenaire, et moi, ce n'est pas de gaieté de cœur que je vais me coltiner une extraterrestre arrogante et gâtée-pourrie, sans aucun talent apparent.

— Rien ne t'y oblige.

— Je ne suis pas né avec une cuillère en argent dans la bouche, baby. Et ton père me paie une fortune pour être là.

— C'est le gouvernement qui nous paie, *baby*. Atterris !

Un petit sourire au coin des lèvres, il semble sur le point d'ajouter quelque chose, puis se ravise.

— Au moins, dis-je pour lui river son clou, ce n'est pas à toi qu'on impose la présence d'un chaperon.

Il me toise un instant avant de répliquer :

— Ce n'est pas moi non plus qui me suis planté. Moi, je n'ai jamais raté une mission.

Je serre les dents pour ne pas lui foncer dessus et lui faire ravaler à coups de poing ses paroles. Comme si j'avais besoin qu'on me rappelle mon échec ! Comme s'il n'était pas là en permanence, au centre de mon esprit, même en rêve.

— De toute ma carrière, c'est mon premier échec. Un échec que je compte bien racheter.

— De toute ta carrière, comme tu dis, rétorque-t-il avec un haussement d'épaules dédaigneux, tu n'as connu que des succès faciles. Pas de quoi pavoiser…

Le salaud ! En quelques pas, je franchis la distance qui nous sépare et viens me camper face à lui, jusqu'à ce que nos nez se touchent. Nos souffles se mêlent. Sa présence magnétique me baigne. Pourquoi ne puis-je garder mon calme face à cet homme ? Bon gré mal gré, il parvient systématiquement à me faire sortir de mes gonds.

— Méfie-toi ! dis-je d'un ton menaçant. Que cela m'ait été facile ou pas, ceux que j'ai éliminés ne sont plus là pour en parler. Tu pourrais bien être le prochain sur la liste.

— Tu m'intrigues… lance-t-il, narquois. Comment as-tu éliminé ces cibles que tu es si fière d'avoir inscrites à ton palmarès ? En les faisant mourir d'ennui ?

— Assez ! s'exclame Michael depuis le seuil.

Nous nous retournons tous deux pour lui faire face. Avec une nonchalance feinte, il est appuyé de l'épaule au montant de la porte, une tasse de café fumant dans une main, un cigare non allumé dans l'autre.

— Je vous laisse seuls cinq minutes et vous en profitez pour vous bouffer le nez ! reprend-il en dardant sur nous un regard courroucé. Apprenez à travailler ensemble, sinon vous devrez chercher un autre job.

D'un air dégoûté, il secoue la tête avant de reporter toute son attention sur moi.

— J'aurais voulu te laisser plus de temps pour récupérer, poursuit-il, mais il y a du nouveau.

Puis, à l'intention de Lucius, il conclut :

— Quand vous aurez fini de vous entraîner, explique à Eden ce que j'attends de vous aujourd'hui.

Sur ce, il nous laisse à nouveau seuls. Tenaillée par la curiosité, j'ordonne à Lucius :

— Raconte ! Que se passe-t-il ?

— Personne ne t'a jamais appris la politesse ?

J'hésite un instant à prononcer ces mots qui m'écorchent la bouche, mais mon impatience est la plus forte.

— S'il te plaît.

— Après l'entraînement...

J'ai du mal à ravaler le flot d'injures qui me monte aux lèvres. Son insupportable arrogance, je me promets de la lui faire payer. Chèrement.

— C'est quand tu veux... dis-je en soutenant sans ciller son regard de rapace posé sur moi. Je suis prête.

En tant que Raka, je n'ai aucune disposition particulière pour le combat au corps à corps. Toutefois, en tant que tueuse professionnelle, j'ai tout ce qu'il faut pour lui faire passer un sale quart d'heure. Blessée ou pas.

Sans se presser, Lucius va se placer au centre du matelas de gym. Je le suis et me campe devant lui, m'efforçant de mobiliser mes forces et de concentrer mon énergie. Je ne suis pas au mieux de ma forme, mais il me faudra faire avec. À défaut de puissance physique, je dois miser sur la stratégie. Rester concentrée, lucide.

Et surtout, ne laisser aucune réaction émotionnelle me déstabiliser.

— Ne t'attends pas à un traitement de faveur, prévient-il. Je me fiche que tu sois blessée, et plus encore que tu sois une femme.

Puisqu'il donne dans l'intimidation, je ne vais pas me gêner pour l'imiter.

— Prépare-toi à souffrir. Je vais te hacher menu. Bonne chance, Frankie !

Avec un grondement sourd, il bondit sur moi. D'un pas de côté, je l'évite sans problème. Emporté par son élan, il perd l'équilibre et manque de s'étaler.

— Tu te laisses aveugler par la colère, dis-je d'un ton condescendant. Pas très pro...

Pivotant sur ses talons, il se rue de nouveau dans ma direction. Je lui décoche un droit à l'estomac, mais cela ne le ralentit pas. Il m'attrape par les épaules et, cette fois, je ne peux l'éviter. D'une brusque poussée il me jette sur le sol, que je percute avec une grimace, poignardée par la douleur qui se réveille à mon côté. Je n'ai pas le temps de souffler qu'il m'écrase de tout son poids, encerclant de ses larges mains mon cou pour m'étrangler.

— Trop lente... commente-t-il à mi-voix. Beaucoup trop lente.

Piquée au vif, je retourne la situation en lui assenant une manchette au coude, que je fais suivre d'un coup de poing dans le plexus. Le souffle coupé, il roule sur le côté et se redresse d'un bond. Je l'imite et ne lui laisse pas le temps de reprendre l'initiative. Trop lente, a-t-il dit ? Je le lui fais payer en lui flanquant un coup de pied dans les parties, ce qui lui arrache un gémissement et le plie en deux de douleur. Je profite de ce moment de faiblesse pour placer un uppercut à sa joue gauche.

— Pas mal, commente-t-il en se frottant la joue. Voyons à présent ce que tu dis de ça.

Avant même d'avoir achevé sa phrase, il lance sa jambe en avant et me fauche d'un croche-pied imparable. Je vais m'étaler de tout mon long et me retrouve, l'instant d'après, épinglée face contre terre au matelas. Allongé sur mon dos, Lucius pèse sur moi de tout son poids. Je sens son souffle précipité effleurer mon oreille, ma joue. Sa peau, partout où elle est en contact avec la mienne, me brûle et me fait frémir non de dégoût mais de désir. Et lorsque je parviens à reprendre mon souffle, l'âcre odeur d'homme qui m'emplit les narines accentue encore mon trouble.

— Et dans cette position ? demande-t-il d'une voix dont le calme contraste avec mon agitation. Que fais-tu ?

Ses doigts longs et forts sur mes bras nus me semblent étrangement doux. Interdite, je ne bouge pas et me garde bien de lui répondre. À son contact, je me sens bien plus en présence d'un amant que d'un ennemi.

Une vague de désir enfle en moi, toujours plus brûlante, toujours plus forte, que je ne peux nier ni réprimer. Le fait de sentir palpiter contre le sillon de mes fesses son érection – massive, brûlante, dure – n'est pas de nature à arranger les choses. Bien sûr, ce n'est pas véritablement *moi* qu'il désire. Les hommes, je le sais, s'excitent pour un rien au contact d'une femme. Il faut dire que dans cette position...

Mais savoir que Lucius banderait de la même façon s'il dominait ainsi n'importe quelle autre femme ne suffit pas à refroidir mes ardeurs. De dangereuses fantaisies surgissent en moi. *Chairs nues, en sueur, murmures de reddition.* De lui-même, mon corps s'arc-boute, à la recherche de plus de contact, de davantage de chaleur.

Et c'est alors qu'une douce fragrance de cannelle et de miel se répand autour de nous. Paniquée, je sens mes joues s'empourprer et je me tortille désespérément pour me libérer. Quiconque connaît les Rakas sait que notre corps exhale spontanément cette odeur lorsque nous sommes au comble de l'excitation.

— Lâche-moi !

Cela ressemble bien plus à une supplique qu'à un ordre, mais je serais bien incapable de garder mon calme même si ma vie en dépendait.

— Qu'est-ce qui te prend ? s'étonne-t-il. Si tu ne te tiens pas tranquille, tu vas finir par te faire mal. Tu sens bon, tu sais... Je ne m'en étais pas rendu compte.

Il ne sait pas... Immédiatement, je me calme et retrouve mon sang-froid. Je veux bien admettre dans le secret de mes pensées que ce type me fait de l'effet, mais je ne tiens pas à ce qu'il le sache lui aussi.

— Je le répète pour la dernière fois, dis-je d'une voix plus calme et déterminée. Ôte-toi de là !

— Sinon ? Au cas où tu ne l'aurais pas remarqué, tu es épinglée au sol comme un papillon. Et comme il n'y a rien que tu puisses faire pour te libérer, il me semble que tu as un léger problème.

— Tu crois ça ?

J'ai beau faire de mon mieux pour crâner, je n'en mène pas large. Il me faut absolument sortir de cette galère au plus vite avant de faire quelque chose de tout à fait stupide – comme haleter ou écarter les jambes, par exemple.

— J'en suis sûr.

Lucius marque une pause avant de reprendre d'une voix cajoleuse :

— Pourquoi veux-tu te débarrasser de moi si vite ? Tu n'aimes pas les assauts trop brutaux ?

— Au contraire, dis-je en m'efforçant de ne plus bouger. J'adore ça.

— Menteuse !

Sa voix, basse et rauque, déborde d'énergie sexuelle.

— En fait, reprend-il tout contre mon oreille, je suis sûr que tu aimes faire ça tout en douceur et sensualité.

Merde ! S'il continue sur ce ton, je vais finir par lui arracher son short en lui ordonnant de passer à l'acte plutôt que d'en parler.

— Va te faire foutre ! parviens-je à lancer sourdement. Tu veux peut-être me donner une leçon ?

— Ce serait avec grand plaisir, mais ça devra attendre.

Lucius inspire profondément, comme s'il lui fallait se ressaisir, puis ajoute d'une voix toute professionnelle :

— Quand un homme t'immobilise au sol de cette façon, la meilleure chose à faire consiste à le mordre au bras afin de profiter de sa distraction pour te dégager.

Avant que je puisse le prendre au mot, il se relève d'un bond et me libère. Envahie par un curieux sentiment de dépossession, je roule sur le dos et emprisonne dans la foulée ses jambes avec les miennes. L'effet de surprise est total : Lucius s'étale de tout son long sur le sol. Je me mets à rire de bon cœur et demande innocemment :

— Pour pouvoir faire quelque chose comme ça ?

Son rire franc et massif se mêle au mien. Il ne fait rien pour se relever et reste étendu, les yeux rivés au plafond.

— Bien joué, admet-il. Je n'ai rien vu venir.

— Merci.

Lucius se rembrunit et passe une main sous sa nuque avant d'ajouter :

— Je veux que ce bâtard d'EenLi meure au plus vite. Pas seulement parce que c'est notre mission, mais parce qu'il le mérite.

Je tourne la tête et le regarde. De profil, son visage est aussi fier et altier que de face. Je m'étonne :

— On dirait que tu as une dent contre lui. Quelque chose de personnel ?

— Toute mission est personnelle, mais celle-ci l'est plus encore pour moi. Michael a dû te dire qu'EenLi a travaillé pour lui ?

— Oui.

— Quand il s'est tiré pour devenir marchand d'esclaves, il a liquidé quelques agents. Plusieurs d'entre eux étaient mes amis.

Lucius tourne la tête vers moi, une lueur meurtrière au fond des yeux.

— Si à un moment ou à un autre de cette mission je m'aperçois que tu es un poids pour moi, je jure de te le faire payer cher.

Au cas où il aurait besoin d'un support visuel, je pointe devant ses yeux un majeur bien dressé et rétorque :

— Je vais parler lentement pour que tu me comprennes bien... Si *moi* je m'aperçois au cours de cette mission que *tu* m'empêches de faire mon boulot, je jure de te renvoyer chez ta mère en larmes, aussi plat côté braguette qu'un eunuque !

Un sourire amusé se dessine sur ses lèvres.

— Il paraît que tu es la reine du couteau ?

— On dit ça. Prie pour ne jamais avoir à le vérifier personnellement.

— Reçu cinq sur cinq.

Souple et rapide comme un cobra, il saute sur moi et m'enfonce les genoux dans les épaules. Aussi prompte et agile que lui, je lève les jambes et parviens à enserrer son cou en ciseau entre mes chevilles. Les muscles de mes cuisses protestent lorsque je l'attire vers l'arrière. Tout son corps bascule.

Revirement de situation : moi dessus, lui dessous. Dès que son dos heurte le matelas avec un bruit mat, je conclus en lui donnant un coup de coude dans l'estomac. En me remettant bien vite sur pied, je lui demande :

— EenLi s'est-il manifesté à nouveau ?

Le souffle coupé, Lucius se redresse péniblement.

— Il a été aperçu à New Dallas, répond-il dès que cela lui est possible. Nous pensons qu'il a assassiné une femme.

— Cela ne lui ressemble pas. EenLi enlève, torture et viole, mais tue rarement. Un cadavre ne lui est d'aucun profit.

— Je sais. Je pense qu'il est aux abois et qu'il a agi sous le coup de l'affolement.

D'une brusque détente, Lucius m'assène un coup de pied dans l'avant-bras. Ma blessure se rappelle à moi dans une explosion de douleur. Je grimace mais parviens à ne pas gémir. Ça lui ferait trop plaisir. Visant la tête, je lance mon bras en avant. Mon poing percute sa tempe, son menton valse sur le côté.

— Il lui faut habituellement des mois pour trouver ses victimes, dis-je, puisqu'il ne cherche que des esclaves répondant aux commandes de ses clients. Pourquoi agir avec tant de précipitation, cette fois ?

— D'après ce que tu as raconté à Michael, répond-il en esquivant un nouveau coup, certains de ceux qu'il devait livrer dernièrement sont morts de maladie. Ses clients n'ont pas dû aimer ça. Ils ont commandé un nombre précis d'esclaves et doivent tenir à être convenablement servis. Et n'oublie pas que tu as tué son lieutenant, ce qui l'oblige à faire lui-même une partie du sale boulot.

— Ça se tient.

Puisque l'attaque a si bien réussi sur moi précédemment, je la lui retourne et lui fauche les jambes d'un croche-pied. Il n'a pas encore tout à fait touché le sol que mes genoux le maintiennent aux épaules. Après avoir soutenu un instant mon regard triomphant, Lucius laisse ses yeux descendre jusqu'à mon entrejambe qui, dans cette position, se trouve quasiment sous son nez.

— Jolie vue... commente-t-il, goguenard.

Je tente d'ignorer la vague de désir qui monte en moi à ces mots mais ne peux réprimer un frisson. Pour ne rien arranger, de courtes mèches noires lui hérissent le front, lui donnant un air de sortir du lit après l'amour.

— Écoute-moi bien, joli cœur... dis-je pour masquer mon embarras. Je n'ai rien à voir avec celles qui doivent te tomber dans les bras sur un claquement de doigts. Et je suis plus aguerrie et dangereuse que ton petit cerveau de macho limité ne peut l'imaginer. Les choses que j'ai dû faire, les endroits dans lesquels j'ai dû m'introduire, feraient frémir la plupart des types dans ton genre.

45

— Tu restes pourtant une femme, rétorque-t-il comme si cela suffisait à expliquer tous les secrets de l'univers. Et qui plus est, une Raka, la plus pacifique des races d'aliens à être venus sur notre planète.

— Tu oublies que je suis aussi une tueuse. Je gagne ma vie à coups de flingue et à la pointe de ma lame. Je n'ai pas peur de toi. Et c'est moi qui tuerai EenLi.

Une émotion indéchiffrable flambe au fond de ses yeux. J'aimerais croire que c'est de l'admiration, mais il s'agit plus probablement de scepticisme.

— Pourquoi avoir choisi de tuer des extraterrestres alors que tu en es une toi-même ? s'étonne-t-il. Qu'est-ce qui motive une telle haine fratricide ?

— Rien qui te regarde.

— J'ai bien étudié ton dossier. Je n'ai rien trouvé.

Là, je ne peux m'empêcher de tiquer. Quoi ? Michael a pris soin d'effacer le dossier de Lucius de son ordinateur pour que je ne puisse le consulter, et il a eu le culot de lui communiquer le mien ?

— À vrai dire, insiste-t-il, je ne te comprends pas. En tuant des aliens, tu protèges ces humains qui n'ont rien eu de plus pressé que de chasser tes semblables pour s'approprier leur belle peau dorée...

— Je suis de cette planète autant que toi. Je suis née ici, j'y ai vécu toute ma vie. Le fait que je sois une Raka...

Agacée, je hausse les épaules et conclus :

— Tu es un humain. Hésiterais-tu à tuer un autre humain si c'était nécessaire ?

— Absolument pas. Et toi ?

— Je m'en ferais un plaisir. Surtout s'il s'agit de toi. Certains individus, quelle que soit leur origine, doivent être mis hors d'état de nuire. C'est la seule façon de garantir la paix pour le reste de l'humanité.

Un sourire sensuel ourle les lèvres de Lucius. Je dois me retenir pour ne pas me pencher et y goûter.

— Tu veux savoir quels sont les plans de Michael pour nous aujourd'hui ? demande-t-il enfin.

J'acquiesce d'un bref hochement de tête. En colère contre moi-même, je réalise que cela m'était complètement sorti de la tête. Plus que jamais, je dois me tenir sur mes gardes. *Reprends-toi, Eden. Garde ta libido sous contrôle et rappelle-toi que tu n'aimes pas cet homme. O.K. ?*

— Un de nos agents a retrouvé Sahara Rose, dit-il sans même chercher à se libérer. Elle a été appréhendée à New Dallas. Michael veut que nous allions l'interroger et lui soutirer toutes les informations qu'elle peut détenir.

Sous le coup de l'excitation, je manque de me relever d'un bond mais parviens à rester en place.

— Quand partons-nous ?

— Dans deux heures. Mais c'est moi qui pars.

Comme des serres, ses mains se referment sur mes cuisses. Pas assez pour me faire mal, mais suffisamment pour attirer mon attention.

— Je veux l'interroger seul, reprend-il en me fixant droit dans les yeux. Tu n'as donc pas besoin de faire le voyage.

Un rire caustique s'échappe de mes lèvres.

— Tu plaisantes, pas vrai ?

— Tu ne tireras jamais rien d'elle. Telle que tu es là, tu as l'air aussi menaçante qu'un bol de lait au miel.

— On ne t'a jamais appris à te méfier des apparences ?

J'ai beau m'y essayer, je ne parviens pas à masquer ma fureur. Ce refrain, je l'ai entendu toute ma putain de vie ! Depuis que je suis toute petite, on me rebat les oreilles avec le couplet de la fille à papa pourrie-gâtée qui ne fera jamais rien toute seule. Et à la lueur de mon récent échec, je déteste me l'entendre seriner une fois encore.

— Et toi, on ne t'a jamais dit que tu n'as pas une bouche à faire ce métier ?

Les yeux plissés, je demande lentement :

— Vas-y, je t'écoute... Qu'est-ce qu'elle a, ma bouche ?

Lucius soutient mon regard et sourit largement. Il a l'air de bien s'amuser, le salaud.

— C'est une bouche à deux cents dollars de l'heure, dit-il. Pas une bouche à impressionner un suspect.

Cette fois, c'est à moi de sourire. Manifestement, il n'a aucune idée de ce qui l'attend avec Sahara Rose. Je sens que je vais bien m'amuser.

D'un air innocent, je demande :

— Tu sais quoi ? J'aimerais faire un pari avec toi. Je te donne dix minutes pour arracher une seule parole à Sahara Rose, une seule réponse à tes questions.

Pour l'avoir suivie pendant des jours, je connais bien cette femme. Lucius, avec son allure de brute épaisse et son arrogance de mâle, va se heurter à un mur de silence borné.

— Et quand j'aurai réussi à la faire parler ? s'enquiert-il, de plus en plus amusé. J'aurai gagné quoi ?

— Ma bouche. Gratis…

Il n'hésite pas une seconde.

— Marché conclu !

— Ça ne t'intéresse pas de savoir ce que je gagne, moi ?

— Non. Je n'ai pas l'intention de perdre ce pari.

— Pour qu'il y ait pari, il faut pourtant que tu mettes dans la balance quelque chose qui me fait envie.

L'ombre d'un doute passe au fond de ses yeux.

— C'est-à-dire ? demande-t-il suspicieusement.

— Quand tes dix minutes seront écoulées, je veux que tu te mettes à l'écart et que tu la fermes. Je commencerai par recueillir les informations dont nous avons besoin, ensuite je veux que tu te mettes à genoux devant moi pour chanter mes louanges et mon savoir-faire.

Lucius acquiesce d'un hochement de tête et conclut avec un sourire de victoire anticipé :

— Prépare-toi, Cookie. Ta bouche, c'est sur tout mon corps que je la veux…

4

Dans le luxe feutré de l'ITS privé de Michael – Ionic Transport System, un jet propulsé, pour ce que j'en sais, grâce aux vibrations de cordes de particules élémentaires – j'ai le plus grand mal à empêcher mon esprit de se risquer en terrain glissant.

Ta bouche, c'est sur tout mon corps que je la veux...

Bien plus tentateurs que menaçants, ces mots ne cessent de tourner en boucle dans mon crâne. Comment ne pas imaginer mes lèvres glissant le long du torse musclé de Lucius, ses gémissements quand elles parviennent au bas de son ventre, ses doigts agrippant mes cheveux, son goût sur ma langue ?

Depuis que nous avons embarqué pour New Dallas, je n'ai pas pensé à grand-chose d'autre et je flotte dans une sorte de brouillard sensuel. Mon corps ne cesse d'exhaler sa caractéristique odeur de miel, et il n'y a rien que je puisse faire pour l'en empêcher. Au moins mon partenaire s'est-il abstenu de tout commentaire sur mon « parfum ».

Avec un soupir résigné, je me renfonce dans le moelleux siège de cuir. Malgré la vitesse à laquelle il nous transporte, l'ITS est parfaitement immobile et silencieux. Sans la vue panoramique sur un ciel d'azur constellé de nuages crémeux que nous offrent les hublots, je pourrais m'imaginer confortablement installée à la maison, en train de rêver de mes succès futurs. Au lieu de cela, me voilà telle qu'en moi-même, à des milliers de pieds au-dessus du sol : une ratée, chaperonnée par un partenaire indésirable, mais qui ne peut s'empêcher pourtant de le désirer...

Les Rakas sont sensuels par nature. Ils sont réputés être des créatures vouées à la paix, au luxe décadent, au plaisir. Je lutte depuis toujours pour faire mentir cette fatalité, et croyais jusqu'à présent avoir gagné.

Je mentirais en prétendant que je suis devenue tueuse professionnelle par vocation. Si j'ai voulu suivre à l'origine l'entraînement de Michael et de ses hommes, c'était pour pouvoir passer plus de temps avec mon père. Sans doute s'agissait-il aussi pour moi de l'impressionner. Le respect et l'admiration qu'il porte à ses agents, j'en voulais une part pour moi-même. Aux yeux du monde autant qu'à ses yeux à lui, je voulais être plus et mieux que sa fifille adorée élevée dans du coton. On l'a souvent taquiné avec ça, mais il tire une certaine fierté d'avoir toujours cédé aux caprices de sa « petite princesse ».

Ça n'a pourtant pas été de gaieté de cœur qu'il m'a laissée participer aux sessions d'entraînement. Je me suis fait un point d'honneur de ne réclamer aucun traitement de faveur. Avec autant d'application et d'opiniâtreté que les meilleurs de ses agents, j'ai appris à me battre, à chasser, à manier les armes. Mais ensuite, il m'a fallu regarder mes homologues masculins partir en mission et revenir victorieux, tout en restant constamment à l'arrière. Je les ai entendus discuter à mi-voix des atrocités commises par ceux qu'ils étaient chargés d'éliminer et me suis mise à envier la légitime fierté qu'ils tiraient du fait de protéger plus faibles qu'eux.

C'est donc tout naturellement que devenir agent à part entière a constitué un nouveau but pour moi. Au fil du temps, ce qui n'avait été qu'un moyen de me rapprocher de Michael avait fini par donner un sens à ma vie. Laissant derrière moi la défroque de la petite princesse, j'ai voulu me rendre utile et m'engager pour une cause que j'estimais vitale et juste.

Non sans réticence, Michael a fini par se décider à me laisser faire mes preuves. Avoir à tuer quelqu'un pour la première fois m'a été moins difficile que je ne le craignais – et que ceux qui m'entouraient ne l'avaient imaginé. Être une Raka, sensuelle et pacifique, ne m'avait pas empêchée de prendre une vie. J'ai alors réalisé que combattre le mal en semant la mort constitue à mes yeux une sorte de danse sensuelle, dont la préservation de la paix pour le plus grand nombre est le but ultime. C'est en ce sens que tuer est devenu pour moi une seconde nature.

Face à moi, Lucius étend ses longues jambes, annexant une partie de mon espace personnel. Bien que nous ne nous touchions pas, je perçois sa chaleur corporelle et je n'aime pas ça. Je ne l'aime pas *lui*, point final ! Il a le don de me déconcentrer, et Dieu sait que j'ai besoin, dans ce job, de rester concentrée, sous peine de servir de cible à mon tour. Et me voilà pourtant, transie de désir comme une midinette à son premier flirt, à rêvasser d'un homme dont la seule évocation me cause une souffrance qui ne doit rien à mes blessures.

À la dérobée, je ne peux m'empêcher de jeter un coup d'œil à sa bouche. Des lèvres à faire se damner une sainte, et malgré cela que de dureté, d'énergie et de danger potentiel dans leur dessin... J'imagine cependant qu'en se posant sur celles d'une femme elles doivent se faire tendres, douces, brûlantes, parfaites. Un homme tel que lui a plus sa place sur un champ de bataille que dans un lit, mais je suis prête à parier qu'il excelle dans les deux disciplines, même si je n'ai aucunement l'intention de le vérifier par moi-même.

Je me redresse dans mon siège et m'offre un coup d'œil sur le reste de sa personne. Sa nouvelle allure continue de me surprendre. Il s'est arrangé pour endosser un autre rôle avant notre départ de New Mexico. Ses cheveux sont à présent blancs comme neige, un piercing lui barre le sourcil gauche, et son crâne tatoué à la naissance de son cou paraît aussi inquiétant que toute son apparence. Menaçant, mais plus sexy que jamais...

— Tu peux me dire à quoi tu penses ? me demande-t-il d'un ton dégagé.

Mon cœur fait un bond dans ma poitrine au son de sa voix. Je me garde bien de lui répondre. S'il savait...

Il ne m'a pas dit un mot pour expliquer son changement de look, mais je devine qu'il doit être connu à New Dallas sous une identité différente. Il a probablement déjà travaillé avec les hommes que nous allons rencontrer, et c'est sous ce visage-là qu'ils le connaissent.

Je réalise soudain que Lucius continue de m'observer. Ses yeux intenses, d'un bleu de glace, semblent voir à travers moi. Au moins leur couleur n'a-t-elle pas changé.

— Tu ferais aussi bien de me le dire tout de suite, dit-il avec son habituelle arrogance, car tôt ou tard je le saurai. Alors à quoi bon retarder l'échéance ?

— Je pensais à toi, dis-je en soutenant son regard.

Ce qui est vrai. J'arrange tout de même un peu la vérité en ajoutant :

— J'étais en train d'imaginer comment tu vas te planter en essayant d'interroger Sahara Rose.

Lucius arque son sourcil percé, soulevant le minuscule haltère qui s'y trouve.

— Je ne suis pas sûr que ce soit la perspective de me baiser qui te colle cette expression sur le visage. Je dirais plutôt que c'est celle de *te* faire baiser...

Je bataille ferme pour garder un visage de marbre mais ne peux m'empêcher de rougir. En quelques mots, il vient de ranimer l'ardeur des fantaisies érotiques qui font le siège de mon cerveau.

— Très élégant, dis-je d'un ton bourru. Tu as vraiment besoin d'être vulgaire ?

— Notre job, c'est de tuer des gens, et tu me reproches mon vocabulaire ?

Nous faisons peut-être le même boulot, me dis-je, mais nous le faisons de manière totalement différente. J'œuvre pour la paix, pour le bien de mes semblables ; lui n'est motivé que par l'argent. Ma loyauté n'est pas sujette à caution, la sienne peut sans doute varier avec le vent.

— Oh ! J'oubliais ! ajoute-t-il d'un ton caustique. C'est à une fille à papa délicate et sophistiquée que je m'adresse. Et ne t'avise pas de me dire le contraire. On m'a raconté des tas d'histoires sur ton enfance, comment tu boudais et pleurais quand tu ne parvenais pas à obtenir ce que tu voulais.

Le visage tordu en une grimace comique, il prend une voix haut perchée et gémit :

— « J'avais demandé une robe bleue, daddy, pas une verte… Ouinnnn ! »

Il roule des yeux et conclut d'un air dégoûté :

— Je comprends que tu ne puisses pas aimer ma façon de parler. Les princesses dans ton genre sont habituées à un langage plus châtié.

Sa tirade me fait l'effet d'une gifle bien plus douloureuse qu'aucun des coups bien réels qu'il m'a déjà donnés. Voilà une éternité que je ne suis plus celle qu'il vient de décrire. J'avais cessé d'appeler Michael « daddy » avant même de commencer mon entraînement avec ses hommes.

— Dommage qu'il n'y ait pas de contrat sur ta tête, dis-je dans un murmure plein de rancœur. Je me serais fait un plaisir de l'exécuter.

— Qui te dit qu'il n'y en a pas ?

— Il y en a un ?

Il hausse les épaules et bougonne :

— Puisque tu es si forte, à toi de me le dire.

Nos regards se croisent et ne se lâchent plus. Son visage de granit reste aussi indéchiffrable qu'habituellement. Rien dans son expression ou son attitude ne trahit ses pensées.

— O.K. ! dis-je au terme de cette confrontation muette. Tu en as sans doute plus d'un sur la tête. Comme tu n'es pas du genre à la jouer cool, tu as dû te faire des ennemis dans chaque endroit où tu es passé.

Dès l'instant où j'ai prononcé le mot « jouer », ses yeux ont glissé jusqu'à mes lèvres. À quoi pense-t-il ? Comme moi, à nos corps nus et couverts de sueur glissant l'un sur l'autre ? Pour le savoir, je lui retourne sa question.

— Tu peux me dire à quoi tu penses ?

Lentement, son regard revient se river au mien.

— Tu veux une réponse honnête ou le même genre de connerie que tu m'as sortie ?

Sans attendre, il enchaîne en se penchant vers moi :

— À dire vrai, j'imaginais combien tes lèvres vont être chaudes, tendres et humides quand j'aurai gagné notre pari et que je pourrai en faire ce que je veux.

J'écarte l'hypothèse d'un haussement d'épaules.

— Qu'est-ce que ça peut te faire ? Tu ne m'aimes pas.

— Je n'ai pas besoin de t'aimer pour avoir envie de toi.

Il n'est pas un homme pour rien ! Heureusement pour lui, à cet instant le bruit du train d'atterrissage se déployant me retient de rectifier à coups de lame son sourire suffisant. Je préfère ne pas m'appesantir sur le fait que ne pas l'aimer mais le désirer néanmoins, c'est exactement ce que je fais moi aussi...

L'ITS autopiloté va glisser en douceur sur son aire d'atterrissage programmée d'un aéroport privé de New Dallas. Lucius et moi sortons sans attendre. Un pas derrière lui, je me surprends à lorgner le modelé suggestif de ses fesses. Pas mal... L'enfoiré !

Un soleil de plomb brille au zénith et nous enveloppe d'une chaleur accablante. Ma peau dorée est plus sensible aux UV que celle des humains. Autant que possible, je porte des vêtements qui me couvrent le corps – et qui me permettent d'y dissimuler mes armes favorites. J'ai mis mes lunettes noires avant même de sortir de l'avion et, parce que j'appartiens à une race convoitée, j'ai pris soin pour ne pas attirer l'attention de dissimuler mes cheveux sous une casquette de base-ball.

Déjà, un voile de sueur envahit mon front. Pour échapper à la petite brise chargée de poussière qui m'assaille, je m'engouffre à l'arrière d'un rutilant glisseur noir blindé contre les balles et le laser. Deux agents de Michael sont installés à l'avant, tous deux humains et dans la trentaine. Je les reconnais et les salue d'un hochement de tête. Ren, le Monsieur Muscle installé dans le siège passager, m'a fait du plat à plusieurs reprises et aurait bien voulu que je sorte avec lui. Je l'ai à chaque fois rembarré, principalement à cause de ses yeux fureteurs et de ses mains baladeuses.

— Merci d'être venu, dis-je.

Ren se tourne vers moi et me sourit.

— Aucun problème… répond-il avec un clin d'œil. Tu sais bien que je ferais n'importe quoi pour toi.

Pour me le prouver, sans doute, il laisse son œil lubrique courir sur moi. Il y a des moments où le fait de ne pas être télépathe est une bénédiction. Je ne serais pas étonnée de me découvrir, dans le secret de ses pensées, déjà à poil et les jambes écartées. Toute réaction de ma part ne ferait que l'encourager, je le sais par expérience. Aussi, je me contente de prendre mon mal en patience et de la boucler.

L'atmosphère devient subitement plus tendue dans le véhicule lorsque Lucius vient prendre place à mes côtés. Ren évite de croiser son regard, mais sa moue de dédain est éloquente. Son voisin n'a pas cette prudence. Marko, le teint olivâtre et les yeux aussi noirs que ses cheveux, fait volte-face et fixe mon partenaire, le visage tordu par la fureur.

— Apparemment, dis-je en laissant mon regard aller de l'un à l'autre, les présentations sont inutiles.

— Ce connard m'a pété le nez ! fulmine le chauffeur.

Sans paraître concerné le moins du monde, Lucius lâche d'une voix égale :

— Et si tu ne te dépêches pas de te retourner et de nous conduire où nous devons aller, je me ferai un plaisir de remettre ça.

La tension monte d'un cran. Je suis certaine que les trois hommes vont en venir aux mains ou, plus exactement, je n'ai aucun mal à me convaincre que Lucius va ne faire qu'une bouchée de Marko et Ren. J'en suis venue à douter tout naturellement que quiconque ou quoi que ce soit puisse atteindre Lucius Adaire.

N'est-ce pas comique ? Lorsque nous nous sommes rencontrés, j'étais certaine d'avoir affaire à un bellâtre sans cervelle, plus à sa place sur un poster de charme que dans une bataille rangée. Il faut dire qu'entre-temps il a su me prouver ses capacités sur le tatami. Cela, je ne peux le nier.

Décidée à ne pas me mêler à cet affrontement de petits coqs, je me renfonce dans le siège et remonte mes lunettes sur mon nez. J'imagine que Lucius a servi dans l'armée. Les forces spéciales. L'A.I.R., peut-être. Il suffit de le voir se déplacer avec la grâce et la discrétion d'un prédateur en chasse pour le comprendre. De plus, la violence ne lui fait pas peur ; elle le fait bander.

Il n'empêche que je ne veux toujours pas de lui comme partenaire. Comment pourrais-je faire mes preuves, si je dois l'avoir constamment à mes côtés ? En dépit de ses menaces de me régler mon compte si je l'entrave dans son action, il ne pourra sans doute pas s'empêcher de bondir devant moi au moindre échange de coups de feu. Les agents de Michael sont protecteurs dans l'âme. C'est une seconde nature chez eux, et Lucius ne doit pas échapper à la règle.

— Je ne suis pas payé à l'heure, mesdames ! ajoute-t-il à l'intention des deux autres. Allons-y, pressons...

Littéralement noir de fureur, Marko s'exécute. La nuque et le dos raide, il entre rageusement les coordonnées de notre destination dans l'ordinateur de bord. Ren est plus lent à se retourner. Son regard calculateur ne cesse d'aller de Lucius à moi. Il ne m'a jamais vue travailler en équipe auparavant, aussi doit-il se demander ce que je fiche avec lui. Ce n'est certainement pas moi qui le lui dirai.

Ostensiblement, je reporte mon attention sur le paysage qui se met à défiler derrière la vitre tandis que le véhicule démarre. Les arbres jaunes et desséchés souffrent de la sécheresse persistante. Le vent soulève la poussière en gros nuages rouges au bord des routes, poussant devant lui des ballots d'amarante séchée.

Aucun de nous ne dit mot. Dans le silence tendu, la trop grande proximité de Lucius me met sur des charbons ardents. Je n'ai pas eu la force de me soustraire au contact de sa longue cuisse contre la mienne. Partout où nos vêtements se touchent, mes terminaisons nerveuses semblent grésiller d'allégresse.

Mes autres sens ne sont pas en reste. Ce mec sent décidément trop bon pour moi. Il émane de lui une odeur de savon et d'homme, relevée par un zeste d'arôme boisé d'un des cigares de Michael.

Pour préserver ma santé mentale, je me force à reléguer aux oubliettes de si dangereuses pensées et à me focaliser sur la confrontation qui nous attend. Sahara Rose m'est tout de suite apparue comme une gentille et frêle créature, ce qui fait d'elle le maillon faible du dispositif d'EenLi.

Je me suis toujours demandé pourquoi le Meca avait pris le risque d'enrôler cette fille dans sa bande. Par stupidité ? Plus probablement par concupiscence. Le désir peut faire du plus rationnel des êtres un pauvre idiot prêt à toutes les folies. N'en suis-je pas la preuve vivante ?

Enfin, le glisseur s'arrête en douceur devant une vieille ferme à l'abandon à flanc de coteau. Les apparences sont souvent trompeuses, et je sais que c'est le cas ici. Sous cet aspect délabré se cachent des murs indestructibles. Les alentours sont truffés de capteurs et de champs de mines. Au cœur de la bâtisse, une batterie d'ordinateurs veille à empêcher toute intrusion autant que toute évasion.

En sortant du véhicule, je rappelle à Lucius les termes de notre pari.

— Tu as dix minutes… Pas une de plus. Je surveillerai la pendule.

Avec plus de force que nécessaire, je claque la portière et plonge dans la fournaise. Dans un paysage lunaire, je remonte à ses côtés une allée de cailloux blancs que le soleil implacable rend aveuglante.

— Tu n'auras pas à attendre si longtemps, rétorque-t-il avec suffisance. En deux minutes, ce sera réglé.

Je me contente d'en sourire. Le pauvre est d'une naïveté touchante, qui rend son échec programmé plus délectable encore. Je ne me suis pas autant amusée depuis longtemps.

Personne ne nous attend à la porte, mais il y a du monde à l'intérieur. Aucun scanner digital ou rétinien ne nous est imposé ; il est vrai que nous sommes attendus. Et puisque Michael contrôle ce bâtiment ainsi que tous ceux qui s'y trouvent, je suppose que cela fait de moi, pour l'instant, le chef des opérations.

Ragaillardie à cette idée, j'ôte ma casquette pour libérer mes cheveux et ordonne à la cantonade :

— C'est Lucius qui va commencer l'interrogatoire. Que quelqu'un le conduise à la prisonnière.

Pendant que l'un des hommes précède mon partenaire dans un couloir, je demande à Ren :

— Je veux voir sans être vue. C'est possible ?

— Suis-moi.

Il m'entraîne à l'autre extrémité du couloir emprunté par Lucius et me demande par-dessus son épaule :

— Qu'y a-t-il entre toi et Adaire ?

— Qu'est-ce que ça peut te faire ?

Ren s'arrête devant une porte qui s'entrouvre dans un déclic après qu'il a glissé sa main dans le scanner. Il se retourne pour me faire face et me dévisage un instant avant de poursuivre :

— Lucius Adaire est un tueur.

— Et alors ? dis-je avec un sourire moqueur. N'est-ce pas notre cas à tous ?

58

— Ce n'est pas ce que je voulais dire. Ce type n'a pas de conscience. Il tuerait n'importe qui, y compris femmes et enfants. À ta place, je surveillerais mes arrières.

— Eh bien tu n'es pas à ma place, dis-je en lui jetant un regard dédaigneux par-dessus mes lunettes que j'ai gardées. De toute façon, je surveille toujours mes arrières. Surtout quand tu es là…

Je n'ai aucun moyen de savoir s'il dit la vérité. Les deux hommes étant manifestement ennemis, difficile de prendre ce que dit Ren pour argent comptant. Il n'empêche qu'un vague malaise s'est insinué en moi à l'idée que Lucius puisse s'en prendre à ces innocents que je me suis juré de protéger.

Mécontent de ma réaction, Ren repousse violemment la porte et me fait entrer dans une petite pièce, dont tout un mur est occupé par un écran holographique. Je m'assieds sur l'unique siège disponible, forçant mon accompagnateur à rester debout à côté de moi. L'image montre une salle d'interrogatoire aux murs bleus anonymes, meublée d'une unique table et d'un tabouret vissés au sol.

Les bras croisés sur sa poitrine massive, Lucius observe la frêle Sahara Rose, tassée sur le siège. Manifestement terrifiée, celle-ci le regarde du coin de l'œil en tortillant ses mèches blondes avec nervosité. Ses grands yeux bleus sont embués et ses lèvres tremblent. De temps à autre, elle laisse échapper un petit gémissement, qui ne peut en aucun cas être considéré comme une parole.

Souriante et confiante, je jette un œil à l'horloge digitale affichée au bas de l'écran et enclenche le compte à rebours.

5

Cinq minutes… Plus que cinq minutes et mon triomphe sera complet. J'en viendrais presque à regretter que le spectacle se termine si vite tant il me divertit.

Dans son rôle d'inquisiteur malchanceux, Lucius est tout bonnement irrésistible. Quand il s'est rendu compte qu'il ne servait à rien de houspiller Sahara Rose, il a essayé de l'amadouer par la douceur. L'intimidation par le silence n'ayant rien donné non plus, il a tenté de gagner sa confiance sans plus de succès.

Chaque fois qu'il se risque à approcher d'elle, les cris et les tremblements de la jeune femme redoublent, mais elle n'a pas encore prononcé une parole. Lorsque finalement elle se met à hurler de manière hystérique, il se réfugie dans le coin le plus éloigné de la pièce, perplexe. Tout juste s'il ne se gratte pas le crâne…

Trois minutes s'écoulent encore sans autre résultat qu'une nervosité croissante de la part de Lucius. Bien qu'il tente de le cacher, je le surprends plusieurs fois à consulter sa montre avec inquiétude. Je ne suis pas du genre à me réjouir du malheur d'autrui, mais il l'a bien cherché et je dois reconnaître que je ne boude pas mon plaisir. Je me régale autant à assister à sa déconfiture qu'à déguster un bol entier de pêches au sirop, mon péché mignon.

Un coup d'œil à l'horloge digitale : plus qu'une minute. Lucius se met à faire nerveusement les cent pas dans la pièce, suppliant littéralement Sahara Rose de décrocher ne serait-ce qu'une parole.

— S'il vous plaît ! lance-t-il en grimaçant, comme si ces mots lui écorchaient les lèvres. Dites-moi simplement votre nom. Ou envoyez-moi au diable ! Ce que vous voudrez...

Réfugiée dans un coin de la pièce, la prisonnière continue de trembler comme une feuille, les yeux pleins de larmes et les lèvres hermétiquement closes. Au moins a-t-elle cessé de hurler.

Plus que quelques secondes. Cinq, quatre, trois, deux...

Un.

Je résiste à l'envie de bondir de ma chaise en hurlant de joie. Lucius, lui, ne parvient pas à contenir sa rage. Il se rue en avant en agonissant Sahara Rose d'un chapelet d'injures si explicites que la pauvre en défaille littéralement de peur.

— Il va la tuer ! s'étrangle Ren.

Sans lui laisser le temps de se précipiter dans le couloir, je le retiens par le bras.

— Sahara Rose ne risque rien, dis-je. Il ne lui fera aucun mal. C'est contre moi qu'il est en colère. Pas contre elle.

— Contre toi ? répète-t-il, incrédule.

Sur l'écran, nous voyons Lucius se ruer comme un fou hors de la salle d'interrogatoire. Ses yeux flamboient, ses joues rougeoient. Les poings serrés et les muscles bandés, il paraît effectivement à deux doigts de tuer quelqu'un.

C'en est trop pour moi. J'éclate de rire tandis que Ren, pâle et indécis, me regarde comme si j'étais devenue folle. Peut-être est-ce le cas. Peut-être faut-il ne plus avoir toute sa tête pour s'amuser d'une telle fureur.

Il ne s'écoule que quelques secondes avant que Lucius ne nous rejoigne. Il n'a pas un regard pour Ren, qui s'est raidi à son entrée en portant prudemment la main à son flingue. Solidement campé sur ses jambes, les poings sur les hanches, mon partenaire me dévisage sans aménité.

Je ne tente même pas de dissimuler mon amusement.

— Tu as perdu, dis-je d'un ton guilleret.

Il plisse les yeux et maugrée :

— Ça ne veut pas dire pour autant que tu as gagné.

— Mais ça veut pourtant bien dire que tu as perdu…

Pour toute réponse, ses yeux lancent des éclairs et un muscle se crispe sur sa mâchoire.

— À mon tour de jouer, dis-je en me levant. Je sens que je vais bien m'amuser.

Sans me presser, je défais les trois premiers boutons de ma chemise, laissant bâiller l'échancrure sur le bord en dentelle de mon soutien-gorge. Statufiés, les deux hommes me regardent faire, Ren avec fascination, Lucius avec des yeux brûlants d'un désir non dissimulé. Indifférente à leur trouble, je défais ma queue de cheval, fais gonfler mes cheveux avec mes doigts et humecte soigneusement mes lèvres du bout de la langue.

— Je serai de retour dans cinq minutes, dis-je.

Sur ce, je tourne les talons et les laisse en plan. Ai-je oublié de préciser à Lucius que les préférences sexuelles de Sahara Rose ne la portent pas vers les hommes ? Ô mon Dieu ! Ce que je peux être étourdie, parfois… Elle a beau être la maîtresse d'EenLi, Miss Rose n'aime les pénis qu'en vinyle de couleur et montés sur harnais.

Est-ce que je me sens coupable d'utiliser ma féminité comme une arme ? Pas le moins du monde. Un bon agent emploie tous les moyens dont il dispose pour mener à bien sa mission. Les hommes hésitent-ils, eux, à utiliser leur force physique si besoin est ?

Deux gardes armés sont postés de part et d'autre de la porte de la salle d'interrogatoire. Au passage, je discerne de la convoitise au fond de leurs yeux. Je sais que je ne dois pas le prendre comme un hommage à ma beauté. Les hommes sont tous les mêmes… Je sais depuis belle lurette que c'est l'or dans lequel mon corps semble être fondu qui les rend dingues.

Sans leur prêter attention, je rejoins Sahara Rose, qui ne s'est pas relevée depuis que Lucius l'a fait défaillir de peur. Elle s'est écroulée comme une masse sans qu'il fasse un geste pour tenter de la retenir, mais elle ne s'est heureusement pas ouvert le crâne. C'est une jeune femme à la peau trop pâle et aux longs cheveux d'un blond très clair. Jolie, oui, mais d'une beauté déjà altérée par la fatigue et les soucis. Le stress peut avoir cet effet sur les humains ; il les rend vieux avant l'âge.

Je soulève doucement sa tête entre mes mains et écarte quelques mèches de son visage.

— Sahara Rose... dis-je gentiment. Tu peux revenir à toi, maintenant.

Ses paupières battent follement. Lorsqu'elle réalise où elle se trouve, une panique intense déforme ses traits. Elle lutte pour m'échapper, mais je la maintiens fermement. Je peux paraître frêle à cause de ma stature et de la couleur de ma peau, mais mon entraînement a fait de moi une force de la nature.

— Rassure-toi... dis-je tout contre son oreille, laissant mon souffle caresser sa joue. Je ne vais pas te faire de mal.

Au son de ma voix, elle s'immobilise. Elle me dévisage de son regard éperdu et, quoi qu'elle puisse voir en moi, elle finit par se détendre suffisamment pour murmurer :

— Cet homme. Il ne...

Incapable de poursuivre, elle avale sa salive et se remet à trembler. En lui caressant la mâchoire du bout des doigts, je lui assure en souriant :

— Il ne reviendra plus. Quand j'ai vu ce qu'il t'a fait, je l'ai envoyé nettoyer les toilettes. Les hommes ne sont pas bons à grand-chose d'autre, de toute façon.

Avec un soupir de soulagement, Sahara se love contre moi.

— Merci, murmure-t-elle.

— De rien. Tu peux t'asseoir ?

En se mordillant la lèvre, elle acquiesce d'un hochement de tête et se redresse. Elle porte une sorte de pyjama blanc, cadeau de la maison. Parce que nous autres agents sommes des créatures de la nuit toujours vêtues de noir, nous prenons soin de distinguer ainsi ceux qui tombent entre nos mains.

— Je veux rentrer chez moi ! lance-t-elle d'une voix tremblante.

— Bientôt. Mais je voudrais d'abord que tu répondes à quelques questions.

J'éprouve un vague regret de la mener ainsi en bateau, mais il paraît que la fin justifie les moyens. Cette femme, quelles que soient ses raisons, s'est rendue complice d'un prédateur alien. Elle doit être punie pour cela. Telle est la loi, et nul ne peut prétendre y échapper.

Passant un bras autour de sa taille, je l'aide à se lever. Ce faisant, je fais en sorte de presser mes seins contre son flanc. Pour faire bonne mesure, au cas où elle n'aurait pas encore remarqué ma féminité, je laisse mes doigts se poser sous sa veste sur sa peau nue. Au contact de ma paume, je la sens tressaillir. Alors que je la soutiens jusqu'à la chaise, elle s'abandonne contre moi plus que nécessaire.

Après l'avoir aidée à s'asseoir, je m'accroupis entre ses jambes écartées et lui demande :

— Ça va mieux ?

Tout en m'observant avec curiosité à travers ses yeux mi-clos, elle hoche la tête et me sourit timidement. Je tends le bras pour lui caresser la joue. Ses yeux s'agrandissent démesurément.

— J'ai vraiment besoin de ton aide... dis-je. C'est ta vie qui en dépend.

Elle se raidit et secoue négativement la tête.

— Je ne peux rien vous dire.

Inutile de lui demander les détails. Je devine la bataille qui fait rage en elle. EenLi a probablement proféré des menaces de mort contre elle et sa famille si jamais elle s'avisait de le trahir. Hélas ! dans sa situation, elle n'a guère le choix et se retrouve perdante, qu'elle parle ou non.

Fermement, j'agrippe ses genoux entre mes mains et insiste en la fixant droit dans les yeux.

— Bien sûr que si, tu le peux ! Et je sais, moi, qu'au fond de toi tu ne demandes pas mieux que de m'aider. *S'il te plaît*...

Ces quelques mots, je les ai prononcés en usant de ma force de persuasion autant que de ma séduction. Ils font leur petit effet sur Sahara, qui déglutit péniblement.

— Que voulez-vous savoir ? demande-t-elle enfin.

Avec un air soucieux, comme si je n'avais d'autre choix que de l'impliquer malgré moi dans une sale affaire, je l'observe un instant avant de répondre.

— Je dois en apprendre davantage sur EenLi et sur son... petit commerce.

De nouveau sur ses gardes, elle secoue la tête de plus belle et se récrie, le souffle court :

— Je ne peux pas ! Je ne sais rien. Rien du tout...

Je laisse mes doigts remonter lentement le long de ses cuisses, jusqu'à agripper fermement ses hanches. Sahara en reste bouche bée, mais ne fait rien pour m'échapper. Je sais qu'elle ne perd pas une miette du spectacle offert par l'échancrure de ma chemise, car lorsque je relève les yeux sur elle, je la vois détourner les siens d'un air coupable.

Ses joues s'empourprent, son souffle se fait court. Bien. Je sais disposer à présent de toute son attention...

— Sahara Rose...

J'ai prononcé son nom comme s'il était ma friandise favorite.

— Oui ? répond-elle en déglutissant de plus belle.

— S'il te plaît, aide-moi.

Sur ses hanches, mes doigts jouent avec l'élastique de sa ceinture.

— En retour, je t'aiderai autant qu'il m'est possible de le faire. Tu ne verras plus jamais EenLi.

Comme j'ai la ferme intention de tuer ce salaud au plus vite, cette partie-là, au moins, est vraie.

— Commençons par quelque chose de facile. Pourquoi ne me dirais-tu pas ce qui t'a décidée à travailler avec lui ? Cela ne t'engage pas à grand-chose, non ?

En se mordillant la lèvre, elle hésite encore un instant puis hoche la tête.

— Je vivais dans la rue, explique-t-elle. Il m'a recueillie et a fait de moi sa maîtresse. Il m'a donné de l'argent, m'a trouvé un endroit où loger, et m'a dit qu'il me retrouverait si je m'enfuyais et qu'il me tuerait si je le trahissais.

— Pourtant, il avait suffisamment confiance en toi pour te confier la garde de son « bétail », comme il dit.

Elle baisse les yeux. Si elle continue ainsi, elle va finir par avaler sa lèvre inférieure ! La bataille qui se livre en elle atteint son apogée. Je lis en elle comme dans un livre ouvert et vois l'une après l'autre ses réticences sauter. Peut-elle me faire confiance au point de prendre le risque de trahir EenLi ?

Dans un soupir de reddition, elle se décide enfin. Je devine en voyant ses épaules s'affaisser que j'ai gagné la partie et réprime un sourire triomphal.

— Si je n'avais pas accepté de l'aider, dit-elle dans un sanglot, c'est *moi* qui serais devenue esclave !

Trop longtemps contenues, les larmes débordent d'un coup de ses paupières et emperlent ses longs cils recourbés.

— Il m'aurait vendue sans remords au plus offrant, et j'aurais été expédiée sur une autre planète...

Intérieurement, je jubile sans le laisser paraître. Enfin, nous y voilà ! Il n'y a plus qu'à tirer sur le fil et à laisser la confession se dérouler.

— Explique-moi... Dis-moi comment il s'y prend.

— Ses clients lui passent commande.

Les doigts tremblants, elle s'empare de mes mains et les serre entre les siennes, cherchant chaleur et réconfort.

— Comme sur un menu de restaurant, reprend-elle. Ils lui disent « cheveux roux, yeux noisette, etc. », et lui se charge de leur trouver la bonne personne.

— Qui sont ses clients ?

— Des humains. Des aliens. Peu importe l'origine, du moment qu'ils paient. Certains n'habitent pas sur Terre.

— Alors comment font-ils pour passer commande ?

— Je n'en sais rien, dit-elle en haussant les épaules. Je suppose qu'ils lui rendent visite.

— Sais-tu où se trouvent les portails ?

Je suis parvenue à poser la question d'une voix détachée, mais je frétille intérieurement d'impatience dans l'attente de sa réponse.

— Non.

Ma déception est à la mesure de l'espoir qu'elle avait fait naître en moi. Je tends le bras et glisse mes doigts dans ses cheveux. Fermant les yeux, Sahara soupire et s'abandonne contre la paume de ma main.

— Je ne sais pas grand-chose, ajoute-t-elle. Vous savez, il ne me faisait pas de confidences… Il se servait de moi. Je lui étais utile au lit, pour soigner ses esclaves malades, et c'est tout.

J'insiste néanmoins :

— Lorsqu'un humain lui passe commande, comment s'y prend-il ?

Je la sens tressaillir.

— Il y a cet homme, qui joue les intermédiaires pour lui. Jonathan Parker. Un riche, d'une vieille famille du pétrole, je crois. Il organise des soirées chez lui, et ceux qui veulent passer commande lui disent ce qu'ils désirent.

Je devine que, dans la pièce voisine, Ren doit être déjà en train de passer l'info. Dans quelques minutes au plus, l'ordinateur central de l'agence nous aura transmis tout ce qu'il sait de ce peu recommandable personnage.

Puisque nous sommes en si bonne voie, ce n'est pas le moment de relâcher la pression.

— Sais-tu quel genre de femmes EenLi recherche pour le moment ?

Sahara secoue négativement la tête. J'insiste :

— Tu ne l'as pas entendu parler d'autre chose ? Une date de livraison prochaine, par exemple ?

— Je vous ai dit tout ce que je sais. Vous savez, il ne me disait que ce que je devais absolument savoir.

Comme à une bouée, elle s'agrippe à ma main. Ses yeux s'accrochent aux miens.

— Je peux rentrer chez moi, maintenant ? me demande-t-elle d'une voix pleine d'espoir. Je n'ai jamais fait de mal à personne, je le jure ! Au contraire, mon rôle consistait à soigner les victimes d'EenLi. J'en ai sauvé plus d'une !

— Je le sais bien. Mais tu vas devoir rester ici un peu plus longtemps, au cas où nous aurions d'autres questions à te poser. En plus, chez toi, tu ne serais pas à l'abri de lui.

Je ne lui précise pas qu'il est possible que nous ayons à l'utiliser comme appât. Il faut parfois sacrifier des pions pour gagner la partie. Ce n'est ni bien ni mal. Simplement, ainsi va la vie.

En serrant brièvement ses doigts entre les miens, j'ajoute pour faire bonne mesure :

— Je vais donner des ordres pour que tu sois bien traitée et qu'on t'installe dans une chambre confortable. O.K. ?

— D'accord, acquiesce-t-elle à contrecœur. De toute façon, je suppose que je n'ai pas le choix.

— Tu as bien fait de te confier à moi, Sahara Rose. Je suis fière de toi...

Entre mes doigts, je saisis son menton et amène en douceur ses lèvres au contact des miennes. Elle entrouvre la bouche pour approfondir le baiser, mais je parviens à faire en sorte qu'il reste superficiel et doux, platonique, amical. L'espace d'un instant, je la laisse trouver refuge et réconfort auprès de moi, dans ma chaleur et mon odeur. Elle n'est qu'une pauvre fille, victime plus que coupable. Une pauvre fille menant une pauvre vie.

— Promets-moi une chose, dis-je lorsque nos lèvres se séparent. Si quoi que ce soit d'autre te revient, tu me fais appeler pour me le dire.

— Oui, murmure-t-elle. Promis.

Je me relève et laisse mes doigts s'attarder en une ultime caresse le long de sa mâchoire.

— Attendez ! lance-t-elle dans mon dos avant que j'aie pu atteindre la porte.

Sans me retourner tout à fait, je lui adresse un sourire par-dessus mon épaule.

— Oui ?

— Votre nom... dit-elle dans un souffle. Comment vous appelez-vous ?

— Eden Black.

Je marque une pause avant d'ajouter :

— Je traque les prédateurs aliens qui s'en prennent aux humains. Ne t'inquiète pas. J'ai un compte à régler avec EenLi, et je vais m'occuper personnellement de lui.

6

Le visage soigneusement composé pour ne rien révéler de ma jubilation intérieure, je rejoins la salle d'observation. Lucius s'y trouve seul. Ren s'est probablement éclipsé dès que j'en ai eu terminé avec Sahara Rose. À moins que mon partenaire ne l'ait éjecté *manu militari*, pour éviter qu'il ne soit témoin de ce qui à présent lui pend au nez.

Fermement campée sur mes jambes au seuil de la pièce, je croise les bras et attends. Lucius est assis sur l'unique chaise disponible. Ses longues jambes étendues devant lui, les bras levés et les doigts croisés sous sa nuque, il soutient mon regard sans ciller. Difficile de paraître plus à l'aise et détendu.

— Ferme la porte.

Dans cette voix rocailleuse qui le caractérise, il m'a bien semblé déceler une certaine tension. Après tout, sa défaite ne doit pas le laisser aussi indifférent qu'il veut bien le laisser paraître. Brièvement, je caresse l'idée de ne pas obtempérer et d'attendre qu'il me le demande poliment, mais à quoi bon pousser le bouchon si loin ?

Magnanime, j'avance d'un pas, laissant la double porte coulisser derrière moi. Feignant moi aussi la plus parfaite nonchalance, je m'appuie de l'épaule contre un mur et m'absorbe dans la contemplation de mes ongles.

— Nous voilà seuls, Frankie… Tu avais, il me semble, quelque chose à me dire.

Ses yeux de glace me foudroient sur place. Il se dresse sur ses jambes et ouvre la bouche, mais je m'empresse de l'interrompre.

— Pas comme ça... À genoux !

— J'ai une suggestion à te faire, lance-t-il sans desserrer les dents. Pourquoi ne pimenterais-tu pas la situation en baissant ton pantalon ?

Je dois conjurer en hâte une vision affolante de lui à genoux entre mes jambes nues.

— Tu te défiles ? dis-je en fronçant les sourcils. Tu n'as donc pas de parole ?

Avec une lenteur extrême, je le vois ployer les jambes devant moi. Il me semble entendre ses dents grincer. Peut-être même sa mâchoire craquer. En faisant mine de bayer aux corneilles, je le regarde tomber à genoux, le visage contracté par la fureur.

— Félicitations... marmonne-t-il d'une voix sourde. Tu as fais du bon boulot.

À peine a-t-il prononcé le dernier mot que déjà il se relève. Sans me quitter des yeux, il s'époussette les genoux et soupire de soulagement. Je pourrais faire preuve de fair-play et en rester là. Je pourrais...

— Ne me sous-estime plus jamais, dis-je d'un ton égal. Chaque fois, tu finiras à genoux. Et la prochaine fois, prends la peine d'effectuer quelques recherches sur le suspect que tu comptes interroger.

Le visage de Lucius s'empourpre violemment. Il parvient néanmoins à contenir sa fureur. Par nature, il doit être un homme qui n'aime pas perdre, et le fait qu'il doive qui plus est s'incliner devant une femme qu'il considère comme une fille à papa...

Depuis que le hasard nous a mis en présence l'un de l'autre, il s'est toujours arrangé pour avoir le dessus sur moi. Je n'en suis que plus déterminée à savourer mon triomphe jusqu'à la dernière goutte.

— Avant même d'avoir mis un pied dans la salle d'interrogatoire, tu étais condamné à échouer. J'ai essayé de te prévenir, mais tu n'as pas voulu écouter. Tu n'as pas voulu envisager la possibilité que je puisse connaître un élément que tu ignorais. J'ai suivi Sahara Rose pendant des jours, je savais tout d'elle. C'est ton orgueil qui t'a coûté cette bataille.

— Cette bataille ? raille-t-il d'une voix grinçante. À peine une escarmouche, Cookie... Maintenant que tu as bien pris ton pied, on pourrait peut-être passer aux choses sérieuses. Ça t'intéresse de savoir qui est ce Jonathan Parker, oui ou non ?

Sans lui répondre, je rejoins la porte dont j'actionne l'ouverture avant d'appeler Ren. Lorsqu'il se pointe, je lui ordonne :

— Fais en sorte que Sahara Rose soit bien installée et bénéficie de tout ce qui lui est nécessaire. Et sois gentil avec elle.

Ren hoche la tête, glisse un regard nerveux en direction de Lucius, puis s'éclipse. En me retournant, je demande tout en renouant ma queue de cheval :

— Alors ? Que sais-tu de ce Parker ?

— Je te le dirai en mangeant. C'est l'heure de déjeuner.

Manifestement, il est heureux de savoir quelque chose que j'ignore et de pouvoir contrôler exactement où et quand il me révélera ce qu'il sait. Après l'avoir vu se mettre à genoux devant moi, je peux bien lui accorder ce petit plaisir. Mais comme on ne se refait pas, je ne peux m'empêcher de conclure en haussant les épaules :

— J'allais justement te le proposer.

Ma réaction le surprend. Sans doute s'attendait-il à un nouveau bras de fer.

— Sortons d'ici, suggère-t-il. Les murs ont des oreilles.

— Pour cela, il faudrait que nous nous procurions un glisseur.

Avec un sourire satisfait, il extrait de sa poche une carte magnétique qu'il agite complaisamment devant mon nez. Mes poings se serrent à mes côtés. Une fois encore, le voilà qui prend la direction des opérations. Sans un mot, je le précède vers la sortie, sachant qu'il m'emboîte le pas, et bien trop consciente de son regard posé sur moi.

Dans un fast-food de bord de route, Lucius achète une thermoboîte d'une demi-douzaine de burritos, qu'il lance négligemment sur mes genoux avant de redémarrer. Durant la petite heure qu'il passe ensuite à dénicher un coin tranquille où les déguster, je ne cesse de surveiller l'écran du rétroviseur pour vérifier que personne ne nous suit.

Enfin, il fait halte à l'entrée d'un terrain couvert d'une végétation dense, dont il fracture le portail sans scrupules pour permettre à notre véhicule d'y pénétrer. Puis, après avoir remonté sur quelques dizaines de mètres une allée bordée d'arbres, il ordonne au glisseur de stopper.

— On mange d'abord, dit-il en s'emparant de la thermoboîte. On parle après.

J'essaie de faire honneur au burrito qu'il me tend, mais mon appétit n'est pas encore tout à fait revenu. Qui plus est, je préférerais me régaler d'une nourriture plus douce et plus sucrée. Si je le pouvais, je ne mangerais que ça.

Je me demande souvent quel genre d'aliments on consomme sur Raka. J'ai toujours regretté d'en savoir si peu sur les miens et sur ma planète d'origine. Pourchassés comme nous l'avons été, il n'y a tout simplement plus beaucoup de mes congénères pour me renseigner.

Lorsque j'étais petite fille, Michael avait embauché un Raka comme précepteur. Il n'est resté que six mois à mes côtés. Un jour, il a pris une semaine de congé et n'est jamais revenu.

Je sais que deux petits soleils brillent dans le ciel de mon monde d'origine. Trois grosses lunes orbitent autour de lui, et de gigantesques océans en couvrent la majeure partie. Je sais également que la guerre y est inconnue, que la violence n'y a pas cours et que les rares crimes y sont punis de mort. Un implacable dictateur impose sa loi à toute la population, et de nombreux Rakas ont dû fuir pour lui échapper.

Était-ce le cas de mes parents ? J'aurais tellement aimé pouvoir le leur demander, avoir la chance de les connaître ! La brutalité avec laquelle ils m'ont été arrachés ne m'aide en rien à faire mon deuil. Un soir comme un autre, ils m'ont mise au lit, fredonnant une chanson pour m'endormir, et l'instant d'après je les ai découverts baignant dans leur sang. Depuis, ils me manquent bien plus que je ne saurais le dire.

En me renfonçant dans mon siège, j'attends patiemment que Lucius ait fini de manger les longs rouleaux épais et graisseux. Il mâche consciencieusement, sensuellement, comme un homme qui savoure chaque bouchée. Du coin de l'œil, je regarde sa bouche et sa gorge s'agiter à l'unisson. Je ne peux m'empêcher d'imaginer que c'est moi qu'il déguste ainsi, et pour échapper au trouble qui m'envahit, je m'empresse de tourner la tête vers la vitre de la portière.

Se méprenant sans doute sur la raison de mon geste, Lucius envoie balader sur le siège arrière la boîte vide et propose :

— Allons faire un tour.

Dès que j'ai posé le pied dehors, je suis surprise par l'ombre et la fraîcheur prodiguées par l'épaisse végétation. Avant de claquer la portière, je lance sur le tableau de bord ma casquette et mes lunettes superflues ici. Une petite brise vivifiante et bienvenue nous accueille. J'ai voyagé à travers le monde, mais rarement il m'a été donné de découvrir une nature aussi préservée.

— Un véritable éden... dis-je en soupirant de bien-être. Comment cela est-il possible alors qu'EenLi et ses hommes font régner la canicule depuis leur arrivée à New Dallas ?

— L'argent est un grand pourvoyeur de miracles ! lance cyniquement Lucius. Michael a donné carte blanche à la société qui s'occupe de l'entretien du parc pour qu'il soit convenablement arrosé.

Une fois encore, je me sens trahie de constater qu'il sait quelque chose que j'ignore. Puis je me rappelle que mon père a effectivement évoqué devant moi l'acquisition d'un terrain boisé près de New Dallas. Il possède tant de propriétés un peu partout que cela m'était sorti de l'esprit.

Préférant passer à un sujet qui m'intéresse davantage, je lance d'un ton guilleret :

— Au fait… Quelle est ta véritable identité, homme aux mille visages ? Je doute que Lucius soit ton vrai prénom…

— J'ai un tas d'identités, répond-il vaguement.

Nous marchons lentement, côte à côte et du même pas, zigzaguant entre les troncs d'arbres, brindilles et feuilles sèches craquant agréablement sous nos pieds.

— Ce n'est pas ce que je t'ai demandé, dis-je. Ce que je veux savoir, c'est ton *véritable* nom.

— Devine ! lance-t-il d'un air de défi. Tu as droit à trois essais.

Agacée, je proteste :

— Nous sommes seuls… Personne ne peut t'entendre. Tu peux bien me dire ton nom.

— Je ne le révèle peut-être qu'aux femmes avec qui j'ai couché.

En battant exagérément des paupières, je suggère d'un air innocent :

— Trouduc ? Luciano Trouduc ?

— Mauvaise pioche ! s'exclame-t-il. Plus que deux.

Manifestement, il s'amuse beaucoup à mes dépens. Et il se trompe s'il s'imagine que ça va durer. Je m'arrête net et tape du pied par terre. Lorsque je me rends compte de ce que je viens de faire, je ne lui en veux que davantage. Je déteste me laisser rattraper par mes habitudes de petite princesse.

— Laisse tomber ! Après tout, je m'en fiche.

Sans cesser d'avancer, Lucius lance un rire moqueur.

— De toute façon, je n'avais pas l'intention de te le dire. Mais maintenant que j'ai ta permission de ne pas le faire, je me sens beaucoup mieux.

Furieuse de m'être laissé rouler dans la farine, je me remets en marche et presse le pas pour le rattraper.

— Ne pas t'appeler Trouduc ne t'empêche pas d'en être un parfois...

Une lueur enfantine brille dans ses yeux, adoucissant son visage taillé à la serpe.

— Ma mère me disait toujours que les femmes aiment les hommes qui conservent une part de mystère. J'aurais bien trop peur, en te disant mon nom, de perdre tout attrait à tes yeux.

— Tu as une mère ?

La question a jailli sans que je puisse la retenir. Ma naïveté me frappe autant qu'elle frappe Lucius.

— Bien sûr que j'ai une mère, même si je n'ai pas eu le temps de bien la connaître. Qu'est-ce que tu t'imagines ? Que je suis arrivé sur Terre par l'opération du Saint-Esprit ?

— Non ! Par celle du démon !

Cela le fait rire, d'un rire sensuel qui me fait frissonner.

— Tu as lu mon dossier, dis-je à bout de patience. Tu as dû y voir que je m'appelle Eden F. Black. Dis-moi ton vrai nom, et je te dirai ce que signifie ce « F ».

Je me rembrunis en réalisant ce que je viens de faire. Tant que j'y suis, pourquoi ne pas me mettre à genoux et le supplier de me répondre ? Qu'est-ce que ça peut bien me faire, de savoir comment il s'appelle ? Je n'en ai pas la moindre idée, mais je réalise soudain que, pour une raison ou pour une autre, j'ai une envie folle de le découvrir.

— Ça pourrait être un bon deal, reconnaît-il en faisant mine d'y réfléchir. Mais uniquement si j'étais curieux de connaître ton deuxième prénom, ce qui n'est pas le cas.

Je serre les poings. Lucius presse le pas, sans se soucier de savoir si je le suis ou non. Après un instant d'hésitation, je me décide à le suivre. Je suis trop curieuse de savoir ce qu'il a à m'apprendre pour jouer les fortes têtes.

— Prête à parler boulot ? demande-t-il lorsque je l'ai rejoint.

— Toujours !

— Jonathan Parker est bien le riche salaud décrit par Sahara Rose, enchaîne-t-il sans attendre. J'ai déjà eu affaire à lui il y a quelques années, ici même à New Dallas. Son frère enlevait des enfants, humains aussi bien qu'aliens, pour les forcer à... s'amuser ensemble.

Nous échangeons un regard de compréhension muette. Pornographie pédophile... J'ai eu l'occasion d'affronter le mal sous toutes ses formes, mais les crimes commis contre des enfants sont bien ceux qui me dégoûtent le plus.

— J'espère que tu as bien fait ton boulot...

Je sais qu'il me comprend à demi-mot.

— Aussi lentement et péniblement que possible. Et avec une grande joie.

— Bien. Très, très bien.

Imperceptiblement, Lucius remonte dans mon estime.

— Ce qui rend les choses difficiles, reprend-il, c'est que Jonathan ne laisse que peu de gens l'approcher – très, très peu. Nous pourrions le capturer, mais il ne parlerait pas sous la torture. Son frère ne l'a pas fait. Ce qui signifie qu'il va nous falloir gagner sa confiance et nous introduire dans son cercle rapproché.

Il a l'air d'avoir longuement réfléchi à la question. Au train où vont les choses, je ne serais pas étonnée de le voir me servir un plan d'action clé en main. Pour le vérifier, je m'enquiers innocemment :

— Et... tu as une idée ?

Il acquiesce d'un hochement de tête.

— Moi, explique-t-il, il me connaît déjà sous l'identité de Hunter Leonn, fils choyé et richissime d'un trafiquant d'Onadyn décédé.

— Hunter... dis-je d'un air songeur. Mignon. Et rigolo ! J'aime aussi le côté enfant gâté. Dans le genre fils à papa, tu te poses là...

Pour laisser le vent jouer dans mes cheveux, je défais ma queue de cheval et secoue quelques instants la tête avec bonheur avant de poursuivre :

— Et je suppose que tu t'attends à ce que je te laisse tranquillement faire main basse sur ma mission ?

— Absolument pas.

Tournant la tête de gauche à droite, il fait craquer ses vertèbres. Quand il reprend la parole, il le fait comme s'il s'adressait à une enfant de cinq ans.

— Pour commencer, j'entre en scène et m'introduis dans la place en tant que Hunter Leonn. Ensuite, c'est à toi de faire ton entrée dans le rôle de l'appât.

— D'accord. Dans ce cas, qui suis-je censée devenir ?

— Toi-même... Tu es une Raka. Autant dire une rareté sur cette planète depuis que les tiens ont été traqués à cause de leur peau dorée. Nous ne pouvons changer ton identité. De plus, Michael est connu comme le loup blanc. On le prend pour un prospère trafiquant d'armes, et nombreux sont ceux qui te connaissent comme sa fille.

Michael cultive à dessein sa réputation. Après s'être mis au service du gouvernement, il a eu besoin d'une bonne couverture, qui puisse à la fois lui gagner la sympathie des criminels et le rendre insoupçonnable à leurs yeux.

— Une minute... dis-je après avoir soupesé le pour et le contre. Tu oublies qu'EenLi travaillait pour Michael. Si je conserve ma propre identité, il se doutera de quelque chose.

— Il ne me connaît pas, moi, en tant qu'agent, et c'est ce qui compte. En ce qui te concerne, après avoir épluché le dossier d'EenLi, je suis prêt à parier qu'il ne demande pas mieux que d'inscrire à son tableau de chasse un agent de son ancien patron – qui plus est sa propre fille et une Raka !

— D'accord ! Je te suis.

— Bien. Nous allons commencer par faire courir le bruit qu'Eden Black est sur le point de venir s'installer à New Dallas. Tu te fais trop vieille, de toute façon, pour continuer à vivre chez papa…

Je ne sais pas comment je parviens à me retenir de lui casser le nez pour lui faire payer ça.

— En fait, nous dirons aux gens que tu déménages pour échapper aux assiduités d'un admirateur indésirable et coriace. Cela suffit-il à ménager ton amour-propre ?

Pour toute réponse, je lui décoche un coup de poing dans le biceps.

— Il t'est arrivé de servir d'interprète à Michael par le passé, reprend-il en se massant négligemment le bras. Nous allons nous mettre à la recherche d'humains haut placés ayant besoin d'une interprète en langues aliens. Dans le cadre de tes fonctions, tu devras donc assister aux réunions et réceptions auxquelles ton employeur ira. Un prétexte idéal pour te mettre en contact avec Parker. Et avec moi, Hunter Leonn. Ton admirateur éconduit.

Lucius s'arrête brusquement et me détaille de la tête aux pieds, sans oublier de s'attarder sur mes seins.

— Tu penses pouvoir t'en tirer ? demande-t-il.

Occupée à dresser mentalement une liste de ce que j'ai à faire – louer un appartement ici, acquérir une garde-robe plus féminine, reconditionner mes pieds au port des talons aiguilles – je choisis d'ignorer sa stupide question.

— Moi, poursuit-il, je vais faire en sorte de reprendre contact avec Parker. Je prétendrai être tombé raide dingue de toi en te rencontrant. Je lui raconterai que tu m'as jeté violemment et que je n'ai pas aimé ça.

— Ce ne sera pas difficile, puisque c'est la vérité.

— Ferme-la et écoute ! ordonne-t-il avec un regard noir. Je lui ferai croire que je ne peux pas me passer de toi et que je t'ai suivie jusqu'à New Dallas en apprenant que tu y avais déménagé pour m'échapper. Lorsque nous nous croiserons chez lui, je continuerai à jouer les amoureux transis.

J'ouvre la bouche pour lui offrir un autre trait d'esprit de mon cru, mais il m'en empêche en enchaînant vivement :

— Tu continueras à me repousser. Durement. J'en serai de plus en plus fou de rage et prêt à tout.

— Je commence à voir où tout cela nous mène, dis-je en croisant les bras. Quand je t'aurai bien poussé à bout, du moins quand Parker en sera convaincu, tu placeras un ordre d'achat sur moi.

— Exact. D'autres hommes auront sans doute aussi des vues sur toi. À commencer par Parker lui-même. Il y aura donc tôt ou tard une offre d'achat sur ta tête et tu seras enlevée. Tout ce que tu as à faire, c'est de te laisser kidnapper.

Je hoche la tête.

— J'aime ce plan. Après, comment procéderons-nous ?

— Je t'achèterai. À n'importe quel prix. Je demanderai ensuite à me rendre sur une autre planète avec toi afin de ne pas tomber sous le coup de la loi et de pouvoir échapper aux recherches lancées par ton père.

— Et une fois que nous saurons comment ils sautent d'une planète à l'autre, nous frapperons.

— Tu as tout compris.

Pensif, il recommence à me détailler de la tête aux pieds. Son regard est un laser qui me déshabille mentalement et dévore sans vergogne mon corps nu. Quand ses yeux se posent sur mes seins, je sens mes aréoles durcir. Lorsqu'ils atteignent mon estomac, mon ventre se met à gronder. Et quand ils s'arrêtent sur mon pubis, une soudaine moiteur s'y déclare…

— Il va falloir t'habiller autrement, constate-t-il.

— J'y ai déjà réfléchi, dis-je d'une voix trop tendue à mon goût. Tu oublies que je suis selon toi une fille à papa trop gâtée par Michael. Je sais comment m'habiller pour faire impression.

— Tant mieux. Une interprète brillante et sophistiquée ne porterait jamais...

D'un geste vague de la main, il désigne ma tenue de combat et conclut :

— ... le genre de trucs que tu portes.

— Merci pour les conseils de mode, Frankie... Je rêve depuis toujours qu'un malabar tatoué et portant piercing me dise à quel point je ne sais pas m'habiller.

— À ton service, répond-il avec un grand sourire. Va voir Michael. Dis-lui...

Un sourcil arqué, je l'interromps brusquement.

— Je sais ce que j'ai à faire. Peux-tu en dire autant ?

— Et comment, petite futée ! Laisse-moi trois semaines avant de te pointer. Mais pas plus, tu m'entends ?

Jouant les effarouchées, je cligne des paupières et fais courir mes doigts sur sa poitrine. D'un air attristé, je minaude :

— Tant que ça ? Je crois, Lucius Adaire, alias Hunter Leonn, alias M. Trouduc, que je vais beaucoup te manquer.

— Non, poupée d'amour. C'est moi qui vais te manquer.

Sans crier gare, il entoure ma taille d'un bras et m'attire contre son corps ferme et chaud. Dans le même temps, ses lèvres prennent sans douceur possession des miennes. Sa langue, habile et exigeante, pénètre profondément dans ma bouche. Je ne peux m'empêcher de gémir du bonheur que me procure ce baiser. Pour mieux goûter son odeur, sa chaleur et sa force, je me laisse aller mollement entre ses bras.

Je ne proteste pas le moins du monde, bien que je sache que c'est ce que je devrais faire. Au lieu de cela, je réponds avec fougue à ses avances, mêlant ma langue à la sienne, sans me soucier de nos dents qui se heurtent. Mes doigts s'agrippent à ses cheveux et plaquent fermement sa tête contre la mienne. C'est une folie, mais il me semble avoir eu envie de faire ça dès que je l'ai vu.

Ses bras sont verrouillés autour de moi. Ses mains lestes courent dans mon dos. Elles me caressent et descendent plus bas, toujours plus bas, jusqu'à empoigner mes fesses possessivement. Je frissonne de plaisir, plaquée tout contre lui. J'écarte les jambes pour faciliter le contact et me sens traversée par une décharge électrique lorsque mon pubis vient se loger contre la bosse massive et dure de son érection. Jamais un homme ne m'a fait un tel effet. Ne suis-je pourtant pas censée le détester ?

Mon corps, libre et autonome, livré à lui-même, n'a que faire de ces scrupules. Au fond, peut-être vaut-il mieux qu'il en soit ainsi. Une fois que j'aurai cédé à l'attraction irrésistible qui me pousse vers cet homme, je pourrai plus facilement l'éjecter de mes pensées.

Une douce odeur de miel et de fleurs flotte autour de nous. Cette fois, je ne panique pas mais m'en réjouis. Elle se mêle à la mâle senteur de peau et de savon qui émane du corps de Lucius. Les narines palpitantes, je m'en repais comme d'un puissant aphrodisiaque.

Ses mains toujours en coupe contre mes fesses me soulèvent. Instinctivement, j'enroule mes jambes autour de sa taille tandis qu'il m'adosse au tronc d'un arbre. L'écorce mord ma chair malgré ma chemise, mais je m'en fiche.

— Tu m'as tout de suite rendu fou, Cookie.

Sa voix n'est qu'un murmure rauque, le long de mon cou, qu'il dévore de baisers. Et le petit nom qu'il me donne résonne cette fois tendrement et sans la moindre dérision.

La gorge sèche, la tête en feu, je serais bien en peine de lui répondre. Tout ce à quoi je suis capable de penser, c'est de lui arracher ses vêtements et de m'empaler sur lui aussitôt, pour le chevaucher vite, et fort et long-temps.

— C'est ta bouche... reprend-il en me mordillant le menton, puis le lobe de l'oreille. Je ne peux m'empêcher d'y penser. Je déteste ça. Je *devrais* détester ça !

Je me force à parler. Et je me fiche de savoir si je suis un peu pantelante.

— L'aimes-tu encore plus si je te demande de la fermer pour m'embrasser encore ? Si je te demande de retirer tes fringues parce que j'ai envie de te voir nu ?

Lucius lâche un grognement sourd. Les pointes durcies de mes seins frottent délicieusement contre sa poitrine. Je voudrais qu'il soit déjà nu pour que nous nous retrouvions peau contre peau. Je voudrais qu'il soit déjà en moi. Ce n'est pas de lui dont j'ai à ce point envie, me dis-je pour me rassurer. C'est d'une bonne partie de jambes en l'air. Rien que d'une partie de jambes en l'air.

Au lieu de répondre à mes suppliques, Lucius me prend de court et s'écarte brusquement de moi. Mes jambes retombent brutalement sur le sol.

— Bon sang ! grogne-t-il en se passant une main dans les cheveux. Ce n'est vraiment pas le lieu ni l'heure.

Plusieurs secondes s'écoulent avant que je retrouve mon équilibre. Lorsque j'y parviens enfin, le rejet qu'il vient de m'infliger m'emplit d'une rage froide. Plus que de m'avoir rejetée, je lui en veux d'avoir su s'arrêter à temps, alors que j'avais pour ma part déjà perdu mon sang-froid. N'empêche qu'il a raison. Nous avons un job à faire, et coucher ensemble en prélude à notre mission n'a rien de pertinent...

Les yeux plissés, je le fusille du regard, furieuse contre moi-même de l'avoir laissé prendre un tel ascendant.

— Touche-moi encore une fois, dis-je d'un ton chargé de menace, et Michael devra te chercher un remplaçant ! C'est clair ?

Lucius me dévisage un long moment sans répondre. Manifestement, mon ultimatum n'est pas pour lui plaire. Avec une lenteur affolante et délibérée, sans me quitter des yeux, il tend le bras et prend un de mes seins en coupe dans sa main.

— Pourquoi ? s'étonne-t-il d'un air faussement ingénu. Tu as peur de mourir de plaisir ?

— Pas du tout. C'est toi qui risques d'y laisser ta peau. Et ce ne sera pas une partie de plaisir.

Sans lui laisser le temps de réagir, je dégaine le couteau que je porte à la cheville et en menace ses parties intimes. La manœuvre est efficace. Il retire aussitôt sa main. Les traits crispés, une lueur étrange au fond de ses yeux de glace, il constate :

— Depuis que nous nous connaissons, c'est la deuxième fois que tu menaces de t'en prendre à ma virilité. Tant que tu t'y intéresses, je ne peux que m'en réjouir. Mais tu devras mettre un frein à ton impatience et attendre la fin de notre mission.

Sans se soucier d'éventuelles conséquences, il empoigne mon avant-bras et éloigne de lui la menace du couteau.

— Deux semaines, conclut-il. Je te donne deux semaines avant de te repointer ici.

— Tu disais trois, tout à l'heure.

— Deux ! insiste-t-il. Ou c'est moi qui viens te chercher pour que nous finissions ce que nous avons commencé aujourd'hui. Que cela te plaise ou non.

Menace ou promesse ? Comme une idiote, je me surprends à espérer en cette dernière éventualité.

7

La souffrance est trop intense, trop continue. Moi qui ai survécu à de nombreuses blessures, je ne peux m'empêcher de laisser un cri de douleur m'échapper. Ce n'est pas le premier. Au cours de la demi-heure que je viens de passer allongée sur cette table, les poings serrés et les yeux clos, j'ai tant crié que ma gorge en est irritée. Si seulement j'avais une arme sous la main ! Malheureusement, nue comme je le suis, livrée aux tortures que l'on m'inflige, je ne me suis jamais sentie aussi vulnérable et exposée.

— Je suis prête à faire l'autre jambe.

La diabolique créature qui me tourmente change de côté. Elle a l'air d'un ange, mais à mes yeux c'est le mal incarné. Qui pourrait croire que de telles réserves de sadisme se cachent derrière le frais minois d'une esthéticienne ? Dire qu'il y a quelques années j'endurais ce traitement tous les mois sans broncher... Tel était le prix à payer pour ne porter que de coûteuses et sophistiquées robes de designer. J'ai du mal à croire aujourd'hui qu'une telle vie a pu être mienne.

— Non, certainement pas ! dis-je avec véhémence en me redressant sur les coudes. J'ai déjà souffert le martyre pour une jambe, l'autre ce sera pour une autre fois.

— Gros bébé, va...

Sans me prêter attention, la jeune femme vaque à ses occupations, préparant ses instruments pour une nouvelle séance. De longs cheveux blonds cascadent sur ses épaules, encadrant un délicat visage d'elfe mutin. C'est un tout petit bout de femme, que je pourrais mettre au tapis en deux temps trois mouvements, et elle ose me traiter de *gros bébé*, moi qui ai tué plus de gens que je ne saurais le dire ?

— Surveillez votre langage et contentez-vous de faire votre boulot... dis-je en me rallongeant, résignée au pire. Mais vite !

Les lèvres de l'esthéticienne se retroussent en un sourire diabolique. L'art de la torture aurait été porté à de nouveaux sommets si les hommes avaient éprouvé la nécessité de s'épiler...

— Je n'en attendais pas moins de vous, dit-elle en couvrant ma jambe droite d'une épaisse couche de cire chaude.

À l'ère de l'épilation au laser ou aux crèmes épilatoires, une méthode aussi barbare n'est plus pour les humains qu'un mauvais souvenir. Malheureusement, ces traitements endommagent les cellules fragiles de la peau des Rakas, ce qui m'oblige à avoir recours aux bonnes vieilles méthodes.

Tandis que l'ange de l'enfer arrache une bande de ma jambe, bientôt suivie d'une autre, et d'une autre encore, je martèle la table de mes poings. Pour ne pas crier, je me force à penser à autre chose.

Michael n'a pas traîné. À l'heure qu'il est, il a déjà fait acheter, décorer et meubler un appartement à mon intention à New Dallas. Il me tarde de le découvrir, mais c'est vers Lucius que je laisse ensuite vagabonder mes pensées. Une image très précise de lui se forme au centre de mon esprit. Des pommettes hautes. Un nez aquilin. Des yeux d'un bleu perçant. Même dans le secret de mes pensées, il s'arrange encore pour me regarder d'un air supérieur... Dieu, ce que je le méprise, ce que je le désire, ce que je le déteste ! Dieu ce qu'il me manque ! Sept jours que je ne l'ai pas vu. Plus que sept sans le voir. Pas de doute : je le hais !

D'un seul baiser, il est parvenu à m'embraser corps et âme et à graver son nom dans la moindre de mes cellules. Depuis que je l'ai laissé à New Dallas, pas un jour il n'a été absent de mes pensées. Son visage s'impose à ma mémoire à tout instant, sa voix me parle dans mes rêves, sa chaleur me manque quand je pense à lui.

Jusqu'à présent, j'ai eu deux amants. Aucun des deux ne m'a affectée si fortement, si profondément. Et que ce soit Lucius qui me fasse cet effet, un homme que je suis censée haïr depuis la première minute, me déstabilise encore plus. Je ne peux m'empêcher d'avoir envie de le revoir. Sa présence me manque comme une dose manque à une junkie. Le pire, c'est que cette impatience n'est en rien motivée par la conscience professionnelle et le besoin de mener à bien la mission qui m'a été confiée.

Qu'est-il en train de faire, en ce moment ? À quoi pense-t-il ? A-t-il une fois, une seule, pensé à moi depuis que je suis partie ? *Stop, Eden ! Arrête ça tout de suite !* Il me faut absolument m'en convaincre : Lucius Adaire n'est pas ce qui m'importe le plus. Tout ce qui compte, c'est qu'il parvienne à renouer le contact avec Jonathan Parker et que notre plan se déroule normalement.

— Et voilà ! s'exclame l'esthéticienne. L'autre jambe est terminée. Ce n'était pas si difficile, non ?

Prête à déguerpir, je me redresse et lui réponds d'un vague grognement. Elle me retient à bout de bras et me dit en ébauchant un nouveau sourire sadique :

— Vous oubliez quelque chose. Reste le maillot !

Un quart d'heure plus tard, j'émerge de la séance d'épilation rhabillée et titubante sur mes talons aiguilles. Comme si la cire chaude ne suffisait pas à mon malheur, il me faut également imposer à mes pieds habitués à leurs boots de combat le port de ces instruments de torture…

Le reste de la journée, je le passe dans ma chambre avec la couturière chargée de me tailler une nouvelle garde-robe. Je me fiche de porter des robes à fleurs et des froufrous, du moment qu'ils me permettent de dissimuler des armes dans leurs plis.

— Surtout, lui dis-je en la regardant s'activer autour de moi, n'oubliez pas de ménager des caches pour mes armes.

La couturière s'accroupit près de moi et lève les yeux au plafond tout en plantant habilement ses aiguilles dans une soie d'un bleu de glace.

— Et pourquoi pas une braguette, tant que vous y êtes ?

Je la foudroie du regard et réplique d'un air pincé :

— Pourquoi pas, en effet. Mais faites en sorte qu'elle soit assez grande pour moi !

— Très drôle... commente-t-elle sans cesser son travail. Ma petite, cela fait des décennies que je travaille pour Michael. Je connais la musique.

Enfin, je me retrouve seule, mais cela ne dure pas. Je n'ai pas le temps de me changer ni de m'écrouler sur mon lit comme l'envie m'en tenaille depuis des heures que déjà Michael frappe à ma porte.

— Entre !

Les deux battants coulissent silencieusement. Mon père semble hésiter un instant avant de pénétrer dans la pièce. Sur la pointe des pieds, il va s'installer sur un sofa couvert de coussins dorés près de la grande baie vitrée.

— Par pitié, ne me tue pas ! fait-il mine de me supplier. Ce n'est pas moi qui ai eu cette idée.

En riant, je m'empresse d'envoyer valser mes talons hauts à travers la pièce. Le soulagement est instantané. Je soupire du bien-être que me procure le contact de mes pieds nus sur la moquette.

— Je n'arrive pas à croire que je m'infligeais autrefois à longueur d'année tous ces supplices pour être belle.

Michael me sourit affectueusement et se laisse aller dans les profondeurs du sofa.

— Contrairement à toi, dit-il, je garde une petite nostalgie pour cette époque. Comment te sens-tu ?

Je vais m'asseoir sur le sofa qui lui fait face, laissant ma robe se froisser n'importe comment autour de mes jambes. La couturière m'a donné des ordres stricts pour la pendre à un cintre aussitôt après son départ, et je me fais un malin plaisir de lui désobéir.

— Pomponnée, dorlotée et inutile, dis-je avec fatalisme. Comme la petite princesse que l'on m'a toujours accusée d'être.

D'une de ses poches, mon père sort un cigare long et épais qu'il se plante au coin de la bouche. Il ne l'allume pas tout de suite, préférant dans un premier temps en apprécier l'arôme tout en m'examinant d'un air soucieux.

— Ce n'est pas ça qui m'intéresse. Je voulais savoir où en sont tes blessures. Je m'inquiète pour toi, tu sais…

— Complètement guérie, dis-je d'un ton enjoué. À cent pour cent !

Mon petit numéro n'a pas l'air de le convaincre. Les sourcils froncés, il insiste :

— Tu en es bien sûre ? Pas même une petite douleur ?

— Ne t'inquiète pas. J'ai complètement récupéré.

Je ne me sens pas coupable d'arranger un peu la vérité. Je suis *presque* guérie à cent pour cent, mais je ne veux pas qu'il s'inquiète pour moi. Ou pire : qu'il se mette à douter de mes capacités.

Tout en faisant rouler le cigare entre ses doigts, Michael me demande en me scrutant intensément :

— Me le dirais-tu, si tu avais encore mal ?

— Non.

Un nouveau sourire adoucit ses traits. J'adore voir mon père sourire… Quand j'étais plus jeune, j'étais capable de faire des pieds et des mains pour l'amuser. L'espace d'un instant nos regards restent accrochés l'un à l'autre. Il ne nous est pas nécessaire d'échanger la moindre parole pour manifester l'affection que nous nous portons.

Comme chaque fois que je plonge au fond de ses yeux, j'y découvre des trésors de cet amour paternel qui ne m'a jamais fait défaut. Ce ne sont pas les liens du sang qui nous unissent ; c'est quelque chose de bien plus fort encore. Quoi qu'il puisse arriver, il est mon père et je suis sa fille. De cela, je n'ai jamais douté.

Michael se lève enfin et se dirige vers le minibar. Après avoir coupé l'embout de son cigare, il attrape un briquet et l'allume. Un nuage de fumée bleuâtre et odorante l'entoure bientôt. La loi a beau interdire la consommation de tout ce qui se fume, mon père vit dans un monde où il n'obéit qu'à ses propres lois.

Ouvrant le minibar, il se verse un scotch et me demande :

— Tu en veux un ?

— Oui, merci.

Lorsqu'il me rejoint, je prends avec un plaisir anticipé le verre empli d'un liquide ambré qu'il me tend. Ne vous y trompez pas... Je ne suis pas alcoolique, mais parfois, avec la vie que je mène, un bon verre constitue pour moi le seul moyen de me détendre. Fermant les yeux, je laisse l'alcool répandre sa brûlure familière le long de mon gosier. Quand nous avons l'un et l'autre pris le temps de savourer notre première gorgée en silence, je me décide à parler boulot. Depuis mon retour de New Dallas, c'est la première fois que l'occasion nous est donnée de le faire.

— Tu as déjà eu affaire à Jonathan Parker ?

— De temps à autre.

— J'aimerais consulter tes dossiers sur lui.

— Rien de plus facile. Allons dans mon bureau.

Je ne m'embête pas à me rechausser et sors pieds nus, emportant mon verre. Dieu sait que j'en ai besoin ! Je me sens plus à cran aujourd'hui que je ne l'ai été depuis longtemps. En silence, nous descendons l'escalier. Comme chaque fois que j'en ai la possibilité, j'admire la collection d'antiquités que Michael a rassemblée et la cascade murale qu'un artiste de renom a spécialement créée pour lui.

Les capteurs de son bureau repèrent notre présence et font coulisser automatiquement les portes lorsque nous nous présentons devant elles. Plus aucun serviteur ne traîne dans la maison, nous n'avons donc pas à nous méfier des oreilles indiscrètes.

— Assieds-toi, dit Michael en me désignant un confortable fauteuil en cuir fauve. Et détends-toi…

Je le regarde prendre une télécommande sur son bureau et pianoter sur quelques touches. Du fond de mon siège, je m'efforce tant bien que mal de lui obéir.

La lumière baisse graduellement. Sur l'écran holo qui vient de se matérialiser contre un mur se forme l'image d'un homme d'environ une trentaine d'années. Il a des cheveux clairs, un nez aristocratique. Ses lèvres fines ne déparent pas la beauté de son visage. Ses arrogants yeux bruns contemplent le monde avec hauteur, comme s'il était en était le maître.

Manifestement, Parker n'a que faire des mises en garde gouvernementales contre les méfaits des UV solaires. Son bronzage est uniforme et plus impressionnant que l'air important qu'il se donne.

Un seul regard sur ce type me suffit ; je le déteste déjà. En gravant ses traits dans ma mémoire, je demande à Michael :

— Quelles sont ses préférences ? Hommes ou femmes ?

— Ni l'un ni l'autre. Il n'aime que le pouvoir.

— Je l'aurais parié…

— Cela ne l'a pas empêché de se marier trois fois. Sa première femme est morte dans un accident de la route.

Michael presse un autre bouton, et l'image d'une beauté brune aux grands yeux verts et au teint pâle envahit l'écran.

— Les freins de son véhicule ont lâché, précise-t-il. Ils venaient pourtant d'être révisés. Enquête classée sans suite.

— Car bien évidemment, notre homme a le bras long.

— Le plus curieux, c'est que sa deuxième femme a elle aussi péri au volant.

Une autre jeune femme, dotée d'une chevelure d'un blanc argenté et de magnifiques yeux bleus, apparaît sur l'écran.

— Laisse-moi deviner, dis-je d'un ton caustique. Ses freins ont lâché.

— Pas du tout. Dysfonctionnement des capteurs.

— Je vois. Dans quel tragique accident la troisième a-t-elle disparu ?

— Curieusement, elle est toujours en vie.

Pour le moment du moins, me dis-je en examinant la troisième femme de Barbe-Bleue. Avec ses splendides cheveux roux, ses yeux noisette pleins d'innocence, elle est sexy en diable.

— Manifestement, Parker aime que ses femmes soient jeunes et jolies. Dommage qu'elles n'aient pas le temps de vieillir. Il n'y aurait pas un contrat sur sa tête, par hasard ?

Le visage de Michael s'éclaire d'un sourire lumineux qui accentue un instant les rides d'expression autour de sa bouche et de ses yeux. Mon père est un homme d'autrefois. Le recours à la chirurgie esthétique, très peu pour lui…

— À ce stade, me répond-il, pas que je sache.

— Dommage…

J'avale une nouvelle gorgée de scotch. Longuement, je laisse son arôme se développer sur ma langue et titiller mes papilles gustatives. Je serais curieuse de découvrir quel genre de personnalité Lucius – alias Hunter – a endossé pour s'immerger dans le monde impitoyable de Jonathan Parker. Sans doute n'est-il cette fois ni tatoué ni affublé d'un piercing. Il doit plus probablement porter un costume taillé sur mesure et une cravate.

Un soupir m'échappe lorsque je repose mon verre sur une table basse. Quelle que puisse être son apparence, il doit être plus sexy que jamais. Pour me changer les idées, je cherche le regard de Michael et m'enquiers :

— Qu'en est-il de mon patron ?

— Ton patron est une patronne. Elle s'appelle Claudia Chow et joue un rôle de premier plan dans les mouvements pour les droits civiques des aliens. Son dévouement à la cause de l'égalité des droits lui a même valu de devenir leur ambassadrice de bonne volonté.

Avec un sourire entendu, il ajoute :

— Elle ne peut rien me refuser. J'entretiens avec elle les meilleurs rapports qui soient en lui graissant régulièrement la patte.

Je m'esclaffe bruyamment.

— Ambassadrice de bonne volonté ! Elle est bien bonne, celle-là... Que lui as-tu dit à mon sujet ?

— Simplement que ma fille désirait changer de décor et avait besoin d'un nouveau job. J'ai d'abord eu un peu de mal à la convaincre de me rendre ce service. Mais dès qu'elle a su que ma fille est une Raka, son attitude a changé du tout au tout. M'est avis qu'elle doit te voir comme un trophée qu'elle va s'empresser d'aller exhiber dans les salons.

— Il me tarde d'y être !

Alerté par mon sarcasme, Michael redevient sérieux et pointe vers moi un doigt menaçant.

— Ne t'avise surtout pas de la tuer !

L'innocence personnifiée, je m'insurge en clignant des paupières :

— Fais-moi confiance ! Je sais me tenir quand il le faut.

Dans ses yeux, je vois flamber une lueur malicieuse qui ne me dit rien qui vaille.

— C'est ce que je pensais, dit-il. Jusqu'à ce que je te voie à l'œuvre avec Lucius. Tu n'es plus la même quand il est là. Comment cela se fait-il ?

Je me fige et crispe les poings. Michael a vu juste. Il est bien trop proche de la vérité pour que je me risque à lui répondre. À la place, je lui retourne une question de mon cru.

— Tu lui fais totalement confiance ?

— Naturellement ! répond-il avec indignation. Crois-tu que je vous aurais fait faire équipe, sinon ?

Il élève son cigare en l'air et le fait tourner entre ses doigts, libérant des volutes de fumée qui s'enroulent autour de sa main.

— D'ailleurs, reprend-il, votre association est un succès. C'est un bon plan que vous avez mis sur pied.

— Le mérite n'en revient qu'à lui, dis-je honnêtement. Je n'y suis pour rien, hélas !

Dès que ces mots ont franchi mes lèvres, je saisis l'ampleur de l'amertume qui m'habite. Lucius a beau m'avoir fait tourner la tête, je lui en veux terriblement. Cette mission aurait dû être à moi et à moi seule, et voilà que je dois accepter de me laisser manipuler par lui dans un jeu dont il a lui-même fixé les règles.

Michael, qui depuis toujours lit en moi comme dans un livre ouvert, secoue la tête d'un air accablé.

— Ma chérie… proteste-t-il. N'oublie pas que tu viens d'être grièvement blessée. Et ce n'est pas une compétition entre vous deux.

Ah bon ? Comment pourrait-il en être autrement, alors qu'il me semble depuis toujours être en compétition avec la terre entière ?

— Tu devrais aller te reposer… me conseille Michael. Nous en reparlerons demain.

Je compte bien suivre son conseil et aller m'allonger. Pour ce qui est de me reposer, c'est une autre paire de manches. Pas avant d'avoir fait ce qu'il me reste à faire en tout cas.

Je me lève, rejoins mon père, et me hisse sur la pointe des pieds pour déposer un baiser sur le chaume de barbe de sa joue.

— Bonne nuit, lui dis-je.

Peu habitué à me voir obéir sans rechigner, il me dévisage un instant d'un air suspicieux. Je le rassure d'un sourire et regagne ma chambre, que je verrouille pour en faire un sanctuaire inviolable. Avant de m'allonger sur mon lit, je prends le temps de troquer mon encombrante robe de soirée contre une chemise noire et un jean assorti.

La lumière argentée de la lune s'infiltre par la jointure des rideaux. Des haut-parleurs encastrés dans les murs diffusent une bande-son composée de bruits nocturnes dans la nature – cigales et vent dans les arbres. Bercée par les sons programmés, je m'allonge sur mon lit et ferme les yeux.

Pendant que mon corps reste allongé ici, je vais aller vagabonder de par le monde sous forme d'esprit invisible.

8

Les yeux clos, je me concentre et rassemble mon énergie au plus profond de mon être. Une boule de chaleur se forme au niveau de mon nombril, laissant le reste de mon corps en hypothermie. L'une après l'autre, mes fonctions vitales se mettent au ralenti. Mon cerveau s'engourdit et plonge dans un sommeil qui n'en est pas vraiment un. Avec patience et détermination, je m'applique à pousser hors de moi grâce à des mains imaginaires cette énergie mentale amalgamée au creux de mon ventre, à extraire du poids de la chair l'immatérialité de l'esprit.

Soudain, un craquement retentissant emplit mes oreilles. Lentement, très lentement, mon être immatériel s'extrait de mon corps. Bien que cet exercice soit devenu pour moi plus facile au fil du temps, une telle déconnexion – car c'est exactement de cela qu'il s'agit – nécessite toujours de ma part effort et concentration.

Plus d'une fois, au cours de la semaine écoulée, l'envie de recourir à ce pouvoir pour rendre visite à Lucius m'a titillée. La perspective de le rejoindre sans qu'il en sache rien est trop alléchante pour que je puisse y résister plus longtemps. Dès que ma soif de le voir aura été satisfaite, peut-être me sera-t-il possible de penser à autre chose qu'à lui.

Le fait que nous nous trouvions dans deux États éloignés ne devrait pas être un problème. En temps normal, parce qu'il me faut marcher pour rejoindre ma cible, celle-ci doit être relativement proche. Avec Michael, que je peux atteindre à n'importe quel moment où qu'il se trouve, il n'en a jamais été de même. Et après ce qui s'est passé dans le sous-bois à notre dernière rencontre, quelque chose me dit que ce devrait également être le cas avec Lucius.

Mon esprit désincarné flotte quelque part entre vie et mort, dans un lieu indéterminé où je me trouve sans y être vraiment, baignée d'une lumière crépusculaire qui semble émaner de partout à la fois. Debout au pied de mon lit, je contemple mon corps abandonné, figé comme un gisant. Même si ce n'est pas nouveau pour moi, ce spectacle continue de m'emplir d'un indicible malaise.

La première fois que mon esprit s'est désolidarisé de mon corps, ce fut par accident. J'étais petite fille, tout juste âgée de quatre ans, et je venais de découvrir les corps sans vie de mes parents baignant dans leur sang, sur le plancher de ma chambre. En hurlant, je me suis enfuie loin d'eux. Dans la rue où je m'étais précipitée, Michael m'a découverte et ramenée chez moi. Il m'a installée dans le lit de mes parents, et m'a dit qu'il allait s'occuper d'eux.

Alors que j'attendais son retour, blottie sous les couvertures et secouée de sanglots, j'ai entendu un grand bruit sec, comme si quelque chose se brisait en moi. J'ai d'abord cru que c'était mon cœur, puis je me suis rendu compte que je n'étais plus en moi-même et que j'observais mon corps inerte sur le lit. À peine ai-je eu le temps de réaliser ce qui m'arrivait que je me suis sentie entraînée dans la pièce voisine où se trouvait Michael. Comme promis, il s'était occupé de tout et il n'y avait plus dans ma chambre ni cadavres ni sang.

Il n'a jamais su que j'étais là. Il ne s'est jamais douté que je l'ai vu, assis sur le lit, les mains tremblantes, vider la moitié d'une bouteille de scotch pour se remettre de ce qu'il avait dû faire. Plus tard, il m'a appris que l'assassin de mes parents n'avait été qu'un cambrioleur surpris en pleine action et qu'il s'en était occupé pour moi.

Cette première expérience fut suivie de bien d'autres, qui débutèrent et s'achevèrent sans que je l'aie décidé. Le Raka qui fut brièvement mon précepteur fit un jour allusion à ce don que possèdent certains des nôtres. Malheureusement, comme il n'en était pas lui-même doté, il ne put m'en dire plus. Ce fut donc au fil des ans, de manière empirique, que j'appris à le maîtriser. Aujourd'hui, j'en maîtrise tous les aspects et peux contrôler le début aussi bien que la fin et la durée du phénomène.

Je n'ai jamais confié mon secret à personne. Pas même à Michael, que j'aime pourtant plus que tout au monde. Je suppose que je désirais inconsciemment qu'il me voie le plus possible comme une humaine et comme la fille qu'il aurait pu avoir. Le secret est également nécessaire à ma sécurité. En me désincarnant, je laisse derrière moi mon corps abandonné et vulnérable. S'ils le savaient, mes ennemis disposeraient d'une nouvelle arme contre moi.

En soupirant, je me force à en revenir à de plus urgentes préoccupations. Mon corps repose sous mes yeux, dans une parfaite immobilité, aussi inerte et insensible que la Belle au bois dormant du conte de fées. N'étaient mes cheveux et ma peau dorée, on pourrait me prendre pour cette humaine que j'ai toujours voulu être.

Je ferme les yeux et pense à Lucius, ce qui n'est guère difficile, puisque je ne fais rien d'autre ces temps-ci. Par la pensée, je me représente les méplats et les traits accusés de son visage, la fraîcheur de rose de ses lèvres, la dureté de granit de son torse nu. Bientôt, je sens le monde se mettre à tourbillonner autour de moi et un vent irréel faire voler mes cheveux. Comme tiré par un invisible élastique, mon corps immatériel s'envole, vite, de plus en plus vite. Des flashs de lumière explosent sous mes paupières. Soudain tout s'arrête et je dois lutter pour reprendre mon équilibre. Dans un silence feutré, deux voix d'homme se répondent.

J'ouvre les yeux et me retrouve dans une pièce assez semblable au bureau de Michael. Je sais cependant sans l'ombre d'un doute que je ne me trouve plus chez mon père. Les lambris sont différents, d'un bois plus clair, le mobilier plus moderne. Des rangées de reliures jaune et pourpre occupent tout un mur. Deux ottomanes revêtues de similifourrure, dans un coin, entourent une table basse au plateau d'argent ciselé. D'épais tapis rouges, comme des flaques de sang, jonchent le parquet de chêne sombre. Et sur la cheminée de travertin antique, le portrait dans le plus simple appareil d'une pulpeuse rousse. Je reconnais en elle la troisième femme de Jonathan Parker.

Au centre de la bibliothèque, assis dans un confortable fauteuil de cuir fauve, Lucius tient d'une main un verre de brandy et de l'autre un cigare. Il s'est de nouveau teint les cheveux, mais d'une riche teinte châtain foncé cette fois. Une cicatrice sinue sur sa tempe droite. Il porte des verres de contact, qui donnent à ses yeux une couleur identique à celle de sa chevelure. Comme je l'avais subodoré, piercing et tatouage ont été relégués au magasin des accessoires, et c'est dans un coûteux costume de soie anthracite qu'il a logé son corps d'athlète.

Sans le dessin caractéristique de sa bouche, j'aurais pu ne pas le reconnaître... mais si doué soit-il pour se travestir, jamais il ne pourra faire de ses lèvres autre chose que des pétales de rose. Je pourlèche les miennes tandis qu'une image explicite de ce que j'aimerais que cette bouche me fasse s'impose à mon esprit. Mon corps astral a beau être dépourvu de toute matérialité, il s'enflamme aussitôt. Bon sang ! Suis-je donc condamnée à m'embraser comme une allumette chaque fois que je pose les yeux sur lui ?

L'homme assis vis-à-vis de Lucius, dans un fauteuil identique au sien, et également pourvu d'un verre et d'un cigare, n'est autre que le maître des lieux. Jonathan Parker. Play-boy prétentieux et arrogant. Disciple de

Barbe-Bleue. La sophistication qui émane de sa personne échoue à masquer son âme dépravée. Comme pour rendre son visage plus méphistophélique, un nuage de fumée l'environne tandis qu'il s'amuse de ce que son invité vient de dire.

— Ainsi, dit-il, vous voilà toqué d'une extraterrestre qui a su vous enflammer les sens.

Bien calé dans son fauteuil, il déguste une gorgée de brandy. Puis son sourire s'élargit, révélant des dents trop parfaites, carnassières et d'un blanc éclatant.

— Qui plus est, ajoute-t-il, c'est une Raka. Je vais être honnête avec vous : j'ai toujours rêvé de mettre une Raka dans mon lit. Tout cet or...

— Celle-là est à moi ! l'interrompt sèchement Lucius.

Plus aucune trace d'humour au fond de ses yeux. Ils ont beau ne plus être d'un bleu glacier, ils demeurent tout aussi intimidants.

— C'est pour elle que je suis ici, reprend-il d'une voix radoucie. Je la veux. Elle est à moi !

D'un air songeur, Parker tiraille le lobe de son oreille.

— Vous m'intriguez... Est-elle vraiment désirable à ce point ?

— Désirable et inaccessible. J'ai beau faire, elle ne veut pas entendre parler de moi.

Pour son rôle d'amoureux éconduit, Lucius Adaire alias Hunter Leonn mérite un prix d'interprétation.

— Hunter... commence Parker d'un air suffisant. Pourquoi ne pas essayer la manière douce ? Les femmes sont des créatures essentiellement romantiques qui adorent se faire courtiser. Comment croyez-vous que j'ai conquis chacune de mes femmes ?

— Vous croyez que je n'ai pas essayé ? Tout ce que ça m'a valu de sa part, c'est une plainte pour harcèlement et une mesure d'éloignement judiciaire !

Le sourire de Jonathan se fige.

— Si elle est si difficile à conquérir, conclut-il avec un haussement d'épaules, choisissez-en une autre.

— C'est *elle* que je veux !

Mon cœur s'affole à ces mots. J'ai du mal à faire la part des choses entre le rôle de composition et la réalité. Sans pouvoir m'en empêcher, je m'approche de Lucius dans son dos. Le bout de mes doigts immatériels repose sur le cuir du dossier. Je suis incapable de sentir quoi que ce soit, n'ayant aucun organe olfactif pour ce faire, mais je me remémore sans difficulté l'odeur de pin et de savon qui émane de lui. L'illusion est si forte que j'imagine même sentir sa chaleur sur ma peau.

Mais qu'est-ce que tu es en train de faire ? Arrête !

Les épaules de Lucius se raidissent imperceptiblement. Si je n'étais à ce point focalisée sur lui, je ne m'en serais pas rendu compte. Son regard se porte de droite à gauche, comme s'il était à la recherche de quelque chose – ou de quelqu'un ? Saisie d'une brusque appréhension, je recule prudemment d'un pas. Pourtant, il est impossible qu'il ait senti ma présence, et plus encore qu'il m'ait vue.

— Et tôt ou tard, conclut-il, je l'aurai !

Puis, reniflant un instant, il ajoute :

— Ôtez-moi d'un doute… Ces cigares ne seraient pas aromatisés à la cannelle, par hasard ?

Parker manque de s'étouffer avec la fumée du sien et éclate de rire. Affolée, je vais prudemment me réfugier contre un mur. Se pourrait-il que Lucius puisse malgré tout être sensible à ma présence ? Ce serait bien la première fois qu'une telle chose se produit !

— Petit farceur ! s'exclame Parker lorsqu'il a repris son souffle. J'ai toujours adoré votre sens de l'humour.

— Eden risque de ne pas en dire autant quand elle découvrira que je l'ai suivie jusqu'ici.

— Même si elle vous rejette, vous êtes un petit veinard. Aucune femme ne m'a jamais fait l'effet qu'elle produit sur vous.

— Pas même celle que vous avez épousée ?

— Laquelle des trois ? Au fond, peu importe. Car il n'y en eut pas une pour rattraper l'autre. Toutes des garces !

Soudain en alerte, Lucius plisse les yeux et darde sur lui un regard soupçonneux.

— Pourquoi en parlez-vous au passé ? s'étonne-t-il. Sybil n'est donc plus de ce monde ?

— À peine ! Avec un peu de chance, elle se fera mourir d'une overdose d'ici peu.

Scandalisée, je reporte mon attention sur Parker. Un mec qui ose parler ainsi de sa femme mérite une punition, et je me promets d'être celle qui la lui donnera.

— Quoi que vous en pensiez, reprend Lucius, tout à son rôle, être à ce point obsédé par une femme est très pénible. J'en regretterais presque de l'avoir rencontrée.

Il s'est exprimé avec un tel accent de sincérité que mon sang ne fait qu'un tour. D'un bond, je me précipite sur lui et lui assène un coup sur le crâne. Je m'en mords les doigts aussitôt, enfin façon de parler, en le voyant se raidir et discrètement scruter les alentours. Comment fait-il cela ? Serait-ce le résultat de cette attraction physique irrésistible qui semble exister entre nous ?

— J'ai un service à vous demander, poursuit-il comme si de rien n'était. J'aurais besoin que vous organisiez une soirée chez vous.

— Pour quoi faire ? s'étonne Parker avec un sourire narquois. Pour lui souhaiter la bienvenue en ville ?

— Pas du tout, répond Lucius en secouant la tête. Il ne faut pas qu'elle sache qu'elle est l'invitée d'honneur. Une soirée de bienfaisance, ou quelque chose d'approchant, devrait faire l'affaire. Une soirée à laquelle j'assisterais, naturellement.

— Et votre mesure d'éloignement ?

— La loi, je m'assois dessus ! C'est une alien. Elle n'a donc pas de véritables droits, n'est-ce pas ?

Parker boit du petit-lait. Son sourire s'élargit. Il hoche la tête d'un air approbateur.

— Pour qui votre Eden travaille-t-elle ? s'enquiert-il.

— Pour l'ambassadrice Claudia Chow.

Le visage de Parker se rembrunit. Il soupèse un long moment ses paroles avant de se décider à parler.

— Je n'aime pas Claudia Chow. Et pour être honnête, je n'ai pas vraiment le temps ni l'envie d'organiser une telle soirée.

Il ment. Ce qu'il cherche, c'est simplement à obtenir une faveur en contrepartie. Lucius n'est pas plus dupe que moi.

— À charge de revanche, dit-il en soutenant le regard de son hôte. Je saurai me montrer reconnaissant.

La tête penchée sur le côté, Parker l'étudie un moment puis s'étonne :

— Cette Eden est donc si importante, pour vous ?

— Je vous l'ai dit. J'en suis fou !

Il lâche un gros soupir, pour faire bonne mesure sans doute, et s'absorbe dans la contemplation du bout rougeoyant de son cigare.

— Je sais que c'est une Raka, insiste Parker, mais tout de même... Redites-moi donc ce qu'elle a de si spécial à vos yeux.

Une lueur de convoitise passe dans le regard de Lucius. S'il joue la comédie, il est doué...

— Sa bouche, répond-il sans hésitation. Une bouche à sucer un homme jusqu'à la moelle.

Là, je bous ! Que n'ai-je un couteau pour lui graver mon nom sur les couilles ? Ensuite, pour lui apprendre à vivre, je le viderais de la moindre goutte de son sang, jusqu'à ce qu'il n'y ait plus rien à *sucer*.

— Dans ce cas, conclut Parker avec un regard de virile connivence, j'accepte votre offre. J'organiserai une soirée au cours de laquelle vous pourrez renouer, tous les deux.

Les deux hommes continuent à deviser un petit moment encore avant de se séparer. Parker raccompagne Lucius à la porte. Avec une vigoureuse claque sur l'épaule, il lui souhaite une bonne nuit. Demeurée seule sur le perron, je le regarde se diriger vers sa voiture. Ce n'est pas l'envie de le suivre qui me manque, mais je dois me montrer raisonnable et regagner mon lit. Quoi que je puisse penser de ses méthodes, je dois admettre à contrecœur qu'il fait bien son boulot. Si je veux être à la hauteur, il me faudra être au top de ma forme quand je le rejoindrai.

Je ferme les yeux et me représente le décor de ma chambre. L'impression d'être tirée de très loin par un élastique s'empare à nouveau de moi. À peine une minute plus tard, je réintègre mon corps avec la sensation de me glisser dans un vêtement familier. Mes paupières s'ouvrent.

La lumière de la lune entre toujours par la jointure des rideaux de velours et dessine des traits argentés sur le parquet. L'ambianceur sonore s'est tu, mais son équivalent olfactif a pris le relais en diffusant une apaisante odeur de vanille, propice aux rêves sucrés de l'enfance.

Avec un soupir, je roule sur le côté et m'efforce de chasser Lucius de mes pensées, sans quoi je n'arriverai jamais à m'endormir. Comment se fait-il que, l'ayant quitté il y a une minute à peine, je me sente à ce point seule et dépossédée ?

C'est peu de le dire... Cet homme, je le déteste !

9

Le lendemain, j'inflige à mon corps nouvellement épilé un éreintant footing de trois heures, suivi de deux heures supplémentaires d'entraînement au maniement de diverses armes dans la salle de tir virtuel. Dans mon métier, mieux vaut maîtriser les différentes techniques. Armes blanches, armes à feu, pyro-armes – voire combat à mains nues – on ne sait jamais de quoi on aura besoin le moment venu.

Après réflexion, je décide de me passer de la séance d'essayage. La couturière a déjà toutes mes mensurations. Que lui faut-il d'autre ?

En m'épongeant le visage avec une serviette, je retourne vers la maison d'un pas traînant. Plus que jamais, mon échec avec EenLi fait peser une lourde chape de culpabilité sur mes épaules. Peut-être est-ce la raison pour laquelle je me suis entraînée si durement aujourd'hui. À moins que ce ne soit le fait de voir Lucius remplir aussi efficacement son rôle auprès de Jonathan Parker qui m'ait rendue jalouse ? Il se révèle un bien meilleur agent que je ne l'avais imaginé lors de notre première rencontre. À tel point que c'est *moi*, à présent, qui vais devoir me montrer à la hauteur...

Je regagne ma chambre complètement épuisée mais me refuse une petite sieste car j'ai encore beaucoup à faire. Je me douche, me change, puis dévale l'escalier en direction de la cuisine. Un rapide déjeuner m'aidera à reconstituer mes réserves d'énergie. Truffes au chocolat véritable, fraises à la crème, pêches au sirop, le tout généreusement saupoudré de sucre. Un régal…

Je me délecte d'un grand verre d'eau sucrée lorsque le système de sonorisation interne diffuse la voix de Michael.

— Eden, ma douce, j'aimerais te voir dès que possible.

Abandonnant mon repas, je gagne son bureau, dévorée par la curiosité. Je retrouve mon père exactement tel que je l'ai laissé la veille, vêtu du même costume légèrement froissé, les cheveux décoiffés et un cigare fumant dans le cendrier posé près de lui. À mon entrée, il lève les yeux de l'écran qu'il consulte et me sourit.

— Tu as fait vite. L'essayage est terminé ?

— Il n'a même pas commencé. J'ai décidé que j'avais mieux à faire.

Sans lui donner le temps de protester, je me laisse choir dans le fauteuil face à son bureau et demande :

— Tu voulais me parler ?

Michael s'adosse à son siège et me dévisage quelques instants sans rien dire.

— Je sais que tu ne tiens plus en place, dit-il enfin. Je sais également que, pour le moment, il n'y a rien que tu puisses faire dans le dossier EenLi.

J'acquiesce d'un hochement de tête prudent. Où veut-il en venir ? Je ne tarde pas à le découvrir. Entrecroisant les doigts sur son estomac, il conclut d'un air satisfait :

— En attendant que tu déménages à New Dallas, j'ai décidé de te confier une autre mission.

Même si je m'efforce de n'en rien laisser paraître, je frétille d'excitation. Dieu, que j'aime cet homme !

— Je t'écoute… dis-je.

— On réclame notre intervention à New Florida, où un Morevv s'est rendu coupable du viol d'un grand nombre d'humaines. L'A.I.R. du coin ne peut rien faire à cause de complications politiques locales. Il se trouve que le violeur en question est aussi l'amant du maire

106

Jeffries, une femme à la poigne de fer. Voilà pourquoi la mort du petit ami doit ressembler à un accident.

— A-t-il des gardes du corps ?

Michael hausse les épaules.

— Deux humains baraqués, qui s'empressent de lever le camp dès que Madame le maire lui rend visite.

Ce qui signifie que je vais devoir surprendre le Morevv avec le pantalon sur les chevilles. Littéralement.

— Est-ce que l'A.I.R. souhaite l'interroger d'abord ?

— Non. Ils veulent simplement qu'il soit exécuté. Les deux tourtereaux ont justement rendez-vous demain.

Ce qui signifie que j'ai largement le temps nécessaire pour faire l'aller et retour et le job. Exactement le genre de diversion dont j'avais besoin... Michael me connaît si bien que je me demande parfois s'il n'est pas télépathe.

— C'est comme si c'était fait, dis-je en me levant. Merci.

Peut-être, grâce à ce succès, pourrai-je commencer à me sentir un peu moins ratée.

Voyant que je m'apprête à sortir, Michael me retient d'un geste et réprime un soupir.

— S'il te plaît... dit-il en me fixant droit dans les yeux. *S'il te plaît*, sois prudente. Je m'en voudrais qu'une mission de routine puisse t'empêcher de prendre ta revanche avec EenLi.

— Ne t'inquiète pas pour ça. Je suis *toujours* prudente. D'ici à une heure je serai partie, et avec un peu de chance je serai de retour dès demain soir. Si tu peux t'arranger pour décaler mon prochain essayage, tu seras un chou.

Sur le pas de la porte, je lui envoie un baiser et file sans attendre, au cas où il lui viendrait l'idée de changer d'avis.

Mon client s'appelle Roméo Montaga. Oui, Roméo... C'est bien ainsi que ce Morevv a choisi de s'appeler.

Il est vrai que ses congénères sont réputés pour leur beauté et que la sienne surpasse tout ce que j'ai déjà pu voir. Sa chevelure d'un blond solaire cascade en flots de boucles d'or jusqu'à ses épaules. Son visage est empreint d'une innocence divine qui doit être celle des anges. Seule sa langue fourchue trahit son origine extraterrestre lorsqu'il se risque à ouvrir la bouche.

Son pantalon de cuir noir et sa chemise blanche ouverte sur un poitrail d'anthologie laissent à penser qu'il se verrait bien en aventurier, mi-Casanova, mi-pirate. À la différence près qu'il a pour animal de compagnie un berger allemand et non un perroquet. Heureusement pour moi, cette brave bête semble aussi agressive qu'un chaton. Allongée sur sa couverture, elle a à peine dressé les oreilles à mon arrivée clandestine dans la maison. La tête posée sur ses pattes croisées, la chienne se contente pour l'heure de regarder les évolutions de son maître avec un désintérêt profond, mâtiné d'une certaine crainte.

J'ai passé la journée à suivre Roméo pour m'imprégner de ses petits et grands secrets. La filature a porté ses fruits, relativisant grandement l'allure angélique de ce triste sire porté sur les toutes jeunes filles. Je l'ai vu rôder autour de toutes celles qui ont eu le malheur de croiser sa route ce jour-là, allant jusqu'à se frotter suggestivement contre elles et à leur coller la frousse de leur vie.

Pour l'heure, c'est le maire de New Florida, une femme de soixante-quatre ans, que ce salaud tient à sa merci, nue et ligotée sur son lit. Je savais qu'il me faudrait les surprendre dans l'intimité, mais j'aurais préféré arriver après les réjouissances plutôt qu'avant.

Encouragé de vive voix par sa maîtresse, Roméo se fout à poil en un tournemain. En le découvrant nu, je tique et me frotte les yeux pour m'assurer que je ne rêve pas. Mais non, j'ai bien vu… Je dois à présent admettre que les Morevv ne sont pas dotés que d'une particularité physique, et que leur langue n'est pas la seule à être fourchue. Ce sont bien *deux* pénis implantés l'un au-dessus de l'autre qui se balancent entre ses jambes !

Madame le maire se trémousse et râle rien qu'à mater le phénomène, comme si cela lui suffisait pour aborder aux rives du paradis. Pour sa part, son Roméo a beau être singulièrement équipé, il n'en est pas excité pour autant. Il lui faut fermer les yeux sur son petit cinéma intérieur et s'aider des deux mains pour obtenir une (double) érection suffisante.

Enfermée dans mon placard comme je le suis, j'aimerais pouvoir être ailleurs. Nul doute que le souvenir de la scène qui se déroule sous mes yeux me poursuivra longtemps. Si seulement les portes pouvaient ne pas être à claire-voie !

— Monte-moi, bel étalon ! s'exclame le maire Jeffries, au bord de l'hystérie. Viens me baiser vite et fort ! Tu sais ce que j'aime...

— Silence, femelle ! s'exclame Roméo en lui assenant une claque symbolique sur les fesses. Ici, c'est moi qui commande.

La tête rejetée en arrière, l'intéressée ferme les yeux et râle de plaisir. Il la frappe de nouveau, plus fort cette fois. Il me semble que les manifestations d'enthousiasme de sa partenaire le contrarient, et qu'il préférerait la voir hurler de peur. Est-ce également ainsi qu'il abuse de ses victimes, en les ligotant sur son lit et en leur agitant sous le nez ses surprenants bijoux de famille ?

— Maintenant tu es à moi.

Aucune trace de passion dans cette réplique, sans doute débitée par habitude. Roméo s'ennuie ferme et joue bien mal son rôle. Comme pour en terminer au plus vite, il grimpe sur le lit et prend violemment sa maîtresse par-derrière. Celle-ci redouble de cris et de grognements d'extase, qui culminent en apothéose à peine cinq minutes plus tard. Tout le corps de la femme se convulse dans l'orgasme. Le visage sombre et la mine dégoûtée, l'alien se retire et descend du lit, même s'il est évident que lui n'a pas joui.

Après avoir libéré sa prisonnière, il lui demande :

— Tu as aimé, ma chatte ?

— Tu sais bien que oui ! minaude-t-elle. Mais peut-être que tu pourrais, la prochaine fois... y aller un peu plus fort encore !

— Plus fort ?

— Oui.

Madame le maire saute du lit et entreprend de revêtir un tailleur vert menthe abandonné sur le sol. Une fois que ses vêtements fripés cachent ce corps qui l'est tout autant, elle recouvre toute sa superbe. De son sac, elle tire une poignée de billets qu'elle dépose négligemment sur une commode.

— Demain, dit-elle en lui jetant à peine un regard, je n'aurai pas besoin de toi.

Dans son cas, il semble évident que l'habit fait le moine, et que le fait d'avoir revêtu sa tenue d'executive-woman suffit à lui rendre son ascendant sur autrui.

Roméo s'approche d'elle, tout sourire. Il déploie tout son charme, qui est grand.

— Si tu venais demain, susurre-t-il, je te baiserais si fort que tous tes administrés t'entendraient crier de plaisir...

— Dans ce cas... à demain.

Elle frémit lorsqu'il lui flanque en guise d'adieu une tape sur les fesses et s'empresse de sortir. Dès que la double porte s'est refermée derrière elle, le visage de son amant se rembrunit.

— Salope ! lâche-t-il avec un rictus de haine.

C'était déjà parfaitement clair pour moi, mais il n'y a maintenant plus aucun doute : ce n'est pas l'amour qui unit ces deux-là. Madame le maire paie son Roméo, plus exactement son gigolo, pour qu'il lui donne ce qu'elle attend de lui. Et lorsqu'elle estime ne pas en avoir pour son argent, elle exprime son mécontentement, en bonne consommatrice qui se respecte. Il n'en demeure pas moins savoureux qu'une femme politique connue pour sa poigne de fer ait recours aux « services » d'un alien pour se faire dominer au lit...

Comme s'il ne pouvait s'empêcher de rabaisser une représentante du sexe faible, Roméo passe sa hargne sur sa chienne.

— Tu aurais dû lui mordre le cul, empoté de clebs !

Rien qu'au son de sa voix, la chienne s'aplatit sur le sol et gémit doucement. Je fronce les sourcils, assaillie par un sombre pressentiment.

Le Morevv ferme les yeux et commence à se masturber avec application, faisant usage de ses deux mains simultanément. Levant les yeux au plafond, je me demande ce que j'attends pour lui régler son compte. Je pourrais, pendant qu'il gagne le septième ciel en solitaire, lui envoyer une décharge non létale de ma pyro-arme pour le paralyser, puis lui faire sa petite injection ni vu ni connu. Avant le lever du soleil il serait mort, et personne ne saurait jamais que je me suis introduite chez lui.

Oui, je pourrais le faire. Pourtant...

Lorsque j'ai pris la peine de fouiller les lieux en l'absence du propriétaire, j'ai découvert une piste intéressante. Sur un agenda posé près d'un téléphone, à la date d'aujourd'hui j'ai pu lire : *Visite maison 9 heures ce soir – Retour 11 h 30.*

Qu'entend-il exactement par « maison » ? A-t-il de la famille sur Terre ? À moins que ce petit voyage projeté ne l'entraîne beaucoup plus loin que cela, par exemple sur sa planète d'origine ? Cette dernière éventualité me fait frétiller d'aise. EenLi utilise les portails pour se déplacer de planète en planète et Michael, tout autant que Lucius, aimerait bien savoir où ils se trouvent. Si je pouvais leur apporter cette information sur un plateau...

Lorsque Roméo a (enfin) terminé sa petite affaire, il se dirige vers le berger allemand devant lequel il se campe, nu comme un ver.

— Tu as apprécié le spectacle, Killer ? Salope ! C'est tout ce que vous êtes, pas une pour rattraper l'autre...

Sur ce, il lui décoche un coup de pied dans l'estomac. La chienne jappe, de peur autant que de douleur. Elle tente bien de le mordre, mais il la frappe de nouveau. La pauvre bête rampe sur le sol pour lui échapper et va se réfugier dans un coin. Je mords l'intérieur de ma joue pour ne pas crier. Qu'il s'avise de lui donner encore un coup de pied, et je lui règle son compte illico, qu'il puisse me mener aux portails ou non !

Heureusement pour lui, le Morevv s'en abstient et part se rafraîchir dans la salle de bains adjacente. J'attends que le bruit de la douche me parvienne pour me glisser hors de ma cachette. Dès qu'elle me voit, Killer trottine jusqu'à moi en remuant la queue. La langue pendante, elle lève la tête et me lance un regard chargé d'espoir qui semble dire : « Sauve-moi ! »

Je sens mon cœur sombrer lentement au fond de ma poitrine. Même si la prudence m'ordonne de quitter les lieux au plus vite, je m'accroupis près d'elle et prends sa tête entre mes mains.

— Ne t'en fais pas, lui dis-je tout bas. C'est la dernière fois que tu le vois.

Puis je sors de la maison comme j'y étais entrée, par la fenêtre. C'est peut-être risqué de ma part de présumer une telle chose, mais je ne pense pas que le portail puisse être situé à l'intérieur. Cela signifie que Roméo devra sortir tôt ou tard. Rapidement, je trouve un poste d'observation qui me permet d'embrasser du regard les alentours et me mets en faction.

Ma patience ne tarde pas à être récompensée. Un quart d'heure plus tard, Roméo sort de chez lui pimpant et vêtu d'un pantalon de cuir fauve et d'un pull à col en V. Je jette un coup d'œil à ma montre. S'il est à l'heure au rendez-vous, il sera à la « maison » dans une demi-heure. Autour du cou, il porte un drôle de bijou, que j'ai eu l'occasion d'examiner lors de mes fouilles. Le pendentif, petit et triangulaire, est accroché à une chaîne en platine. Une curieuse pierre précieuse est sertie en son centre.

En l'attendant, j'ai pris la peine de coller un mouchard électronique sous le plancher de sa Porsche pour que je puisse le suivre à la trace. À ma grande surprise, il tourne le dos au petit bolide et se dirige d'un pas résolu vers les bois qui s'étendent derrière sa maison.

Un peu confuse et me demandant si je ne fais pas fausse route, après tout, j'attends de pouvoir le suivre sans me faire repérer pour lui emboîter le pas.

10

Roméo s'arrête dans une petite clairière en bordure de la propriété, non loin de l'océan, m'offrant la possibilité de le voir sans être vue. Par le passé, plusieurs de mes cibles se sont rendues dans des endroits dégagés tels que celui-ci. Je n'ai jamais cherché à savoir pourquoi et j'ai simplement profité de la possibilité qu'ils m'offraient de les abattre. Sans doute aurais-je dû me montrer plus patiente...

Durant un long moment, le Morevv reste parfaitement immobile, la tête levée, observant le ciel qui s'obscurcit. A-t-il rendez-vous ? Se doute-t-il qu'il est suivi ? Peut-être attend-il simplement l'arrivée d'un vaisseau spatial ?

Les minutes s'égrènent. Tapie dans les buissons, je ne le quitte pas des yeux. Rien ne se passe. Un coup d'œil à ma montre m'apprend qu'il ne reste plus que trois minutes avant 21 heures. Je commence à trouver le temps long. Pense-t-il pouvoir s'envoler vers une autre planète simplement en contemplant le ciel ?

Si Lucius était à ma place, il lui foncerait dessus et lui arracherait la vérité à coups de poing. Mon entraînement me permettrait d'agir ainsi, mais je sais par expérience que des méthodes plus subtiles sont souvent plus efficaces. Il me reste à prier pour que mon choix soit le bon et que ma patience soit récompensée.

Un sifflement à peine audible commence à monter de la clairière. Est-ce le fruit de mon imagination, le bruit du vent ? Je redouble d'attention. Rapidement, le phénomène gagne en intensité, jusqu'à devenir insupportable et même douloureux. Un crescendo de bruits stridents comme un grincement de griffes sur du métal me vrille les oreilles. Le bruit me transperce sans paraître affecter Roméo, qui a levé les bras vers le ciel comme pour mieux accueillir le phénomène.

Lorsque je réalise ce qui est en train de se passer, je gémis sourdement. Les éruptions solaires ont toujours eu cet effet sur moi. Les humains ne paraissent ni en être affectés ni les entendre, mais certains extraterrestres sont particulièrement sensibles à ces bombardements intenses de particules. Pour la plupart, l'expérience est plaisante. Pour moi, c'est un cauchemar, et ce d'autant plus qu'en plein air rien ne vient faire obstacle aux rayonnements nocifs.

Sans même m'en rendre compte, j'ai fermé les yeux et jeté mon arme au sol pour plaquer mes mains sur mes oreilles. Lorsque je les rouvre, le phénomène a cessé et la clairière est vide. Le Morevv semble tout simplement s'être volatilisé. Un instant plus tôt il était là, les bras en croix et la tête levée, comme s'il s'apprêtait à embrasser le ciel. À présent, il a disparu. Qui plus est, le terrain dégagé exclut formellement qu'il ait pu s'enfuir.

La conclusion s'impose d'elle-même et me plonge dans un abîme de perplexité. Si Roméo a pu partir, ce ne peut être qu'à la faveur de cette éruption solaire. Mais dans ce cas, pourquoi n'ai-je pas été moi aussi affectée par le phénomène ? Après tout, je ne me trouvais qu'à quelques pas. Si le bombardement de particules est responsable de sa disparition, j'aurais dû disparaître aussi.

Il ne me reste plus qu'à attendre. Dans un peu plus de deux heures, Roméo devrait être de retour. Avant de lui régler son compte, je n'aurai qu'à le faire parler.

Minuit arrive sans que rien se passe.

À l'heure qu'il est, je devrais déjà être de retour chez Michael ou au moins lui avoir passé un coup de fil, mais pour rien au monde je ne prendrai le risque de me laisser distraire de ma surveillance.

Elle se prolonge ainsi durant ce qui me semble être des siècles. Habituée à faire taire les besoins de mon corps quand l'exigent les nécessités de ma mission, je parviens sans difficulté à veiller toute la nuit. Or, j'ai beau rester attentive, rien ne se passe et aucune éruption solaire ne vient déposer Roméo au centre de la clairière.

Avec le retour du soleil, je ne peux m'empêcher de me demander si je ne suis pas en train de perdre mon temps. Seule la possibilité que j'aie pu mal interpréter l'indication portée sur l'agenda m'incite à persévérer. Après tout, peut-être le retour du Morevv était-il programmé pour 11 h 30 *du matin* et non du soir comme je l'ai cru ? Je décide de patienter jusqu'à midi.

Tandis que l'astre du jour grimpe peu à peu au zénith, la chaleur ambiante me fait suer à grosses gouttes malgré l'ombre protectrice du sous-bois où je me dissimule. Que ne donnerais-je pour un bon verre d'eau sucrée ! Je n'ai pas pris la peine d'emporter de provisions, puisque j'étais censée ne faire qu'un aller et retour. Je ne serais pas étonnée que Michael ait envoyé un bataillon de ses troupes à ma recherche, à l'heure qui l'est.

À onze heures trente, toujours aucun signe d'éruption solaire. Je suis d'autant plus surprise de voir tout à coup Roméo se matérialiser au centre de la clairière, exactement là où il se tenait la veille, comme s'il n'avait jamais bougé.

L'excitation et l'impatience me submergent. Après avoir jeté un coup d'œil autour de lui pour s'orienter, l'alien se met en marche vers sa maison. Je ne lui laisse pas le temps de faire trois pas. Bondissant de ma cachette, je me rue sur lui, ma pyro-arme braquée sur son cœur. Il s'immobilise et me regarde approcher sans réagir, les yeux écarquillés d'effroi. Il a raison de s'affoler : couverte de noir de la tête aux pieds, je suis aussi déterminée et dangereuse que j'en ai l'air.

Avant toute chose, je lui décoche sans préavis un direct en plein dans le nez, histoire de faire connaissance. Sous la violence du coup, sa tête valse sur le côté. Un flot de sang lui inonde la bouche et le menton.

— Où étais-tu passé ?

Grimaçant de douleur, il titube et porte les mains à son visage, effaré de trouver du sang sur ses doigts. Il ne tente même pas de se défendre, ce qui n'est pas pour m'étonner. Quand on retourne contre eux la violence qu'ils ont pour habitude d'infliger aux autres, la plupart des gros durs se révèlent de lamentables lopettes.

— Tu as trois secondes pour me répondre avant que je te découpe en morceaux. Un.

Je vois les rouages tourner dans son crâne. Le naturel revenant au galop, il enclenche le mode séduction et esquisse un sourire lubrique.

— On peut discuter. Je suis prêt à…

Le cœur au bord des lèvres, je braque mon arme à bout de bras et lâche d'un ton sans réplique :

— Deux !

Son sourire se fige, ce qui ne l'empêche pas de susurrer de manière suggestive :

— Je sais comment faire plaisir aux femmes. J'ai un…

— Tr…

Affolé, il agite ses mains devant lui et s'écrie :

— À la maison ! Je suis allé chez moi, sur Morevv !

— Grâce à l'éruption solaire ?

— Oui. Oui, c'est ça.

Sa pomme d'Adam joue au yo-yo sur sa gorge. Il ne cesse de jeter des regards affolés de tous côtés, mais rien ne viendra le sauver de ce qui l'attend.

— Explique-moi, dis-je. Quel est le principe ? Comment ça fonctionne ?

— Je… je n'en sais rien.

— Tu mens !

Avec la crosse de mon arme, je lui assène un nouveau coup au visage. Les larmes jaillissent de ses paupières et roulent sur ses joues. Il joint les mains et me supplie :

— Par pitié, ne me faites pas de mal ! Je jure que je n'en sais rien.

— Est-ce ainsi que tes victimes te supplient de les épargner ? À genoux devant toi ? Et toi, as-tu fait preuve à l'égard de ces pauvres filles de la moindre trace de pitié ?

Son visage bronzé devient subitement livide.

— Je n'ai jamais violé aucune femme ! s'exclame-t-il d'une voix blanche. Je le jure !

Là, il me tend la corde à laquelle se pendre...

— Qui a parlé de viol ? Pas moi.

— Et quand bien même ! réplique-t-il dans une ultime bravade. Au final, elles ont toutes aimé ce que je leur ai fait. Toutes les femmes sont dingues de ce que j'ai à leur offrir.

— Maintenant, je sais que tu es un menteur, face de rat ! Et je n'aime pas les menteurs.

Comme cela me démange de le faire depuis un moment déjà, j'appuie légèrement sur la détente. Le canon crache un éclair bleu qui l'atteint en pleine poitrine. Roméo se fige sur place, paralysé pour quelques heures mais conscient de ce qui lui arrive. Les traits déformés par la terreur, il me regarde sortir d'une de mes poches latérales une petite ampoule. J'en casse l'extrémité et lui entrouvre les lèvres pour en verser le contenu dans sa bouche.

— Onadyn... dis-je, sachant qu'il entend tout. Indétectable. Tu sais ce que c'est, bien sûr. Une drogue oxyinhibitrice utilisée par certains aliens pour respirer sur cette planète. Mais toi qui as besoin d'autant d'oxygène qu'un humain, elle va te faire suffoquer dans quelques minutes. Tu auras beau emplir tes poumons, cela ne te servira à rien. Demain, quand on te trouvera, on dira que ton cœur a lâché. Pauvre Roméo...

Aucun muscle ne tressaille sur son visage figé, mais une terreur indicible emplit son regard. Après avoir pris soin de rempocher l'ampoule et ses débris, je lui tapote gentiment la joue et le gratifie de mon plus charmant sourire.

— Ne t'inquiète pas, dis-je avant de tourner les talons. Je prendrai soin de ton chien.

Pour commencer, je rebaptise le berger allemand. Killer étant un peu surfait, je me décide pour Luke, en hommage à mon partenaire. Un hommage auquel, j'en suis sûre, il devrait être sensible. Surtout lorsqu'il saura que ce bon gros toutou aux grands yeux bruns affectueux est une femelle...

Durant le vol de retour, Luke et moi faisons un peu mieux connaissance. Cette bête a désespérément besoin d'affection, et je ne me prive pas de lui en offrir. Après n'avoir été pour son ancien maître qu'un souffre-douleur, elle mérite bien d'être un peu chouchoutée.

Quand nous descendons de l'ITS, elle s'immobilise en voyant Michael au bas de la passerelle et me jette un regard plein d'inquiétude. Lorsqu'un sourire de soulagement éclaire le visage de mon père en me découvrant saine et sauve, elle lâche une plainte sourde. Je suppose qu'elle se méfie des hommes, y compris de ceux qui sourient. Sage précaution...

Pour la rassurer, je lui flatte l'encolure et murmure :

— Ne crains rien, il ne te fera pas de mal. Il n'est pas aussi méchant qu'il en a l'air.

Luke se décidant à m'emboîter le pas, je descends la passerelle en plissant les yeux pour résister à la vive lumière du jour. Un ITS en partance passe au-dessus de nos têtes dans un discret chuintement de ses réacteurs.

Le regard étonné de Michael glisse du chien à moi. Ses premières paroles ne sont pas pour me surprendre.

— Tu es très en retard. Et tu n'as pas appelé.

— J'ai été retardée. Désolée.

J'ajuste la bandoulière de mon sac sur mon épaule, enroule la laisse de Luke autour de ma main, et me dirige vers la limousine de Michael qui nous attend au bout de la piste privée. Mon père regarde la chienne se rouler en boule sur le siège arrière.

— Qui est ton nouvel ami ?

— *Ma* nouvelle amie. Elle appartenait au Morevv, mais à présent c'est ton nouvel agent.

Michael roule des yeux effarés.

— Je dois aussi la payer ?

— Naturellement !

Je m'installe à côté de Luke et regarde Michael s'asseoir à l'avant. Fièrement, je lui annonce :

— Mission accomplie.

Le visage bouleversé par l'émotion, il sursaute et se tourne vers moi.

— C'est tout ce que tu trouves à me dire ? proteste-t-il. Je me rongeais d'inquiétude pour toi. Après ce qui t'est arrivé l'autre fois...

Je me penche et serre sa main posée sur l'accoudoir.

— Je sais que j'aurais dû t'appeler... dis-je, sincèrement désolée. Je n'ai pas eu le temps de le faire mais j'aurais dû le prendre, j'en conviens.

Sachant qu'il est d'un tempérament inquiet et qu'il n'est plus de première jeunesse, je devrais ménager un peu plus mon cher papa...

— Tu me pardonnes ? conclus-je avec mon sourire le plus charmeur.

— Comme si je pouvais vraiment t'en vouloir... dit-il avec plus d'affection que de ressentiment.

Pressée de lui faire part de mes découvertes, je lui demande sans transition :

— Que sais-tu des éruptions solaires ?

— Je sais qu'elles te rendaient folle de terreur quand tu étais petite. Pourquoi cette question ?

J'écarte la sienne d'un geste de la main et insiste :

— Dis-moi d'abord ce que tu sais.

Il programme dans l'ordinateur de bord les coordonnées de la maison, puis hausse les épaules.

— Ce sont de cycliques explosions d'énergie, de chaleur et de lumière à la surface du soleil. Les humains n'en sont pas affectés, en principe, mais nombre d'extra-terrestres y sont sensibles. À présent, vas-tu me dire où tu veux en venir ?

En quelques mots, je lui raconte ce que j'ai pu observer pendant ma mission.

— Qu'est-ce que cela signifie, selon toi ? me demande-t-il quand j'ai terminé.

— EenLi a laissé sous-entendre que les portails ne sont pas ouverts en permanence.

— En effet.

— Peut-être ces fameux portails interdimensionnels ne s'ouvrent-ils que lors des éruptions solaires ?

Michael examine un instant l'hypothèse.

— Peut-être, admet-il avec une moue dubitative. Mais il doit y avoir autre chose, sans quoi tu aurais toi aussi été expédiée sur une autre planète.

Ce qui me ramène exactement au point où j'en étais arrivée…

En soupirant, je me passe une main lasse sur le front.

— Comme j'aimerais que mes parents soient encore là ! dis-je. Eux pourraient m'expliquer comment ils sont arrivés sur Terre.

À l'avant, je vois Michael se raidir, comme chaque fois que je mentionne mes parents biologiques. Je regrette aussitôt mes paroles irréfléchies. Je suppose qu'il s'imagine qu'il ne me suffit pas quand je me laisse aller à regretter leur mort en sa présence. Ce n'est pas le cas. Mon père a fait des pieds et des mains pour m'élever comme sa fille. Il ne s'est pas contenté, comme d'autres l'auraient fait à sa place, de me confier aux bons soins d'une armada d'employés. Il a fait en sorte, même quand ce n'était pas facile, de me garder près de lui et de veiller personnellement à mon éducation. Ce qui, naturellement, me fournit une raison supplémentaire de l'aimer.

Pleine de tact, mais un peu tard, je m'empresse d'en revenir à notre conversation antérieure.

— À ton avis, qu'est-ce que ça pourrait être ? Une sorte de catalyseur ?

— Aucune idée, répond-il un peu trop sèchement. Mais je vais faire quelques recherches et je te tiendrai au courant.

— Merci.

Se tournant à nouveau vers moi, il me tapote gentiment le genou et me sourit.

— Quand nous serons arrivés, tu vas me faire le plaisir d'aller à ta séance d'essayage. Cette maudite couturière – comment s'appelle-t-elle, déjà ? Celeste, il me semble…

Bougonne, je croise les bras et hausse les épaules. Me voilà rattrapée par les contingences matérielles.

— Quand je lui ai dit que tu t'étais absentée, poursuit-il, c'est tout juste si elle ne m'a pas arraché les yeux avec ses ciseaux ! Et quand je lui ai précisé que tu serais absente toute la journée, c'est pour les parties les plus viriles de mon anatomie que j'ai eu peur…

Découvrir mon père aussi penaud qu'un gamin terrorisé par sa maîtresse d'école chasse instantanément toute ma mauvaise humeur.

— Tu devrais lui donner une augmentation, dis-je en riant. J'aime cette femme. Elle a du caractère !

11

À peine ai-je eu le temps de mettre un pied dans la maison que Celeste me tombe sur le paletot. Michael m'abandonne à mon triste sort et s'éclipse sans demander son reste. Je ne dois pas attendre davantage de secours de Luke, qui se réfugie en tremblant derrière mes jambes.

— Où étiez-vous passée ? s'exclame-t-elle, des ciseaux dans une main et une longue aiguille dans l'autre. J'ai onze robes et six tailleurs à terminer en un temps record, et tout ce que vous trouvez à faire, c'est de m'abandonner au moment le plus crucial de mon travail !

Refusant de me laisser impressionner, je réplique, la mine revêche et les sourcils froncés :

— Vous n'avez pas besoin de moi pour terminer. Vous avez toutes mes mesures, non ?

Son visage trahit une franche exaspération. Elle lève les mains au ciel et secoue la tête d'un air méprisant.

— Si vous voulez que vos vêtements vous entravent quand vous courrez, qu'ils se déchirent quand vous tirerez et qu'ils révèlent vos précieuses armes à la première occasion, libre à vous ! Mais alors, je mettrai un autre label que le mien sur l'étiquette, afin que personne ne sache qu'ils sont passés entre mes mains.

— Très bonne idée.

Sur ce, je me dirige vers le bureau de Michael, où je l'ai vu disparaître, en espérant qu'il n'a pas pris soin de fermer à clé derrière lui.

— Montez tout de suite dans votre chambre ! ordonne Celeste d'une voix haut perchée qui se répercute entre les murs de l'entrée. Eden Black, vous allez faire ces essayages ! Et pas plus tard que maintenant !

Arrêtée dans mon élan, je me retourne lentement pour lui faire face. J'ouvre la bouche pour lui dire ce qu'elle peut faire de ses ordres quand je remarque à quel point mon attitude la met hors d'elle. Elle bombe le torse comme un soldat prêt à monter au front, ses joues sont écarlates et ses yeux brillent de fureur. Je comprends alors que cette femme qui prend le risque de me brusquer tout en sachant que je pourrais la mettre au tapis dans la seconde est aussi passionnée par son travail que je le suis par le mien. Pour cela, je lui dois un minimum de respect.

— Qu'attendez-vous ? demande-t-elle sèchement. Une invitation officielle du roi des Rakas ?

— Ce n'est pas le bon moment. J'ai autre chose à faire.

— Avec vous, ce n'est jamais le bon moment.

Je jette un dernier regard sur la porte close du bureau de Michael et me dirige à contrecœur vers l'escalier, Luke sur mes talons. En gravissant les marches, je lui glisse à mi-voix :

— La prochaine fois que quelqu'un me parle sur ce ton, tu attaques ! D'accord ?

Pour toute réponse, elle gémit d'un air malheureux. Je lève les yeux au plafond et soupire. L'arrivée dans ma vie de ce compagnon à quatre pattes ne va manifestement rien changer pour moi. Comme toujours, je ne pourrai compter que sur moi-même.

Heureusement pour moi, l'essayage mené tambour battant par Celeste ne dure pas plus d'une heure, au terme de laquelle elle lève le camp, victorieuse et ravie.

Pendant que Luke dort roulée en boule sur le lit, je m'offre une très longue douche, laissant l'eau chaude et parfumée à souhait me débarrasser des fatigues et des relents nauséeux de cette mission. Puis, après m'être brossé les cheveux et avoir enfilé un pantalon souple et un ample tee-shirt, je me rends dans le bureau de mon père. Il ne s'y trouve pas, mais deux femmes sont en train de faire le ménage. Sans prendre de gants, je leur demande de revenir plus tard.

En les regardant hocher la tête et sortir précipitamment, je réalise que j'ai *réellement* besoin d'un endroit rien qu'à moi. Contrairement à Michael, je n'ai besoin de personne pour assumer les tâches de la vie quotidienne. Je n'arrive pas à comprendre la confiance illimitée qu'il accorde à son personnel. Bien sûr, il prend des précautions contre le vol et l'espionnage, mais comment peut-il être certain que cela suffit à le protéger, dans la position qui est la sienne ?

Après avoir condamné les portes du bureau, je lance à haute voix mon nom en direction de l'ordinateur, qui s'allume instantanément. Puis je m'attelle à la rédaction d'un long mail à destination de Colin Foley, physicien spécialiste de la théorie des quanta avec qui je suis sortie autrefois. Sans lui révéler les raisons de ma curiosité, je lui demande un maximum de détails sur les éruptions solaires et sur la possibilité qu'elles puissent servir de support au voyage interplanétaire. Je ne sais s'il pourra m'apporter la clé du mystère, mais je suis certaine qu'il me répondra. Nous avons mis un terme à notre relation de deux ans d'un commun accord et sommes restés depuis dans les meilleurs termes.

Je traîne un peu devant l'écran, en espérant vaguement que la réponse à mon message arrivera tout de suite, mais je me mets rapidement à bâiller à m'en décrocher la mâchoire. Je réalise alors que je suis debout depuis deux jours et que j'ai désespérément besoin de sommeil.

C'est dans un état second que je regagne ma chambre. M'accorder une à deux heures de repos est devenu une priorité vitale. Avec un soupir de bien-être, je m'allonge sur le lit à côté de Luke mais à peine ai-je eu le temps de glisser dans un demi-sommeil que la sonnerie du téléphone retentit sur ma table de chevet. Je me redresse en sursaut. La chienne, elle, ne se réveille même pas.

Je porte le combiné à mon oreille et grogne :

— Oui...

Une voix d'homme grave et sensuelle, que je reconnais immédiatement, me répond.

— Alors ? Je t'ai manqué ?

— À peu près autant que la balle que j'ai dû m'extraire de l'estomac !

Le rire de Lucius retentit dans l'écouteur et me fait frissonner. Nous ne nous attardons ni l'un ni l'autre sur le fait que nous n'avons pas eu besoin de nous annoncer.

— J'aime quand tu joues les harpies, dit-il. Mais raconte-moi plutôt comment tu te débrouilles sans moi.

— Beaucoup mieux que quand je t'ai dans les pattes !

— J'ai entendu dire que tu t'intéresses aux éruptions solaires ?

À présent tout à fait réveillée, je m'adosse à la tête du lit.

— Les nouvelles vont vite.

Je suis cependant bien trop fière de moi pour lui cacher plus longtemps ce que j'ai découvert. En quelques phrases, je le lui explique et me garde bien d'interrompre le long silence qui s'ensuit.

— Voilà qui est intéressant, lâche-t-il enfin. Michael va mener quelques investigations de son côté, mais rien ne nous empêche de nous y mettre aussi.

Il marque une pause et ajoute :

— C'est l'ouverture qui nous manquait. Tu as fait du bon boulot.

Être félicitée par un homme aussi avare de compliments vaut toutes les récompenses.

— Merci... dis-je en m'efforçant de cacher ma joie.

Je dois y être bien mal parvenue, car il réplique aussitôt d'un ton railleur :

— Pas de quoi verser des larmes de bonheur !

L'humiliation est d'autant plus cuisante que je sens mes joues s'embraser aussitôt.

— Ferme-la un peu, espèce d'abruti !

Un autre de ses rires ravageurs m'arrache de nouveaux frissons.

— Ah ! Cookie… s'amuse-t-il. Plus je te connais, plus je t'apprécie. Qui l'eût cru ?

À moi de m'amuser, maintenant. Je feins un bâillement d'ennui – de manière assez réaliste, je dois dire – et lui demande d'une voix insidieuse :

— Est-ce pour cette raison que tu prends le temps de m'appeler, Frankie ? Afin de me connaître un peu mieux pour m'aimer encore plus ?

— Ne m'appelle pas comme ça ! lance-t-il avec hargne. J'avais cinq minutes à perdre, et je me suis dit que je pourrais en profiter pour prendre de tes nouvelles.

— Michael ne s'est pas chargé de t'en donner ?

— Je préfère que tu le fasses toi-même. D'accord ?

— D'accord.

Restons-en là. Tout ce qui compte, c'est qu'il ne sache pas à quel point je suis heureuse qu'il m'ait appelée, et quel effet a sur moi le simple son de sa voix.

— Où en étions-nous ? fais-je mine de m'interroger. Ah oui ! Nous parlions éruptions solaires, et tu me disais à quel point j'ai fait du bon boulot.

— Menons notre enquête sur le sujet chacun de notre côté, suggère-t-il. Nous pourrons comparer nos résultats quand tu rappliqueras ici.

— Bonne idée. Je te parie que j'aurai plus d'infos que toi !

Lucius émet un sifflement admiratif et s'exclame :

— Bigre !

— Qu'est-ce qu'il y a ?

— Tu t'es entendue ?

Parodiant ma voix, il répète :

— « Je te parie que j'aurai plus d'infos que toi ! » On peut dire que l'esprit de compétition, ça te connaît… Quoi qu'il en soit, je suis partant. Nous verrons bien qui aura le plus d'infos.

Satisfaite, je souris au plafond et reprends :

— Alors ? Où en sont les choses de ton côté ?

— Parker boit comme du petit-lait ma pseudo-obsession à ton égard. Quand je lui ai dit que tu étais une Raka, ses yeux ont fait tilt ! Il a accepté de m'aider à te conquérir et va organiser une soirée à laquelle ta nouvelle patronne sera conviée.

J'ai failli dire que j'étais au courant de tout cela et me suis retenue juste à temps. Il ne se doute pas que j'ai espionné sa conversation avec Parker, et je tiens à ce qu'il continue de l'ignorer.

— Et pour me « conquérir », dis-je en insistant sur ce mot, comment comptes-tu t'y prendre exactement ?

— Laisse-moi te faire la surprise pour que ta réaction ne soit pas faussée. Au fait… Je suis allé faire un tour dans ton nouvel appartement.

Ce n'est pas pour me surprendre, mais l'entendre l'admettre sans que j'aie besoin de le cuisiner me réjouit.

— Ça ressemble à quoi ?

— Ton père n'a pas lésiné. C'est classe, spacieux, bien protégé, hors de prix. En somme, tu n'auras aucun mal à t'acclimater. Et au cas où tu te poserais la question, ton lit est assez grand pour deux.

— Tant mieux ! fais-je mine de me réjouir. Je suis sûre que Luke appréciera.

Silence tendu à l'autre bout de la ligne.

— Luke ? répète-t-il enfin d'une voix menaçante. Qui est-ce ?

Je me garde bien de lui révéler qu'il ne s'agit pas d'un homme.

— Une nouvelle connaissance qui m'aide sur ce dossier, dis-je négligemment.

— Bon sang, Eden ! Michael est au courant ?

— Tu n'as qu'à le lui demander.

Je n'ai aucun mal à imaginer le visage furieux qui doit être le sien à cet instant. Ai-je bien entendu ce qui ressemble fort à un grincement de dents ? Ah ! Ce que je m'amuse… La fierté masculine étant ce qu'elle est, je

128

suis sûre à présent qu'il se gardera bien d'interroger mon père à ce sujet.

— Si ce mec met un pied dans ton appartement, un seul pied, tu m'entends ? j'en fais de la chair à pâté ! C'est compris ?

Cette fois, je flotte sur un petit nuage.

— Rassure-toi, c'est clair comme de l'eau de roche.

Nouveau silence, au terme duquel il s'enquiert :

— Qu'est-ce qui est si clair, je te prie ?

Il paraît bien plus méfiant qu'en colère, maintenant. C'est avec une joie sans mélange que je lui réponds.

— Ta jalousie !

Clic !

Il a raccroché. Le brusque silence qui emplit mon oreille me ravit plus qu'il ne me surprend. Mon sourire devient rire, puis fou rire incoercible. Lâchant le combiné, je roule sur le matelas, que je martèle de mes poings, sous l'œil surpris de Luke.

Plus en forme et reposée qu'au terme d'un long sommeil de huit heures, je dépose un baiser sur sa truffe humide. Elle me jette un regard d'adoration et remue la queue.

— Gare à tes pattes, ma belle ! dis-je en lui caressant le sommet du crâne. Lucius Adaire est un homme *très* jaloux.

12

Le jour tant attendu arrive enfin. C'est avec une grande impatience que j'embarque dans l'ITS pour New Dallas avec armes et bagages, Luke dans mon sillage. Je suis ravie de passer à l'action et de me rendre utile à mon tour dans cette mission. Après tout ce qu'il m'a fallu supporter pour en arriver là, ce n'est pas trop tôt...

Une chaleur écrasante s'abat sur mes épaules dès que je sors de l'appareil. Plus que jamais, il me tarde de régler leur compte à EenLi et à ses sbires. Les femmes qu'ils réduisent en esclavage m'en seront reconnaissantes, mais des millions de citoyens de cette cité, sans le savoir, en bénéficieront également. Qui parmi eux accepterait de croire que les Mecas, en arrivant quelque part, règlent le climat à leur convenance, comme on règle un thermostat en entrant dans une pièce ?

Fort heureusement, le chauffeur envoyé par mon nouvel employeur pour me prendre à l'aéroport m'attend déjà sur le tarmac. Dans certaines situations, les passe-droits dont bénéficient les puissants ont du bon. Pendant qu'il règle les formalités et récupère mes bagages, je me glisse avec un soupir de soulagement dans les profondeurs luxueuses et climatisées du véhicule.

Un quart d'heure plus tard, nous nous mettons en route. Il s'écoule pourtant plus d'une heure encore sans que nous touchions au but. Mon impatience grandit au fil des minutes. Pourquoi l'ambassadrice de bonne volonté des aliens vit-elle si loin de l'aéroport ?

J'ai lu avec intérêt et une certaine perplexité le dossier sur Claudia Chow que m'a remis Michael. Née dans une riche famille d'industriels, elle a épousé très jeune un homme issu du même milieu qu'elle. À part son veuvage précoce, elle n'a pas dû subir une seule autre épreuve au cours de son existence dorée.

Du temps où son mari était encore vivant, ils passaient leur temps à parcourir le monde pour assouvir leur passion de la chasse. Maintenant, la même Claudia Chow consacre tout son temps et toute son énergie à défendre les aliens et à lutter pour leurs droits. Cela ne correspond en rien avec la vie qu'elle a menée auparavant et n'a aucun sens à mes yeux.

Ma nouvelle patronne possède un ranch aux environs de la ville, une énorme propriété dont les avant-postes, Dieu merci, viennent d'apparaître au détour d'un virage.

— Nous y sommes presque... dis-je à Luke, qui a posé sa tête sur mes genoux. Tu te méfieras de l'ambassadrice... Elle chassait les animaux, autrefois. Peut-être continue-t-elle de le faire.

Avec un regard énamouré, Luke me passe un coup de langue sur la main. Le fait qu'elle ait une si totale confiance en moi me touche plus que je ne saurais le dire. Par mesure de sécurité, j'ai failli la laisser à la garde de Michael mais, au moment du départ, elle s'est jetée dans mes jambes avec des gémissements de détresse à fendre le cœur. Naturellement, je n'ai pu lui résister. Jamais je n'aurais imaginé pouvoir me laisser mettre ainsi le grappin dessus par un animal !

Je reporte mon attention sur le ranch, dont les détails se précisent au fur et à mesure que nous en approchons. La demeure de Claudia Chow, peinte en rouge et blanc, resplendit au soleil. Des gardes armés en surveillent les abords ; j'en ai également vu patrouiller dans toute la propriété. Ce sont tous des Ell-Rollis, aliens si dépourvus de volonté et si dépendants qu'ils s'empressent d'obéir à n'importe quel ordre, même le plus révoltant.

Sans doute un de ses sbires a-t-il prévenu la maîtresse des lieux de mon arrivée, car elle apparaît sur le porche à colonnes dès que la limousine s'engage dans la longue allée principale. Ses cheveux noirs sont rassemblés en une natte sévère, son maquillage parfaitement appliqué forme comme un masque sur son visage. Un classique tailleur en soie noire met en valeur son corps svelte. On lui donnerait trente ans, mais je sais qu'elle en a quarante-six. C'est une femme séduisante qui connaît manifestement son pouvoir de séduction et ne rechigne pas à s'en servir.

La voiture s'arrête devant le porche. Ma portière s'ouvre automatiquement et un air brûlant, chargé d'odeurs d'écurie, envahit l'habitacle. Un Ell-Rollis se présente à moi et me tend la main pour m'aider à descendre.

— Merci, ce ne sera pas nécessaire… lui dis-je d'un ton glacial.

Sans rien dire, le garde recule d'un pas. Il conserve sur le visage un sourire de circonstance qui révèle deux rangées de dents jaunes et pointues. Ce sourire semble déplacé sur ses traits de saurien et n'a sans doute rien de spontané ; on a dû lui ordonner de m'accueillir ainsi.

Je descends du véhicule, aussitôt suivie de Luke. Elle ne quitte pas l'Ell-Rollis du regard, comme si le sens de mon avertissement ne lui avait pas échappé.

Le visage dénué d'expression, Claudia franchit d'un pas vif la distance qui nous sépare et me prend dans ses bras. Pour le show ? Probablement. L'embrassade n'est pas pour me plaire, mais je la supporte. Elle est plus petite que moi de quelques centimètres, ce qui l'oblige à se hisser sur la pointe des pieds lorsqu'elle m'embrasse sur les deux joues pour faire bonne mesure.

— Bienvenue ! dit-elle d'une voix distinguée.

En retour, je lui offre ce qui, je l'espère, ressemble à un sourire chaleureux et spontané.

— Merci. Je suis très heureuse d'être ici.

De près, je constate qu'elle a de beaux yeux noisette et un semis de taches de rousseur sur le nez.

— Laissez-moi vous admirer.

Elle me lâche et recule un peu en me scrutant de la tête aux pieds. Je m'efforce de supporter stoïquement l'examen.

— Une véritable statue en or ! s'exclame-t-elle avec ravissement. Vous êtes étonnante, vraiment…

Tu veux vérifier ma denture, peut-être ? Me flatter l'encolure ? Examiner mes sabots ?

— Merci beaucoup, dis-je avec un grand sourire. C'est très aimable à vous.

— Quelqu'un s'est-il amusé avec votre ADN ? s'étonne-t-elle innocemment. Ou tous les Rakas sont-ils aussi dorés et brillants que vous ?

— J'ai entendu dire que nous sommes tous ainsi.

— Je meurs de jalousie ! Vous devez vous admirer dans tous les miroirs que vous rencontrez…

— Oui !

La réponse d'une princesse

— Vous devez également attirer la convoitise. Rassurez-vous, vous ne risquez rien ici. J'ai déjà pris des mesures pour assurer votre protection.

Avec un sourire bienveillant, elle me tapote la joue, comme il m'arrive de le faire à Luke.

— Vous et moi allons bien nous entendre, conclut-elle. J'en suis persuadée.

Elle tape dans ses mains et lance par-dessus son épaule :

— Giles ! Amenez les bagages de Miss Black dans la suite jaune.

— Inutile, dis-je en hâte. J'ai un appartement en ville.

— Pas question ! Je vous veux ici, chez moi. Ainsi, vous n'aurez pas à faire la navette.

Mon sourire ne vacille pas plus que ma résolution.

— C'est très aimable à vous, mais je préfère habiter seule. Gagner mon indépendance est l'une des raisons pour lesquelles j'ai souhaité prendre cet emploi.

Le regard de Claudia se fait plus acéré. Elle se penche vers moi, dans une attitude de supériorité hiérarchique à peine voilée.

— Je suis persuadée que vous serez mieux installée ici. Avec votre chien, bien entendu. Il est le bienvenu lui aussi, et aura toute la place nécessaire pour jouer et courir.

— Cela ne faisait pas partie de notre arrangement.

— Ah oui ? Eh bien ça en fait partie, à présent. Si vraiment cela vous pose un problème insurmontable…

Elle ne termine pas sa phrase, mais la menace est claire. Sa détermination ne fait aucun doute. En m'obstinant, je cours le risque de devoir renoncer à ma couverture, ce qui mettrait en péril ma mission.

— C'est entendu, dis-je avec une résignation feinte. Je vous remercie de votre hospitalité.

Son entêtement à vouloir me garder chez elle me paraît suspect. Plus que jamais, je devrai me tenir sur mes gardes.

Claudia Chow se détend instantanément. Un sourire illumine son visage, révélant des dents immaculées et parfaitement alignées.

— Merveilleux ! se réjouit-elle. Je savais que nous nous entendrions bien, toutes les deux. Giles !

Un Genesi en smoking apparaît derrière elle. Cette race d'extraterrestres a une peau grise et ridée qui tombe en plis autour d'eux. Il m'est arrivé une fois d'avoir à tuer une Genesi. Pendant que je me battais contre elle, son corps émettait une sorte de bourdonnement d'énergie qui ne cessait de gagner en intensité, me vrillant les oreilles au point que je serais certainement devenue sourde si j'avais tardé à l'exécuter.

En prenant bien garde à ne pas croiser mon regard, le Genesi va décharger mes bagages. Je le laisse les emporter sans protester. Celles de mes armes qui ne sont pas sur moi sont soigneusement cachées dans mes effets personnels les plus anodins. Même s'il fouille mes affaires, il n'y trouvera rien que de très ordinaire.

— À présent, reprend l'ambassadrice en désignant Luke du regard, dites-moi tout de votre ami. Comment s'appelle-t-il ?

Je lui dis comment *elle* s'appelle, caressant l'intéressée entre les oreilles, et j'ajoute :

— Elle craint les individus de sexe masculin. Il serait donc plus sage que vos employés la laissent tranquille.

— Je trouve cela très touchant que vous ayez pu vous attacher à un compagnon né sur cette planète. Moi-même, ajoute-t-elle, il m'arrive de me sentir seule depuis que mon mari a été emporté par un virus.

— Toutes mes condoléances, dis-je sans relever le fait que je suis moi aussi née sur cette planète.

Elle passe une main dans ses cheveux et force un sourire sur ses lèvres.

— Cela fait de nombreuses années, à présent. Mais vous devez mourir de soif ! Entrons. Nous apprendrons à faire connaissance au salon autour d'une limonade.

Entraînant Luke dans mon sillage, j'emboîte le pas à l'ambassadrice. Encore peu habituée à ma nouvelle garde-robe, je dois prendre garde à ne pas me prendre les pieds dans la jupe longue qui me caresse les chevilles et froufroute à chacun de mes pas. Le mur d'air conditionné qui m'accueille à l'intérieur me fait frissonner. Ces quelques minutes dans la fournaise ont suffi à me mettre en sueur.

Je cligne des yeux pour m'habituer à la lumière trop vive des spots lumineux et étudie avec curiosité ce que je dois considérer comme mon nouveau foyer. Il ne me faut que quelques secondes pour m'y sentir tout à fait mal à l'aise. De-ci, de-là, des têtes d'animaux empaillées ornent les murs. Je reconnais un cerf, un coyote, un sanglier, espèces en voie d'extinction et protégées par la loi. Je ne sais pourquoi, je m'étais attendue à autre chose de la part de l'élégante Claudia Chow.

— Alors ? demande-t-elle en observant mes réactions par-dessus son épaule. Que pensez-vous de ma maison ?

Je décide de jouer cartes sur table. C'est plus simple.

— Les animaux empaillés... Ils me donnent la chair de poule.

— Vraiment ? s'étonne-t-elle, les yeux ronds. Pourtant, la plupart des vôtres me disent les apprécier.

Qu'entend-elle par là ? Parle-t-elle des Rakas, ou des aliens en général ? Dans un cas comme dans l'autre, ce n'est pas très subtil de la part d'une ambassadrice.

Nous entrons dans une pièce spacieuse et bien éclairée par de larges baies. Je préférerais qu'elle le soit un peu moins tant les crânes, squelettes et autres parures de plumes rassemblés là comme dans un musée me donnent la nausée. Au milieu de ces macabres trophées, de grands vases de fleurs posés sur des napperons en dentelle achèvent de donner à l'endroit des allures de cimetière. Quel genre de femme faut-il être pour aimer vivre dans cette ambiance ?

J'attends qu'elle s'installe dans un fauteuil couvert d'un tissu fleuri pour prendre place sur le sofa qui lui fait face. Sur une table roulante installée entre nous se trouvent un pichet de limonade et une montagne de cookies.

En parfaite maîtresse de maison, Claudia me verse un verre qu'elle me tend et que je goûte du bout des lèvres. Je fais bien de me méfier, car il s'agit d'une citronnade bien plus acide que sucrée, ce qui n'est pas à mon goût.

— Martha ! appelle-t-elle. Veuillez apporter un bol d'eau pour Luke, s'il vous plaît.

Puis elle reporte son attention sur moi, tout sourire, et me tend l'assiette de cookies. Au moins suis-je à peu près sûre qu'ils ne seront pas salés...

— Je ne sais pas si l'on vous a bien précisé ce que j'attends de vous, dit-elle. J'aurai besoin de votre présence à mes côtés dans les obligations sociales et professionnelles qui sont les miennes. Vous m'assisterez également lorsque des citoyens d'outre-Terre viendront me rendre visite pour m'exposer leurs doléances, ou quand je les aurai en ligne. Mon dernier interprète ne parlait que six langues extraterrestres, ce qui n'était pas sans me poser de gros problèmes de communication. Votre père m'a indiqué que vous en maîtrisez vingt-sept ?

Au ton de sa voix, je devine qu'elle n'y croit pas.

— C'est bien cela, dis-je avec assurance.

— Comment avez-vous fait pour apprendre autant de langages si différents ?

Une servante arrive avec le bol d'eau destiné à Luke. Il s'agit d'une Brin Tio Chie. Ceux de sa race arborent une peau couleur moka et ont pour principale caractéristique de se déplacer en glissant gracieusement au sol, presque comme s'ils volaient. Elle place en douceur le bol devant le chien et s'en retourne comme elle est venue, fantôme silencieux en longue robe blanche.

En regardant Luke boire avidement, je m'efforce de satisfaire la curiosité de Claudia.

— J'ai eu un tuteur Raka, autrefois, qui affirmait que ceux de notre espèce ont un don inné pour les langues. Il semble que nous les apprenions aussi facilement que les enfants humains apprennent l'alphabet.

— Quelle merveille !

Aux anges, Claudia tape joyeusement dans ses mains.

— Vous pourrez faire usage de vos dons dès ce soir, se réjouit-elle. Je suis invitée à une soirée à laquelle devraient assister de nombreux extraterrestres d'origines différentes. Parmi eux, certains ne maîtriseront sans doute pas notre langue. Je compte sur vous pour m'aider à entrer malgré tout en communication avec eux.

Je n'ai pas besoin de feindre l'enthousiasme que me procure la perspective de cette soirée tant attendue.

— J'en serai ravie !

Claudia soupire avant d'ajouter :

— Il faut que vous sachiez qu'il m'arrive fréquemment de mêler affaires et plaisir. Ainsi, ce soir, je m'attends à ce que de nombreux aliens m'entretiennent de leurs problèmes, même s'il s'agit d'une soirée privée.

— Quel genre de problèmes ?

— Essentiellement des problèmes de discrimination. Les humains se conduisent envers nos visiteurs avec une sorte de sentiment de supériorité. Et lorsqu'il arrive à ceux-ci de rencontrer le succès et de gagner de l'argent, la jalousie les pousse parfois aux pires extrémités. C'est alors que j'entre en jeu. Je fais en sorte que les intérêts des aliens sur cette planète soient convenablement représentés devant le Sénat.

Beau petit speech... Sincère ou appris par cœur ? La tristesse que reflète son visage n'a en tout cas pas l'air feinte lorsqu'elle reprend :

— Quand Yson, mon mari, était encore vivant, nous voyagions beaucoup. Au cours de nos voyages, nous avons été témoins de tant d'atrocités commises envers les aliens que nous nous sommes juré de faire quelque chose pour les aider. Puis, les Zi Karas sont arrivés sur Terre, amenant avec eux le virus responsable de cette horrible peste qui tua tant d'humains et d'animaux. Yson fut l'un des premiers à mourir, me laissant seule pour honorer notre promesse.

— Cela ne vous a pas amenée à détester tous les aliens ?

J'ai posé la question de manière anodine, mais je scrute avec attention son visage lorsqu'elle me répond.

— Dans un premier temps, je les ai haïs, en effet. Puis j'ai réalisé que mon mari n'aurait pas aimé me voir réagir ainsi. Il aurait voulu que j'honore notre promesse, et c'est ce que je fais.

Elle se redresse sur son siège et agite une main en l'air avant de conclure :

— Assez parlé de choses tristes ! Parlons plutôt de vous.

En l'écoutant me poser ses questions et en y répondant sans trop me dévoiler, je me dis que cette femme est une énigme qu'il me faudra résoudre. Tout ce que je retire de ce premier contact, c'est que je devrai rester sur mes gardes avec elle. Michael semble lui faire confiance, mais moi je ne le peux pas. Pas encore.

Nous discutons ainsi quelque temps encore, de moi, de tout, de rien, de la pluie (qui ne vient pas), du beau temps (qui dure), jusqu'à ce que Claudia me propose d'une voix douce :

— À présent, pourquoi ne monteriez-vous pas découvrir votre chambre ? Vous pourrez défaire vos bagages, vous changer et vous reposer un peu avant la réception de ce soir.

— Où se déroule-t-elle ?

Je suis parvenue à poser la question comme si je ne connaissais pas déjà la réponse.

— Dans la propriété de Jonathan Parker. Un homme très riche et très puissant qu'il vaut mieux avoir dans sa manche quand on a besoin, comme moi, de faire du lobbying.

Elle marque une pause et ajoute en souriant :

— Qui plus est, il a absolument tenu à ce que j'accepte son invitation.

Je lui rends son sourire et conclus :

— J'ai hâte de le rencontrer.

Elle ne peut se douter à quel point je dis vrai !

13

Je passe l'heure suivante à rechercher caméras et micros dans mes appartements.

Une seule tête d'animal orne les lieux, celle d'un cerf. Le reste de la décoration est d'assez bon goût, dans un registre purement texan.

Je finis par découvrir deux caméras, mais pas de micro. L'ambassadrice a fait remplacer les yeux du trophée par deux lentilles de verre noir braquées sur le lit. Que Claudia Chow soit une simple voyeuse, qu'elle ait des raisons plus obscures de me garder à l'œil, ou qu'elle s'imagine ainsi assurer ma sécurité, peu m'importe. Elle va me permettre de m'introduire chez Jonathan Parker, et c'est tout ce qui compte.

Ma phobie revendiquée des animaux morts m'offre un prétexte tout trouvé pour aller enfouir l'horrible chose au fond d'un placard. Enfin assurée d'être seule, je commence par étudier avec attention les lieux et en mémoriser la configuration. Lorsque je pense y être parvenue, je m'entraîne à me mouvoir dans tout l'appartement les yeux fermés. Simple mesure de précaution. De cette capacité à retrouver mon chemin dans le noir dépendra peut-être ma survie prochainement. Dans le même état d'esprit, je vais m'assurer que je dispose d'une issue de secours en cas de problème. Et au cas où celle-ci me serait inaccessible pour une raison ou pour une autre, j'en trouve une seconde.

Ensuite, je m'accorde une longue et bienfaisante douche. Le spray sec aux enzymes ne me procure pas la même détente que le ruissellement d'eau auquel je suis habituée, mais j'apprécie la sensation d'être propre et nette. J'essaie de me convaincre que cela n'a rien à voir avec la certitude que j'ai de revoir enfin Lucius ce soir. Sans l'ombre d'un doute, il assistera à la soirée organisée à sa demande par Jonathan Parker.

Je me promets de ne penser qu'à notre mission lorsque nous nous retrouverons. Aura-t-il du nouveau au sujet des éruptions solaires, ou à propos d'EenLi ? Aux dernières nouvelles, ce salaud n'a toujours pas pu être localisé. Tout se passe comme s'il avait disparu de la surface de la Terre. Peut-être, comme Roméo, est-il rentré chez lui à la faveur d'une éruption solaire ? Si c'est le cas, je me jure d'aller le traquer s'il le faut jusque sur Meca.

Au sortir de la douche, je commence par remettre en place mes armes le long de mon corps – une pyro-arme miniature contre ma cuisse, un poignard le long du mollet, une dose d'Onadyn entre mes seins. C'est mon arsenal de base, celui qui me suit où que j'aille. Pour l'occasion, toutefois, je décide de renforcer mes moyens de défense. Juste au cas où... Je ne sais pas à quoi je devrai faire face dans ce nouvel environnement, entourée de tous ces gens dont je ne sais rien. Autour de ma cheville gauche, je passe un bracelet un peu spécial. À première vue, c'est un anneau d'or serti de diamants. Qui irait imaginer que des doses d'hallucinogène se trouvent derrière les pierres précieuses ?

Cela fait, j'enfile ma robe de soirée bleu glacier. Le fin tissu épouse au plus près ma poitrine et mes hanches mais retombe en panneaux de différentes longueurs autour de mes mollets. Je laisse mes cheveux libres sur mes épaules, en les retenant sur les tempes grâce à deux peignes ornés de saphirs. Je suis seule à savoir que leurs dents dissimulent une série de fines lames rétractables.

— Pas mal, dis-je en examinant mon reflet.

Reste à me chausser. La perspective d'avoir à supporter toute la soirée le port de talons aiguilles n'est pas pour me réjouir, mais il me faudra bien m'y résoudre. J'essaie de me consoler en me disant qu'ils pourraient éventuellement me servir à me défendre eux aussi. J'en enfile donc une paire assortie à la couleur de ma robe, complète mon déguisement avec un peu de mascara et une touche de gloss, et me voilà prête.

Luke, en me découvrant, lance un bref aboiement que je choisis de prendre pour un compliment.

Après avoir connecté mon ordinateur, je consulte mes messages. Toujours aucune réponse de Colin.

Un coup d'œil à l'horloge murale. Il reste deux heures à tuer avant que l'ambassadrice et moi ne partions pour la soirée de Jonathan Parker. Cela me laisse amplement le temps de la cuisiner pour en apprendre un peu plus sur notre hôte.

Claudia Chow se révèle une redoutable commère. Au cours de notre conversation, j'apprends d'innombrables potins sur la plupart de ceux que nous allons croiser ce soir, mais rien sur Parker. En la regardant s'éclipser pour aller se changer en catastrophe deux heures plus tard, je constate que mon plan n'était pas des plus avisés. Il m'est rarement arrivé de gaspiller ainsi un temps précieux en pure perte...

Lorsqu'elle me rejoint dix minutes plus tard, elle porte une robe à sequins violette qui scintille comme une coulée de lumière. Un serre-tête assorti tire ses cheveux en arrière, dégageant son visage. Aucune trace de maquillage. Pas un seul bijou. La sobriété semble être chez elle un parti pris, ce qui ne l'empêche en rien de paraître élégante et raffinée.

— J'ai un service à vous demander, dis-je en la regardant descendre avec grâce l'escalier. Une de vos employées pourrait-elle se charger de donner sa pâtée à Luke et de l'emmener faire sa promenade ?

— Mais naturellement ! Cela va sans dire.

D'un regard, elle interroge la flottante Martha, qui lui répond d'un hochement de tête.

— Vous pouvez faire confiance à Martha, assure-t-elle. Elle s'occupera bien d'elle. Êtes-vous prête ?

À mon tour, j'acquiesce pour signifier que je le suis et lui emboîte le pas vers la sortie.

Dans la limousine qui nous emmène, Claudia replonge avec délices dans les plaisirs sans fin de la médisance. Je n'aurais jamais imaginé qu'une limousine équipée de tout le confort et d'un minibar puisse devenir une salle de torture. J'écoute d'une oreille distraite cette logorrhée, avec le vague espoir qu'une information de quelque intérêt finira par en émerger.

C'est ce qui se produit lorsqu'elle prononce le nom de Hunter Leonn. J'embraie au quart de tour, feignant la plus profonde détresse.

— Comment ? Qu'avez-vous dit ? Hunter Leonn ?

Claudia tourne la tête vers moi et cligne des yeux. Son regard brille de convoitise à la perspective de pouvoir se mettre un nouveau potin sous la dent.

— Oui, pourquoi ? Vous le connaissez ?

Avec une mine de circonstance, je lui livre l'histoire que Lucius a servie à Jonathan.

— Voilà des mois qu'il me pourchasse sans merci ! Dès que je fais un pas dehors, je le trouve sur ma route. J'ai tout essayé pour lui faire comprendre que je n'éprouve aucun sentiment à son égard et qu'il n'y a aucune place pour lui dans ma vie. Rien n'y fait. Il refuse de m'écouter et de me laisser en paix.

— Oh ! C'est affreux...

Les yeux écarquillés, j'agrippe mes genoux pour les empêcher de trembler. Pas de doute, je mérite haut la main un prix d'interprétation...

— Pour tout vous dire, c'est pour lui échapper que je suis venue m'établir à New Dallas. Je pensais être définitivement débarrassée de lui, et vous me dites qu'il est ici ?

Claudia hoche la tête d'un air préoccupé et me dévisage un long moment avant de demander :

— Craignez-vous qu'il s'en prenne de nouveau à vous ? Je comprends votre appréhension, mais je vous assure que vous n'avez chez moi rien à redouter de lui. Comme vous avez pu le constater, ma maison est bien gardée. Même s'il cherchait à vous atteindre, il ne le pourrait pas.

Sans conviction, je hoche la tête et reprends d'une voix sourde :

— Je pensais également être en sécurité chez mon père... Vous ne savez pas de quoi cet homme est capable. Un jour, parce que je continuais à lui résister, il s'est jeté sur moi en pleine rue pour m'embarquer de force dans son véhicule. Il m'a enfermée chez lui, et m'aurait sans doute violée si je n'étais pas arrivée à m'enfuir. Ô mon Dieu ! Que vais-je bien pouvoir faire...

Manifestement ébranlée, Claudia s'empare de l'une de mes mains, qu'elle serre affectueusement entre les siennes.

— Je suis vraiment désolée, dit-elle. Je n'avais pas réalisé le sérieux de votre situation. Vous avez dû avoir si peur ! Et vous voilà de nouveau confrontée à lui. J'aimerais pouvoir vous dire que je vais le faire arrêter mais...

Elle soupire longuement avant de conclure :

— Les humains ne sont hélas ! jamais poursuivis quand ils s'en prennent à un alien. Pour le moment, du moins.

— Et s'il essayait de nouveau de m'enlever ? Je suppose qu'il a dû apprendre que je venais m'installer ici et qu'il m'a suivie. Rien ne pourra l'arrêter...

Pour faire bonne mesure, je me mords la lèvre jusqu'au sang. En fais-je un peu trop ? Claudia est en tout cas bon public.

— Je ne pense pas qu'il s'en prendra à vous ce soir, assure-t-elle. Et s'il s'y risquait, je ne le laisserais pas faire ! Je vous promets d'en toucher deux mots à Jonathan. Il fera en sorte de tenir ce butor loin de vous. D'accord ?

J'acquiesce d'un hochement de tête, esquisse un sourire tremblant à son intention. La voir prendre tellement à cœur cette histoire m'étonne et sape mes certitudes. À moins qu'elle ne soit encore meilleure actrice que moi, elle paraît sincèrement révoltée par ce que je viens de lui raconter. Ce qui tendrait à expliquer pourquoi cette femme d'apparence vaine et frivole a été désignée comme ambassadrice de bonne volonté par les aliens.

J'avoue que je ne m'attendais pas à cela de sa part. Après avoir sous-estimé Lucius, ce serait la deuxième fois ces temps-ci que je me tromperais sur le compte de quelqu'un. Aurais-je perdu ma sagacité coutumière ?

— Merci de votre soutien, dis-je en affichant un profond soulagement. Cela me fait chaud au cœur de vous savoir à mes côtés.

En me tapotant gentiment la main, elle assure avec un sourire réconfortant :

— Mais c'est tout naturel ! Comme nous, les aliens sont des êtres sensibles et doués de raison. Je ne comprends pas pourquoi la plupart des humains refusent de l'admettre.

— Hunter… L'avez-vous déjà rencontré ?

— Une fois.

Elle lâche ma main. Ses yeux s'égarent par la fenêtre et s'attardent sur le paysage éclairé par la lune. Nous passons devant le petit éden luxuriant de Michael, oasis émeraude dans un paysage desséché.

— J'ai tout de suite été frappée par cet homme, poursuit Claudia d'un ton rêveur. Il y a dans ses yeux quelque chose qui fait froid dans le dos. Son regard est si glacial, distant et dépourvu d'humanité…

— C'est exactement cela, dis-je en frissonnant. C'est bien ainsi que je me le rappelle.

Notre stratagème fonctionne comme sur des roulettes. Il est vrai que jouer les méchants est un rôle taillé sur mesure pour Lucius Adaire.

— Vous semblez tenir Jonathan Parker en haute estime. Comment peut-il être ami avec un tel homme ?

— Hunter Leonn doit dissimuler sa véritable nature, me répond Claudia. En public, il doit se surveiller. C'est ce que font les hommes comme lui. Mais je peux vous assurer que lorsque je répéterai à Jonathan ce que vous venez de me dire, le nécessaire sera fait pour que vous ne soyez plus importunée.

En agissant de la sorte, elle validerait aux yeux de Jonathan Parker l'histoire inventée de toutes pièces par Lucius.

— Merci, Madame l'ambassadrice ! dis-je avec émotion, la main posée sur le cœur. Vous êtes merveilleuse, et auprès de vous je me sens totalement rassurée.

Elle écarte mes remerciements d'un revers de main.

— J'agirais de la même façon pour n'importe quel alien, assure-t-elle. Et je vous en prie, appelez-moi Claudia.

La limousine commence à ralentir. Elle s'arrête devant le portail d'entrée d'une impressionnante demeure en pierre, entourée d'une clôture électrique et d'un étroit cours d'eau aux profondeurs céruléennes éclairées par des spots immergés. Mon cœur se met à battre plus fort.

Enfin nous y voilà…

De nombreuses et luxueuses voitures encombrent déjà le parking sur lequel nous nous garons après avoir montré patte blanche à l'entrée. Une foule d'invités sur leur trente et un se dirige sans hâte vers le petit pont qui enjambe le cours d'eau.

Je ne peux retenir un sourire de satisfaction. Il me semble percevoir à travers les murs la présence de Lucius, son énergie. Il est là, et il m'attend.

Nous entrons dans la phase décisive de notre mission.

14

Une foule compacte, humains et aliens mêlés, occupe les salons où se déroule la soirée. Tous sont parés de bijoux rutilants et de riches étoffes – coton et soie véritables, sans aucun de ces ersatz synthétiques dont se contente le commun des mortels. Un brouhaha de conversations et de rires enfle et s'apaise comme une marée. Un nuage de fumée plane sur l'assemblée. L'âcre odeur des cigarettes de contrebande rivalise avec les fragrances de parfums hors de prix. Les chandelles disposées dans des vasques murales font briller les yeux des convives, déjà allumés par l'alcool qui coule à flots.

Des tapis anciens jonchent les parquets d'acajou. Les œuvres d'art accrochées aux murs sont toutes d'inspiration érotique. Plusieurs colonnes d'albâtre, incrustées de filets d'ivoire sur toute leur hauteur, s'élancent jusqu'au plafond. En découvrant la somptuosité du décor, je suis surprise de ne pas retrouver la sobre élégance du bureau dans lequel s'est introduit mon corps astral.

Tandis que nous fendons la foule, je reste collée aux basques de l'ambassadrice. Difficile de ne pas remarquer les regards envieux et admiratifs qui s'attardent sur moi. Hommes et femmes, humains et extraterrestres, me jaugent comme si je n'étais qu'un objet de luxe convoité. Au mieux, les unes rêvent de me ressembler, au pire, les autres me verraient bien apporter une touche d'exotisme dans leur salon ou au fond de leur lit.

Je scrute la foule dans l'espoir d'y découvrir Lucius, Jonathan ou même EenLi, mais tous les visages me sont inconnus. Claudia ne peut faire un pas sans être accostée par quelqu'un qui souhaite lui parler. Je traduis avec zèle et concentration les propos des aliens qui l'abordent, comme si devenir interprète avait été pour moi la vocation de toute une vie.

Violence et discrimination sont effectivement au centre de toutes les requêtes. Un entrepreneur Meca se plaint que ses bureaux aient été ravagés par une bande d'humains excités. Un Arcadien aux cheveux blancs et aux yeux violets, doté comme tous ses congénères de pouvoirs psychiques étonnants, voudrait voir les lois évoluer afin de pouvoir épouser sa maîtresse humaine. Un Taren au physique de félin raconte avoir été retenu deux semaines dans les geôles de l'A.I.R. pour un vol qu'il n'a jamais commis. Lorsque la robe qu'on l'accusait d'avoir dérobée fut retrouvée au fond de l'armoire de sa propriétaire, il fut relâché mais sans un mot d'excuse.

À chacun d'eux, Claudia répond qu'elle fera tout ce qui est en son pouvoir pour régler le problème. Je me surprends à espérer sincèrement qu'elle tiendra promesse. Bien que d'origine extraterrestre moi aussi, je n'ai jamais subi ni brimades ni insultes car Michael m'a toujours protégée.

— Vous ne vous ennuyez pas ? s'inquiète Claudia dès que l'on nous laisse seules.

— Absolument pas !

— Je n'ai pas encore vu Hunter...

Vérifiant d'un regard panoramique que nul ne peut nous entendre, elle ajoute tout bas :

— J'espère m'être trompée. Peut-être n'osera-t-il pas se montrer ici.

À peine a-t-elle achevé sa phrase que Jonathan Parker se joint à nous. Je le reconnais instantanément. Grand, blond, il est vêtu d'un costume de soie noire qui lui va comme un gant. Nos regards se croisent, et ses lèvres s'étirent en un sourire de bienvenue. Il est exactement tel que je l'ai découvert lors de sa conversation avec Lucius : suant l'arrogance, la richesse et l'égocentrisme.

— Hello ! me lance-t-il, n'accordant qu'un bref regard à Claudia.

Son timbre bas et séducteur m'écorche les nerfs, mais je m'efforce de ne rien laisser paraître. Je parviens même à lui tendre la main en susurrant avec un sourire ravi :

— Hello... À qui ai-je l'honneur ?

Cérémonieusement, il s'incline et porte mes doigts à ses lèvres.

— Jonathan Parker. Et vous, vous devez être la nouvelle assistante de Mme l'ambassadrice.

— Vous êtes devin !

Pense-t-il réellement que son charme de play-boy agit sur moi ? Naturellement... Il doit s'imaginer que je suis folle de lui. Les portraits de ses femmes mortes et de celle qui ne saurait tarder à l'être me reviennent en mémoire. Je réprime un frisson et lui retire ma main dès que je le peux.

Jouant les timides, j'ajoute en baissant les yeux :

— Je m'appelle Eden Black.

— Quel nom délicieux... Le paradis pour un homme.

Son regard brûlant descend jusqu'à la naissance de mes seins. Je glousse bêtement, comme si je n'avais jamais été aussi flattée de ma vie, mais je crains que mes talents pour la comédie n'aient atteint leurs limites. Le salaud ! Ce mec est marié, qui plus est censé aider Lucius à me conquérir, et le voilà qui me saute dessus comme si je ne demandais pas mieux que de me vautrer sans hésitation dans son lit.

— Jonathan... intervient Claudia d'une voix tendue. Je suis heureuse que vous nous ayez trouvées. J'ai besoin de vous parler en privé. C'est urgent et très important.

Sans me quitter des yeux, il lui répond sèchement :

— Vous savez que je prête toujours une oreille favorable à vos requêtes, Madame l'ambassadrice. Mais dites-moi d'abord où vous avez trouvé cette vision de paradis.

— C'est elle qui m'a trouvée. Et je suis heureuse qu'elle l'ait fait.

— J'avais besoin d'un changement d'air, dis-je d'un ton contraint. Pour échapper à certains... désagréments.

— Des désagréments ? répète Jonathan en fronçant les sourcils. Vous m'inquiétez. Ne me dites pas que vous avez été soumise à ces discriminations contre lesquelles Claudia lutte courageusement ?

Troublée, ou faisant mine de l'être, je détourne le regard et murmure :

— Si ce n'était que cela...

Peut-être pourrai-je régler son compte à Parker après en avoir terminé avec EenLi ? Une prime, en quelque sorte.

Changeant de sujet, je lui souris aimablement et ajoute :

— Claudia m'a dit tellement de bien de vous, monsieur Parker.

— Je vous en prie, appelez-moi Jonathan.

— Jonathan... dis-je, comme si son nom était un bonbon sur ma langue.

— Je dois vous parler ! insiste Claudia en venant se placer devant lui pour attirer son attention. J'ai bien peur qu'Eden ne soit en danger.

— En danger ! s'exclame-t-il en riant. Comme vous y allez... Qui oserait s'en prendre à une aussi charmante créature ?

— Vous !

Son visage s'assombrit et je discerne un instant au fond de ses yeux le tueur qu'il est en réalité.

— Vous m'insultez ! proteste-t-il dignement. Je peux vous assurer que jamais je ne ferais de mal à une femme.

— Rassurez-vous, précise Claudia en élevant la voix. Ce n'est pas de vous qu'il s'agit, mais de quelqu'un avec qui vous êtes en relation.

Voyant nos plus proches voisins tourner discrètement leur attention vers nous, Jonathan leur intime d'un regard impérieux de retourner à leurs affaires.

— Allons dans mon bureau, suggère-t-il. Nous y serons plus tranquilles.

Claudia me lance un regard triomphant avant de lui emboîter le pas. Quand ils se sont fondus dans la foule, je ne perds pas de temps et les suis discrètement. Ils s'arrêtent devant une porte gardée par deux Ell-Rollis impassibles. Claudia elle aussi emploie le même genre de gardes du corps. Dois-je en conclure qu'ils sont de mèche tous les deux ? Après tout, l'insistance de ma patronne pour lui parler en privé ne peut que me paraître suspecte.

Jonathan glisse la main dans un scanner d'identification. Une vive lumière bleue enveloppe ses doigts, et les deux panneaux de la porte coulissent instantanément, révélant un pan de la bibliothèque chargée de reliures pourpre et jaune que je connais déjà. La porte se referme, me laissant en proie à la plus vive curiosité.

Il me faut absolument savoir ce qui se dit dans cette pièce. Comment faire ? Tous les hommes qui ont quelque chose à cacher aiment pouvoir chez eux voir sans être vus. Dans toutes ses maisons, Michael dispose d'un réseau de couloirs secrets débouchant dans sa chambre et menant à un judas donnant sur chaque pièce. Mon petit doigt me dit que ce doit être également le cas de Jonathan Parker.

Je ne dispose pas de beaucoup de temps, aussi dois-je agir vite. Michael est parvenu à se procurer les plans de la maison. Je sais donc que la chambre du propriétaire se situe au premier, troisième porte à gauche. Tout ce dont j'ai besoin, c'est d'une distraction pour détourner l'attention des convives. Et je sais comment l'obtenir.

Sur un plateau qu'un serviteur fait passer non loin de moi, je prends deux verres de vin rouge. J'ai déjà repéré, au pied de l'escalier, une femme en robe blanche très occupée par sa conversation avec deux hommes. Sans hésiter, je me dirige vers elle. Quand je passe à sa portée, je fais mine de trébucher et projette le contenu de mes deux verres sur elle.

Un cri perçant s'élève. Tous les regards se tournent vers la malheureuse qui dégouline de vin rouge de la tête aux pieds. Feignant la plus extrême confusion, je m'active auprès d'elle et me répands en excuses embarrassées.

— Des serviettes ! dis-je à la cantonade. Il lui faut des serviettes !

Puis, m'adressant à ma victime :

— Ne bougez pas… J'y vais !

D'un pas décidé, je gravis les marches quatre à quatre et ne m'arrête qu'à l'étage. Le temps de m'orienter et je fonce dans la chambre de Parker, surprise de trouver la porte entrouverte.

Je n'ai pas le temps de savourer ma victoire que déjà une main ferme se plaque sur ma bouche. Un instant plus tard, un bras musclé m'entoure les hanches et m'attire contre un corps ferme et chaud. Je reconnais immédiatement l'odeur caractéristique de Lucius, et même les reliefs de sa poitrine et de son ventre dans mon dos.

Le premier instant de surprise passé, il me relâche et je m'étonne à mi-voix :

— Qu'est-ce que tu fais là ?

— La même chose que toi, je suppose. Et il n'y a pas de temps à perdre. Par ici…

Il m'entraîne par la main. J'essaie de faire abstraction du trouble délicieux qui s'empare de moi et je le suis. Nous nous arrêtons devant une fresque murale représentant de manière très réaliste une orgie romaine. Lucius tend la main et passe les doigts sur la toison pubienne flamboyante d'une rousse offerte.

— Mais qu'est-ce que tu…

Le mur s'ouvre en deux, révélant l'entrée d'un sombre corridor. Je retiens de justesse un cri de victoire. J'avais donc raison ! Lucius m'adresse un sourire par-dessus son épaule et m'invite d'un geste à le suivre. La porte dérobée se referme sans un bruit derrière nous. Il fait noir comme dans un four, mais cela ne semble pas impressionner mon partenaire. Il me prend à nouveau par la main et s'engage dans le passage obscur comme s'il y voyait autant qu'en plein jour.

Un peu inquiète, je chuchote :

— J'espère que tu sais ce que tu fais.

— J'ai déjà repéré plusieurs fois les lieux ; je connais le chemin. Attention, encore un pas et nous aurons un escalier à descendre.

Une éternité s'écoule, ou peut-être seulement quelques minutes. Lucius s'arrête si brusquement que je manque de peu de le heurter. Je l'entends tâtonner le long du mur avec insistance. Soudain, un panneau glisse devant nous, révélant une paroi en verre offrant une vue imprenable sur la bibliothèque. Jonathan et Claudia, installés de part et d'autre du sofa, devisent avec animation autour d'un verre, sans que nous puissions les entendre.

Sur un petit panneau de contrôle, Lucius actionne un interrupteur. La voix de Jonathan emplit le corridor.

— Et voilà le travail ! se réjouit mon partenaire à voix haute.

Sans pouvoir m'empêcher de murmurer, je le fusille du regard et m'étonne :

— Ils ne peuvent pas nous entendre ?

— L'isolation phonique est à toute épreuve. Voyons ce qu'ils ont à nous apprendre.

Nous reportons tous deux notre attention sur ce qui se passe dans la bibliothèque. Figée sur le sofa dans une attitude réprobatrice, Claudia observe son vis-à-vis avec méfiance.

— Je vous assure qu'elle ne craint rien, affirme celui-ci d'un ton rassurant.

— Oh ! vraiment ! s'exclame l'ambassadrice. Votre ami n'est venu s'installer à New Dallas que parce qu'il savait qu'Eden le ferait aussi. C'est un maniaque, Jonathan. Un dangereux déséquilibré. Il n'a pas hésité à la kidnapper en pleine rue et à la retenir prisonnière chez lui. Pouvez-vous me garantir qu'il ne s'en prendra pas à elle ?

Jonathan lâche un petit rire caustique et sirote son verre avant de répondre.

— Ce que vous me dites n'est pas pour me surprendre. Le moins qu'on puisse dire, c'est que ce type en a dans la culotte ! Mais je ne suis pas son père. Je ne peux répondre de lui ni contrôler ses actes.

Les yeux sombres de Claudia étincellent de colère.

— Cela vous fait rire ? s'offusque-t-elle.

— Claudia…

— Pas un mot de plus ! l'interrompt-elle. Eden est une alien en plus d'être ma collaboratrice. Mon devoir est de la défendre et d'assurer sa sécurité. Vous avez intérêt à faire preuve de persuasion pour inciter votre ami à la laisser tranquille. Sans quoi je porte l'affaire devant les médias. Vous savez que je ne manque pas de contacts dans ce milieu où notre cause compte de nombreux sympathisants. Si vous ne m'aidez pas, ils vous crucifieront !

Je suis stupéfaite de voir ma nouvelle patronne déployer tant d'énergie pour me défendre. Il ne m'en faut pas plus pour réaliser qu'elle prend sincèrement à cœur sa mission et ne peut être de mèche avec Parker.

Un muscle se contracte sur la mâchoire de celui-ci. Les jointures de ses doigts sont blêmes tant il serre son verre avec force. Il garde un instant le silence avant de conclure d'une voix blanche :

— Très bien. Je lui parlerai.

Il se lève d'un bond, mettant un terme abrupt à cette conversation.

— Venez, dit-il sans aménité. Je vous raccompagne.

Sans un mot, Claudia se lève à son tour et sort sans l'attendre. Avant de la suivre, Jonathan envoie son verre se fracasser contre un mur.

Un peu déçue d'avoir déployé tant d'efforts pour si peu de résultats, je me tourne vers Lucius, qui m'observe. Nos regards se croisent et s'accrochent. L'intensité avec laquelle il me scrute me déconcerte et me trouble.

— Ne perdons pas de temps, dis-je. Nous ferions mieux d'y aller nous aussi.

Il me retient par le bras et demande d'une voix sourde :

— Tu es sûre d'être de taille à supporter ça ? Une fois que nous serons en bas, il n'y aura plus de retour en arrière possible.

Comment ose-t-il douter à nouveau de moi ?

— Je suis de taille à supporter n'importe quoi, *Hunter*. Tu n'as pas à t'inquiéter pour moi.

— Tu ne connais pas ces gens. Ils sont dangereux.

Il paraît sur le point d'ajouter quelque chose, hésite un instant avant de poursuivre :

— L'autre jour, je t'ai parlé de ma mère. C'est elle qui m'a élevé durant les dix premières années de ma vie. Je ne me suis jamais fait d'illusions sur elle. C'était une pute et une junkie, mais elle m'aimait, à sa façon. Je pense même qu'elle a été soulagée quand les services sociaux lui ont retiré ma garde. Non pas d'être débarrassée de moi, mais à l'idée que j'avais une chance de connaître une autre vie que la sienne. Comment aurait-elle pu se douter...

Je sens que je ne vais pas aimer ce qui va suivre, mais pour rien au monde je ne prendrais le risque d'interrompre cette confession. Pour quelle raison il éprouve le besoin de me la faire maintenant, je n'en ai pas la moindre idée et je m'en moque.

— J'ai d'abord été confié à une famille très aimante et attentive, poursuit-il, les yeux dans le vague. Mais j'étais déjà devenu un gamin des rues réfractaire à toute contrainte et cela n'a pas duré longtemps.

Lucius s'interrompt une fois encore, avale péniblement sa salive et baisse les yeux. Je sens que si je ne l'encourage pas à poursuivre, il n'en sera pas capable.

— Que t'est-il arrivé ensuite ?

— J'ai été...

Il prend une ample inspiration et relève la tête pour me fixer droit dans les yeux avant de continuer d'une traite.

— J'ai été envoyé chez un couple de pervers sadiques qui avaient pour habitude de prostituer les enfants qu'on leur confiait. La première fois qu'ils m'ont livré à un de leurs clients, j'avais tellement honte et tellement peur que j'ai cru en mourir. As-tu déjà été violée, Eden ?

Les yeux agrandis par l'horreur de ce qu'il vient de me révéler, je secoue négativement la tête.

— C'est mille fois pire que tout ce que tu peux imaginer ou que tout ce qu'on a pu te dire. Et c'est ce qui risque de t'arriver si cette mission tourne mal.

— Ne t'en fais pas, dis-je d'une voix tremblante. Je sais me défendre.

— C'est ce que je m'imaginais également. La deuxième fois, j'avais décidé de ne pas me laisser faire. J'étais fort, pour mon âge, et déjà aguerri au combat de rue. Il n'a fallu qu'une minute à mon violeur pour m'immobiliser sur le sol et abuser de moi comme si ma résistance ne signifiait rien pour lui. Elle semblait l'exciter davantage encore... Jamais je ne m'étais senti à ce point seul et sans défense.

— Je... je suis désolée.

Ce n'est pas grand-chose, mais je ne sais que dire d'autre. Quelle enfance privilégiée j'ai connue, à côté de la sienne ! Certes, c'est moi qui ai découvert les corps de mes parents assassinés, mais jamais personne ne s'en est pris à mon intégrité physique ou psychologique.

— La troisième fois, raconte Lucius d'une voix blanche, je suis devenu fou de rage. Avant qu'il n'ait pu arriver à ses fins, j'avais poignardé ce bâtard de pédophile à l'estomac. Il en est mort, et c'est derrière les barreaux que j'ai passé les sept années qui ont suivi.

— Mais... tu n'étais encore qu'un enfant !

— Je n'étais pas un enfant, corrige-t-il en haussant les épaules. J'étais un matricule dans une banque de données, une mauvaise graine, un rebut de la société. Sans Michael, j'aurais pu passer mon dix-huitième anniversaire en taule. J'avais encore trois années à tirer quand il s'est intéressé à mon cas et m'a sorti de là.

Soudain, il m'attrape par les coudes et me secoue rudement.

— Je ne t'ai pas dit tout ça pour t'attendrir ! lance-t-il avec colère. Alors oublie ta compassion et écoute-moi bien ! J'ai voulu te raconter mon histoire pour te mettre en garde contre ceux que tu vas devoir affronter. Il n'y a que deux choses sacrées à leurs yeux : le fric et le plaisir. Ils te violeront, te battront, et te vendront au plus offrant sans le moindre état d'âme. Et toi, tu vas leur être livrée sur un plateau comme un paquet cadeau.

Plus ébranlée que je ne le voudrais par cette mise en garde, je redresse les épaules et m'efforce de fortifier ma résolution.

— Si je ne le fais pas, dis-je, personne ne le fera. Des femmes continueront à être enlevées, bafouées, humiliées, vendues. Moi, au moins, contrairement à elles, je sais à quoi m'attendre et suis capable de me défendre.

Lucius reste un long moment à me dévisager en silence avec une expression indéchiffrable. Je ne sais pas à quoi je m'attends, mais sûrement pas à ce qui se produit alors. Il m'attire contre lui, me serre dans ses bras, et écrase avec passion ses lèvres contre les miennes.

L'idée de lui résister ne m'effleure même pas ; j'en suis incapable. Il a été blessé il y a si longtemps de si ignoble façon que l'envie me tenaille de le consoler, d'effacer ses souffrances, de le protéger à jamais en le gardant contre moi. Sa langue s'aventure dans ma bouche, possessive. La mienne n'est pas en reste. Nous sommes affamés l'un et l'autre, affamés l'un de l'autre, tout en sachant que cela nous est interdit.

Ses bras forts m'enserrent. Ses mains habiles caressent mon dos, se referment sur mes fesses. Sans effort, il me hisse contre lui, jusqu'à ce que mon bas-ventre épouse étroitement son érection.

— Tu me rends dingue ! lâche-t-il dans un grognement rauque.

Ce qui n'a pas l'air de lui plaire.

— Toi aussi, dis-je.

Et cela ne me plaît pas plus qu'à lui.

En me reposant sur le sol, il pousse un long soupir de frustration. La lumière chiche qui émane de la bibliothèque confère à son visage un aspect à la fois angélique et menaçant.

— Très bien, conclut-il à regret. Puisque tu t'obstines, allons acheter ton ticket pour l'enfer.

Il referme le panneau d'observation et nous rebroussons chemin dans le noir, main dans la main, jusqu'à la chambre de Parker. Cet intermède me permet de me ressaisir et de chasser Lucius et le baiser que nous venons d'échanger de mon esprit pour me concentrer sur notre mission.

Par un chemin détourné, il nous ramène discrètement dans les salons où la soirée bat son plein.

— Cette danse est à moi !

Sans me demander mon avis, il referme possessivement ses mains sur mes hanches et m'attire contre lui. L'instant d'après, nous évoluons sur la piste de danse.

Prête à jouer mon rôle, je jette par-dessus mon épaule un regard désespéré. J'espère attirer l'attention de Claudia ou de Jonathan, mais je ne vois ni l'un ni l'autre. La musique douce que déversent les haut-parleurs encastrés dans le plafond incite au romantisme.

Emprisonnée entre les bras fermes de Lucius, je me laisse envahir par une langueur traîtresse. Plutôt que de lui résister, j'ai envie de me blottir contre lui et de reprendre notre étreinte là où nous l'avons interrompue. J'ai encore sur la langue le goût de son baiser, mais il m'en faudrait bien plus pour me rassasier de lui. La musique me semble diminuer d'intensité, les couples qui nous entourent se fondent dans un arrière-plan indistinct…

Lucius se penche vers mon oreille comme pour murmurer des mots doux. Je n'en suis que plus surprise de l'entendre protester d'une voix grondante :

— Qu'est-ce que tu attends pour me rentrer dedans ? Tu es supposée me haïr et me craindre, pas me dévorer des yeux !

La raison me revient en même temps que la honte et la colère que suscite en moi ma faiblesse. Les yeux plissés, je m'écarte de lui et le gifle à toute volée. Les regards des danseurs convergent sur nous. Lucius ne bronche pas.

— Voilà qui est mieux ! dit-il, une lueur d'amusement dans le regard.

Juste pour le plaisir, je remets ça avec tant de violence que sa tête s'en va valser sur le côté. Ma prestation, cette fois, ne semble pas l'amuser.

— Ça ira comme ça, maugrée-t-il. Le message est passé.

— Tu en es sûr ?

Un muscle palpite sur sa mâchoire.

— Certain !

Comme pour me punir, il accentue davantage l'emprise de ses bras autour de ma taille, m'interdisant tout mouvement.

— Je t'ai manqué ? demande-t-il d'une voix qui chute subitement d'une octave.

Peut-être le désir qui ne cesse de nous jeter dans les bras l'un de l'autre a-t-il émoussé ma détermination à le haïr ? Peut-être la confession qu'il vient de me faire suffit-elle à établir un nouveau rapport entre nous ? Toujours est-il que j'ai soudain envie de lui donner la réponse sincère que je lui ai toujours refusée jusqu'à présent. Malheureusement, je dois m'en tenir à notre mission et au rôle que j'ai à jouer. Cela, nous le savons tous deux.

En me débattant pour lui échapper, je martèle sa poitrine de mes poings et m'écrie d'un ton menaçant :

— Retirez vos sales pattes de là !

Non seulement il n'en tient aucun compte, mais il arrive encore à resserrer l'étau dans lequel je me débats.

— Tu aimes te faire désirer, ma belle ! lance-t-il avec un accent criant de vérité. Mais nous savons tous les deux que tôt ou tard tu seras à moi.

— Lâchez-moi immédiatement !

— D'abord, je veux t'entendre dire que tu aimes être dans mes bras.

Je plisse les lèvres en un rictus de mépris. Que ce soit à l'intention de « Hunter » et de notre public, ou de Lucius lui-même, il gèlera en enfer avant que je me résolve à admettre quoi que ce soit de ce genre.

— Si vous ne me lâchez pas tout de suite, je crie !

— Ne t'en prive pas, ma belle.

— Salaud ! Vous aimez me tourmenter, n'est-ce pas ? Mais je ne veux pas de vous ! Je n'ai *jamais* voulu de vous !

— Je n'attendrai pas éternellement, Eden. Tôt ou tard, que cela te plaise ou non, tu me céderas !

Il penche la tête, effleure du bout des lèvres le lobe de mon oreille, comme pour me confier un secret, et susurre d'une voix de velours :

— Tu es la femme la plus bandante que j'aie jamais rencontrée. Les pointes de tes seins sont tellement dressées que je me demande si elles ne vont pas percer le tissu de ta robe !

Je le frappe de nouveau, plus fort que précédemment. C'était ça ou lui sauter au cou et l'embrasser à en perdre haleine… Cette fois, il finit par lâcher prise.

Je me précipite loin de lui. La foule de danseurs s'écarte pour me laisser passer. Au bord de la piste, j'aperçois enfin Claudia. Ses yeux s'écarquillent d'effroi lorsqu'elle me voit. Les lèvres pincées, elle lance une remarque à Jonathan qui se trouve à côté d'elle. Celui-ci, immédiatement, se rembrunit et attire du regard l'attention d'un Ell-Rollis.

Je m'empresse de les rejoindre, sans oublier de jouer mon rôle de femme blessée. Jonathan oublie le garde qui attend ses ordres et reporte aussitôt toute son attention sur moi. Il prend mes doigts entre les siens et s'incline pour un baisemain des plus cérémonieux.

— Je suis désolé, dit-il. Affreusement désolé que mon ami ait pu vous effrayer sous mon toit !

D'un geste sec, je retire ma main et le fusille du regard.

— Il m'a entraînée de force sur la piste de danse et il ne voulait plus me lâcher ! Il aurait pu me faire mal !

Pour faire bonne mesure, je tape du pied sur le sol, parfaite incarnation de la fille à papa outragée.

Les yeux de Jonathan, d'un marron déjà très foncé, s'assombrissent encore, jusqu'à paraître noirs.

— Je ne le laisserai jamais vous faire de mal, assure-t-il en me fixant intensément. Claudia m'a raconté ce qui s'est passé entre Hunter et vous. Croyez-moi, je ne laisserai plus une telle chose se reproduire. Je vais lui parler.

— Je vous en remercie, dis-je d'un ton purement formel.

Et voilà ! me dis-je avec satisfaction. Mission accomplie. J'ai définitivement établi que les avances de Hunter me laissent froide et que son insistance m'exaspère. Cela devrait suffire à rendre vraisemblable son désir maladif de m'acheter à défaut de pouvoir me conquérir.

— Je ne me sens pas très bien, dis-je d'une voix faible à Claudia. Pourrions-nous partir ?

Les pommettes rouges de colère, elle acquiesce d'un hochement de tête et m'observe avec inquiétude. Pas de doute : elle s'en fait réellement pour moi.

— Naturellement ! dit-elle en passant autour de ma taille un bras secourable. Laissez-moi vous aider. Vous semblez prête à défaillir...

— Assurez-vous qu'elles regagnent leur voiture sans encombre, commande Jonathan à l'Ell-Rollis.

Tandis que nous nous éloignons vers la sortie, je sens son regard peser sur moi. Ou plus exactement sur mes fesses.

Sans pouvoir m'en empêcher, je jette par-dessus mon épaule un regard au-delà du garde qui nous escorte. Lucius et Jonathan se font face et semblent prêts à en venir aux mains. Les convives ont fait le vide autour d'eux, tout en restant suffisamment près pour ne pas perdre une miette de ce qui se dit. Jonathan repousse violemment Lucius, qui serre les poings et semble près de riposter. Puis Jonathan lui agite un index menaçant sous le nez tout en le tançant vertement. Le visage tordu par la fureur, Lucius acquiesce d'un bref hochement de tête.

Les deux hommes tournent alors la tête vers moi. Je ne fais pas semblant de ne pas comprendre ce qui les oppose, ni de ne pas m'intéresser à leur différend. Abruptement, Lucius pivote sur ses talons et se dirige à grands pas vers les jardins, repoussant sans ménagement les convives qu'il trouve sur son chemin.

Jonathan le regarde s'éloigner puis m'adresse un sourire plein de fierté. Peut-être s'attend-il à devenir mon héros pour avoir pris ma défense…

Sans même lui donner la satisfaction d'un sourire, je me détourne et m'éloigne. Bien que je n'aie qu'une envie, aller rejoindre Lucius pour savoir ce qui s'est dit entre eux, je me laisse entraîner par Claudia jusqu'à la voiture. Quel genre d'ascendant Lucius a-t-il sur moi pour me faire oublier ainsi tout ce qui n'est pas lui ? Si je le savais, peut-être pourrais-je lutter contre cette fatalité. Lutter contre lui.

Durant tout le trajet du retour, l'ambassadrice m'abreuve de sa sollicitude et de son incessant bavardage. Encore et encore, elle s'offusque de la malfaisance de « cette brute » et me promet de parler de nouveau à

Jonathan. Un millier de fois, elle me demande si ça va aller.

Lorsque je finis par être lasse de lui répondre, c'est d'un air désolé qu'elle conclut :

— Pour votre premier jour de travail, ce n'est pas de chance…

— Ne vous inquiétez pas, je m'en remettrai. J'ai déjà résisté à cet homme deux fois. Je saurai lui résister encore.

Hélas ! je mens sur les deux tableaux.

15

— Pourquoi n'es-tu pas dans ton appartement ?

Au son de cette voix menaçante qui m'interpelle, je me réveille instantanément. Vêtue d'un fin tee-shirt et d'un pantalon de pyjama qui l'est tout autant, je suis allongée dans mon nouveau lit de la suite jaune, chez Claudia Chow. Sur la carpette, Luke dort paisiblement. Ce n'est pas elle, mais Lucius qui est installé au pied du lit.

Lorsqu'il constate que je suis éveillée, il s'allonge sur moi de tout son long d'un mouvement fluide. Je lui flanque mon poignard contre la gorge avant qu'il n'ait pu réaliser ce qui lui arrive. Il ne bronche pas, ne cille pas, n'a pas un mouvement de recul, comme s'il se fichait que je tienne sa vie au bout de ma lame.

Honnêtement, je suis épatée de le trouver là. Il n'a pas seulement trompé la vigilance des gardes de l'ambassadrice mais également les mesures que j'ai prises moi-même pour me protéger. Avant de m'endormir, j'ai disposé sur portes et fenêtres un dispositif d'alarme pour que nul ne puisse pénétrer chez moi sans me réveiller.

Lucius m'enfonce dans le matelas de tout son poids. Je n'en suis que plus consciente de la chaleur et de l'énergie que dégage ce corps d'homme au-dessus de moi.

Je presse un peu plus la lame contre sa gorge, mais pas suffisamment pour faire couler le sang. Pas encore. C'est d'une voix relativement ferme que je lui demande :

— Comment as-tu fait pour entrer sans me réveiller ?

— Très facilement. À présent, réponds à ma question. Que fais-tu ici ?

— Claudia a insisté pour que je loge chez elle.

— Claudia ? Tu es déjà à tu et à toi avec elle ?

— Elle ne peut pas être mauvaise, puisqu'elle veut me protéger de toi.

— Personne ne pourra jamais te protéger de moi, baby.

Cela n'a rien d'une fanfaronnade. Juste un constat, qui flotte un instant au-dessus de nos têtes, dans l'obscurité de la chambre. Je tente de me libérer, mais mes efforts n'ont pour effet que de mêler nos membres plus intimement encore et d'accroître mon désir pour lui.

Une odeur de miel se répand subitement autour de nous. Les narines palpitantes, Lucius inspire profondément.

— Ton parfum... grogne-t-il. Il va falloir en changer.

— Pourquoi ?

— C'est le genre de parfum qui donne des idées à un homme.

— Quel genre d'idées ?

— Le genre auquel on ne peut résister.

Soudain, son visage se fige et il plisse les yeux pour me fixer d'un œil soupçonneux.

— Où est passé ce fameux Luke ? demande-t-il. Tu l'as amené avec toi ?

De justesse, je réprime un sourire.

— Luke est ici, oui.

Même dans l'obscurité, je vois ses yeux s'assombrir. Je suis alors frappée par le fait qu'il ne porte pas de lentilles. Il est venu à moi tel qu'en lui-même, et mon cœur se met à battre plus fort à cette idée.

— Je t'ai dit ce qui lui arriverait si tu osais l'amener ici. Alors où est-il ?

— Sur la carpette.

Au même moment, j'écarte les genoux. Un geste tout à fait innocent, je le jure ! mais qui a pour effet d'amener nos bas-ventres au contact l'un de l'autre. Un frisson de plaisir anticipé me remonte l'échine, mais mon couteau n'en demeure pas moins fermement posé sur sa gorge.

— Tu te fiches de moi ? Tout ce qu'il y a sur la carpette, c'est une feignasse de chien même pas capable de donner l'alarme quand quelqu'un pénètre dans ta chambre.

— Luke n'est pas une feignasse. Elle a bien mérité de mener la belle vie après avoir vécu l'enfer entre les mains d'un Morevv sadique.

Lucius comprend à cet instant comment je me suis jouée de lui en attisant volontairement sa jalousie. Une lueur de colère flambe au fond de ses yeux, mais c'est une sorte de soulagement que trahit son visage.

— Tu vas me payer ça, Cookie !

— Peut-être. Mais toi, tu vas payer pour t'être introduit dans ma chambre.

J'accentue la pression de la lame, entamant légèrement sa peau. Une goutte de sang roule le long de son cou, mais il ne bronche pas pour autant.

— Tu devrais être flatté, dis-je d'un ton guilleret. Je l'ai baptisée en ton honneur.

— Puisque tu ne peux pas m'avoir, tu t'es rabattue sur un animal. Je comprends.

— Toujours le dernier mot, pas vrai ? À présent, assez rigolé ! Ôte-toi de là.

Si seulement je pouvais paraître plus convaincante ! Plus en colère contre moi que contre lui, j'entame sa chair un peu plus profondément.

Malgré cela, Lucius ne recule pas d'un pouce et n'émet pas le moindre son : il est trop occupé à observer mes lèvres avec fascination. L'espace d'un instant, pourtant, il paraît sur le point de faire quelque commentaire acerbe. Puis il se ravise et amène ses lèvres à la rencontre des miennes, sans se soucier du poignard qui lui percerait la gorge si je ne le laissais pas accompagner le mouvement.

Nous nous embrassons à perdre haleine. Sa langue plonge profondément dans ma bouche, que j'ouvre grande pour mieux l'accueillir. Je me sens incapable de lui résister. Son goût, son odeur, sa chaleur sur ma peau m'enflamment les sens et font bouillir mon sang. Non sans un certain effroi, je réalise que je pourrais m'accoutumer à lui comme une junkie à sa dose. Ses lèvres contre les miennes sont si douces... Le parfait contrepoint au combat acharné dans lequel nos langues sont engagées.

Après avoir si bien mis le feu aux poudres, il met un terme brutal à ce baiser. Haletant, il recule et grommelle :

— Se laisser distraire sexuellement lors d'une mission est une stupidité.

Le souffle tout aussi court que le sien, je soutiens sans ciller son regard noir et renchéris :

— Coucher avec son partenaire est plus stupide encore.

— Ça t'embête ? s'enquiert-il, un sourcil arqué.

Cela devrait, mais ce n'est plus ni le lieu ni l'heure d'avoir des scrupules.

— Pas du tout.

— Moi non plus, conclut-il avec satisfaction. Lâche ce couteau, qu'on en finisse.

— On pourrait en finir autrement. Je pourrais te tuer.

Bien qu'obnubilée par lui et impatiente de le sentir se glisser en moi, je parviens à laisser courir la lame le long de son cou avec un sourire indolent.

— Laisse tomber ce couteau ! gronde-t-il.

— Pas tout de suite...

Sans lui laisser le temps de réagir, j'utilise la lame pour fendre sa chemise en deux. Ses yeux s'écarquillent, ses narines frémissent. Profitant de sa surprise, je le dépouille des lambeaux de tissu.

Il ne tarde pas à reprendre ses esprits. S'emparant du poignard, il inflige d'un coup de lame habile à mon tee-shirt les mêmes dégâts qu'à sa chemise. Pour finir, l'arme va atterrir sur le sol dans un bruit sourd. Nos poitrines nues entrent en collision. Nos aréoles dressées s'affrontent, électrisant nos corps qui frémissent d'un désir d'autant plus intense que trop longtemps réprimé.

— Enfin… dis-je dans un soupir. Depuis le temps que j'attends ça, tu as intérêt à en valoir le coup !

Nous ne commentons ni l'un ni l'autre le fait que nous ne nous connaissons pas depuis si longtemps que ça. À mes yeux, cela semble faire une éternité. Voyant qu'il ne bouge pas d'un pouce, je m'impatiente.

— Qu'est-ce que tu attends ? Une invitation officielle ?

Un son plus animal qu'humain s'échappe de ses lèvres, qui viennent prendre possession des miennes sans douceur. Je gémis en sentant une de ses mains calleuses se refermer sur mon sein gauche. Je l'ai menacé une fois de le tuer s'il s'avisait encore de me toucher. À présent, je serais capable de le tuer s'il s'avisait de *ne plus* me toucher. Nous étions destinés à en arriver là, tous les deux, dès l'instant où nous avons posé les yeux l'un sur l'autre. Pourquoi ne pas nous débarrasser de cette attirance pour pouvoir nous concentrer sur notre mission ?

— Cet endroit n'est pas sûr ! dit-il en s'arrachant à mes lèvres.

— Raison de plus pour faire vite.

— Tu lis dans mes pensées…

Il réprime un rire enfantin et ajoute :

— Tu me rends dingue. Tout en toi me tourne la tête. Ta façon de bouger, de parler.

Du bout des lèvres, il dessine le contour de ma bouche. Son torse est bardé d'armes diverses. Il me laisse l'en débarrasser sans cesser de m'embrasser. Bientôt, armes à feu et armes blanches jonchent le lit autour de nous. Après en avoir terminé avec son arsenal, je débou-cle sa ceinture. Saisi par l'urgence, Lucius se redresse et en un rien de temps envoie valser son pantalon sur le sol. Avec la même hâte, je me défais du mien et nous

nous retrouvons enfin tout à fait nus, l'un contre l'autre, peau contre peau.

Bouleversée par ce contact intime, je ne peux retenir un petit gémissement de plaisir auquel Luke répond par un grondement sourd. Lucius redresse la tête et lance au chien à mi-voix :

— Chut ! le chien. Gentille fille. Gentille…

Lorsqu'il reporte son attention sur moi, il a le souffle court et les tempes en sueur, comme s'il venait de courir un marathon.

— Je parie qu'au lit tu dois être bruyante ! dit-il à mi-voix. Essaie de te retenir, si tu peux.

En lui assenant une claque sur les fesses, je proteste :

— Je ne suis pas bruyante !

Un sourire amusé vient adoucir ses traits tendus par la frustration.

— Alors prépare-toi à le devenir, baby. D'ici peu, tu ne pourras pas t'en empêcher.

— Assez papoté ! Action !

Par besoin autant que pour le faire taire, je lui donne un baiser qui me fait tourner la tête. Mes mains s'aventurent le long de son corps, titillent ses tétons dressés, s'électrisent au contact de ses muscles bandés, se crispent sur ses fesses étroitement serrées. Je laisse mon regard descendre jusqu'à son bas-ventre. La hampe rigide et palpitante de son pénis, si longue, si épaisse, m'affole et me stupéfie. Une chaleur moite insupportable s'attarde entre mes cuisses. Il y a longtemps que je suis prête à le recevoir en moi, mais serai-je de taille à le supporter ?

Il ne me laisse pas le temps de m'en inquiéter davantage. Faisant rebondir les armes sur le matelas autour de nous, il roule sur moi et se positionne pour me pénétrer. Sans un mot, il se fraie un chemin entre les replis de mon intimité. La tête rejetée en arrière, bras et jambes étroitement serrés autour de lui, je râle sans retenue. La torride sensualité de l'instant l'emporte sur toute pudeur et sur toute fierté. Son sexe dilate le mien et me remplit jusqu'aux limites de la douleur, au-delà desquelles n'existe plus qu'un extrême plaisir. J'ai connu d'autres hommes, bien sûr, mais je suis tout à coup incapable de retrouver leur souvenir dans ma mémoire. Il n'existe plus pour moi que Lucius, la sensation de ses mains rudes sur ma peau, le goût de sa langue contre la mienne, l'implacable invasion de son sexe en moi.

— Eden, Eden, Eden...

Il scande sa conquête en psalmodiant mon nom tout bas, le répétant à chaque centimètre de sa progression. Enfin, le voilà planté jusqu'à la garde. Mais au lieu de se mettre à bouger, comme il me tarde tant qu'il le fasse, il s'immobilise et se redresse sur les coudes pour me dévisager avec inquiétude.

— Tu utilises un moyen contraceptif ? demande-t-il. Je n'avais pas prévu ça, je n'ai pas de capotes...

— Il n'y a pas de fécondation possible entre humains et aliens.

Du moins, à ma connaissance, cela ne s'est jamais fait. Cependant, si c'est impossible, pourquoi le gouvernement a-t-il cru bon d'édicter une loi qui l'interdit ? Ce point de détail, je préfère le garder pour moi, mais Lucius ne se décide pas pour autant.

— Qu'est-ce que tu attends ? dis-je en empoignant ses fesses pour le forcer à se mouvoir. Finissons-en !

Il tend la main pour me caresser la joue et c'est bien le seul mouvement qu'il consent à faire.

— Tu es impatiente, autoritaire et habituée à ce que tout le monde t'obéisse au doigt et à l'œil, dit-il avec un sourire caustique. Tu es aussi tellement sexy que je n'arrête pas de penser à toi.

— Pense un peu moins et agis un peu plus !

S'il n'est pas décidé, je le suis pour deux. Je m'arc-boute sous lui, fais rouler mes hanches. Encore et encore, même si son corps étendu sur le mien entrave ma liberté de mouvement. Cela produit autant d'effet sur lui que sur moi. Avec un soupir étranglé, il saisit mes hanches pour m'immobiliser.

— Tu ne te laisseras donc jamais faire, Cookie...

— Baise-moi, Lucius ! Sinon c'est moi qui te baiserai. Le résultat sera le même et nous jouirons tous les deux.

Le désir, un désir sans fard, flambe dans les profondeurs de glace de ses yeux.

— Un des deux jouira plus que l'autre, grommelle-t-il.

Il s'exécute néanmoins, se retirant avec une exaspérante lenteur avant de replonger en moi d'un coup de reins. Un râle impudique s'échappe de mes lèvres.

— J'aime quand tu te dévergondes, petite princesse... Recommence, ça m'excite !

Une fois encore, il se retire, mais il se garde bien cette fois de replonger en moi. Exaspérée par son petit jeu, je redouble d'efforts pour l'obliger à se mouvoir. Faute d'y parvenir, c'est d'une voix suppliante que je capitule.

— Baise-moi ! Je t'en prie, *baise-moi*...

Un sourire diabolique flotte sur ses lèvres d'ange.

— Avec plaisir, princesse.

Empoignant mes genoux, il les écarte largement et me pénètre de toute sa longueur. Encore et encore, il plonge en moi si profondément, si vite et si fort, que j'atteins l'orgasme quelques secondes. J'ai l'impression d'exploser et de me disperser dans l'espace. Ma gorge expulse un cri d'extase et de soulagement, tout mon corps est secoué de spasmes. Désespérément, je m'accroche à Lucius pour ne pas sombrer.

Luke, au pied du lit, vient briser la parfaite harmonie de l'instant en lâchant un aboiement sonore et menaçant. Depuis les limbes sensuels où je flotte encore, je m'arrange pour lancer à mi-voix dans sa direction :

— Chut, le chien ! Tout va bien, tais-toi...

Lucius, qui s'est figé au-dessus de moi, tend l'oreille. Plus immobile que lui encore, je fais de même, m'attendant à tout instant à entendre des bruits de pas dans le couloir.

Au bout d'une minute de cette attente anxieuse, je pousse un soupir de soulagement. Luke repose sa tête sur ses pattes et fait de même avant de replonger dans un bienheureux sommeil.

— On l'a échappé belle... dis-je à l'oreille de Lucius. Où en étions-nous, déjà ? Ah oui... Ne te gêne pas pour conclure. Je ferai attention de ne plus crier, cette fois.

Il n'a pas besoin d'autre encouragement. Toujours plus vite, toujours plus fort, il se rue en moi et je m'étonne que la rudesse de l'assaut décuple à ce point le plaisir qu'il me procure. Il ne me faut que quelques minutes pour gravir à nouveau la pente de l'orgasme.

Tout mon corps en est secoué tandis que mon esprit s'envole à de nouvelles et inédites hauteurs. Pour prévenir un nouveau cri, Lucius fond sur ma bouche, dont il prend possession avec une avidité conquérante. Pour lui, c'est le signal de départ d'une course au plaisir, qui s'achève lorsqu'à son tour il se libère en moi. Mes mains courent sur son corps aux muscles raidis par l'orgasme. Je cueille sur ses lèvres son râle de jouissance.

Il s'écoule de longues minutes avant que nos souffles s'apaisent et que nous retrouvions nos esprits. Après avoir joui, Lucius s'est écroulé de tout son poids sur moi, comme terrassé par le plaisir. Nous demeurons longuement ainsi, faibles et couverts de sueur, le corps repu et vibrant d'une vie intense par chacune de ses cellules.

— Je te l'avais bien dit... murmure-t-il enfin tout contre mon oreille.

— Quoi ?

C'est à peine si j'ai eu la force de prononcer ce mot.

— Que tu jouirais plus que moi.

— Cela signifie que j'ai gagné, dis-je avec un sourire lascif. Comme d'habitude.

— Pour une fois, je suis heureux d'admettre ma défaite.

Avec un soupir de bien-être, il roule sur le côté, me libérant de son poids. Loin d'en éprouver du soulagement, je me laisse surprendre par un sentiment de manque intense autant que soudain. D'instinct, pour me rassurer, je cherche sa main et la serre dans la mienne.

— Raconte… reprend-il d'un air songeur. Dis-moi tout de toi.

Surprise, je garde le silence quelques instants avant de répondre :

— Tu as lu mon dossier. Que veux-tu savoir de plus ?

— Je ne sais pas… Ce que tu sais de tes parents, par exemple. Est-ce que tu gardes des souvenirs d'eux ?

— Pas vraiment.

J'hésite à poursuivre. Peut-être devrais-je rester discrète sur mon passé, mais n'a-t-il pas partagé le sien avec moi ? Qui plus est, j'ai près de moi pour la première fois quelqu'un à qui je peux parler de mes parents, que j'ai aimés et qui me manquent – chose que je n'ai jamais pu faire avec Michael. Comment résister ?

— Il me semble me souvenir du visage de ma mère, dis-je enfin d'une voix rêveuse. Elle était jolie, fine, dorée. Parfois, quand le sommeil me fuit, j'ai l'impression de l'entendre me chanter une berceuse, comme quand j'étais petite.

— Elle semble avoir été une bonne mère.

— Oui. Je regretterai toujours de ne conserver aucun souvenir de famille, même une bricole, n'importe quoi. Le lendemain de l'assassinat de mes parents, notre maison a été détruite par un incendie qui a tout emporté. De ma vie de petite fille, il n'est resté que des cendres.

— Pourquoi avaient-ils quitté leur planète ?

— Je suppose qu'ils voulaient simplement, comme tous les immigrés, une vie meilleure pour eux et leurs enfants. Peut-être aussi voulaient-ils échapper au joug du tyran qui dirige Raka. J'aurais aimé pouvoir le leur demander, mais…

Ma voix s'étrangle sur ce dernier mot. Lucius me serre la main et se penche pour déposer un baiser au sommet de mon crâne. Je réalise alors que nous sommes en train de nous aventurer en terrain miné. Nous savons tous deux à quel point il peut être dangereux pour deux agents de se lier sexuellement, et nous n'ignorons pas non plus qu'il peut être pire encore de se laisser aller aux sentiments.

D'une voix dégagée, je m'efforce d'en revenir à une conversation plus anodine.

— Dis-moi… À quel sujet Parker et toi vous disputiez-vous quand Claudia et moi sommes parties ?

Je sens Lucius se raidir à côté de moi. Sans me répondre, il retire sa main de la mienne et se redresse brusquement pour s'asseoir au bord du lit. Dans la pénombre, je le vois remettre ses armes en place, le visage sombre et fermé. Sur son torse et dans son dos, je remarque alors les traces bien visibles que mes ongles ont laissées. J'aime constater que j'ai déposé ma marque sur lui.

— Jonathan veut que je te laisse tranquille pendant un moment, dit-il enfin d'une voix grondante. Officiellement, c'est pour te laisser récupérer.

— Et officieusement ?

Lucius hausse les épaules et va ramasser son pantalon.

— À ton avis ? répond-il en l'enfilant. Je ne serais pas étonné qu'il veuille gagner du temps pour te mettre dans son propre lit, maintenant qu'il a eu l'occasion de jeter un œil sur toi.

Le moins que l'on puisse dire c'est que, contrairement à Lucius, l'intérêt supposé de Jonathan Parker pour ma personne ne me fait ni chaud ni froid.

— Va-t-il accepter de t'aider quand même à m'acheter ?

Luke fait son apparition au bord du lit, la queue battante et les yeux suppliants. Je tapote le matelas du plat de la main et la laisse s'installer à côté de moi. Ce faisant, elle observe Lucius avec inquiétude. Je comprends qu'elle a besoin d'être rassurée et lui caresse l'encolure. Il ne lui en faut manifestement pas plus, car elle se détend aussitôt et pose avec un soupir d'aise sa tête sur ses pattes.

Avant de me répondre, Lucius prend le temps de mettre ce qui reste de sa chemise, et de la refermer tant bien que mal en glissant les pans lacérés dans sa ceinture.

— Je pense que oui. Même si ce n'est que pour avoir *lui-même* l'opportunité de t'acheter à EenLi.

Sur ce, il chausse ses boots, dont je ne me rappelle même pas l'avoir vu se débarrasser, et se dirige vers la fenêtre. J'essaie d'ignorer la déception qui s'empare de moi en constatant qu'il ne lui vient pas à l'idée de me donner un baiser d'adieu.

— J'ai réussi à placer un de mes hommes dans cette maison, dit-il. Il me tiendra au courant de tes faits et gestes afin que je puisse être là lorsque tu apparaîtras en public avec l'ambassadrice.

— À quoi ressemble-t-il ?

— C'est le chauffeur de Claudia. Près de deux mètres, cheveux blancs, yeux violets. Un humain qui se fait passer pour un Arcadien. Adresse-toi à lui si tu as besoin d'une aide quelconque. J'ai également laissé un portable dans ton sac. Il est programmé pour composer mon numéro dès que tu l'ouvres.

— Tu aurais pu me le donner à la réception de Parker. Pourquoi es-tu venu jusqu'ici cette nuit ?

L'air buté, il hausse les épaules sans me répondre. J'insiste :

— Tu as pris beaucoup de risques.

— Je n'ai pris aucun risque.

— Tu aurais pu te faire pincer par les gardes de Claudia.

— Certainement pas.

— Comment peux-tu en être aussi sûr ?

— J'en suis sûr parce que je suis le meilleur.

— Et moi, je suis la meilleure pour obtenir des réponses à mes questions. Or, tu ne m'as toujours pas répondu. Pour quelle raison es-tu venu me voir cette nuit ? Dis-le-moi.

J'ai plus qu'une petite idée des véritables motivations de sa visite, mais je tiens à me l'entendre dire.

— Je voulais te demander de faire en sorte que Claudia Chow te conduise chez Parker dès demain pour que nous ayons tous les quatre une petite explication. Histoire que tu puisses une nouvelle fois me rejeter.

— Tu n'avais pas besoin de te déplacer en personne pour me le dire.

Un long moment, nous nous contentons de nous fixer à distance au fond des yeux. Dans ce regard intense échangé à l'instant de nous quitter, il y a bien plus que ce que nous sommes prêts l'un et l'autre à admettre.

— Et si je te disais, dit-il enfin d'un air de défi, que je suis venu parce que j'avais envie de te voir ? Est-ce une raison suffisante pour prendre tous les risques, selon toi ?

Là-dessus, il ouvre la fenêtre et disparaît dans la nuit.

16

Le lendemain, je me réveille toute alanguie, le cœur en paix et le corps délicieusement meurtri. Un soleil éclatant transperce les rideaux jaune et blanc, répandant sur les murs et le sol des flaques de lumière dorée.

Lucius a laissé son odeur entre les draps. Durant un long moment, je m'en imprègne en me roulant d'un bord à l'autre du lit, le visage enfoui dans son oreiller. Ma peau hypersensible accueille le frottement des draps comme une caresse. Une douce chaleur irradie entre mes cuisses. Un caractéristique parfum de miel et de cannelle ne tarde pas à s'élever.

Lorsque je réalise que je suis en train de me caresser en pensant à lui, je me redresse, furieuse contre moi-même. Ainsi donc, il n'est même plus nécessaire que Lucius soit là pour provoquer en moi une sentimentalité éhontée et une sensualité dangereuse ! Moi qui pensais me débarrasser de ma fixation en couchant avec lui, c'est raté ! Plus que jamais, je dois me reprendre et ne penser qu'à notre mission. C'est indispensable. Il le faut. Enfin... plus facile à dire qu'à faire.

Pleine de bonnes résolutions, je me lève. Pour commencer la journée, j'emmène Luke en promenade avant de lui donner à manger. Après une rapide douche aux enzymes, je choisis dans ma garde-robe un pantalon noir ajusté et un chemisier en soie blanche. Puis je vais dans le salon de ma suite consulter mes messages sur mon laptop. Pendant que l'écran holographique semblable à une gelée bleuâtre se charge, je donne à Luke la ration de caresses qu'elle est venue réclamer. En découvrant, après avoir pressé quelques touches, le message de Colin qui finit par s'afficher, je pousse un petit cri de joie. Enfin du nouveau !

Désolé pour le retard, lis-je fébrilement. *Je rentre à peine de voyage. Les éruptions solaires de faible intensité n'ont généralement aucun effet sur notre planète et sont quasiment indétectables. Mais les éruptions plus fortes sont parfois à l'origine d'aurores boréales. Si elles atteignent la Terre à un angle particulier, elles peuvent provoquer des tempêtes électromagnétiques susceptibles de perturber le champ magnétique terrestre. Dans ce cas, les téléviseurs, téléphones portables, et plus généralement tout ce qui peut être affecté par le magnétisme subit des interférences. Pour répondre à ta question, je suppose – en théorie – qu'un objet ou un être vivant exposé à une forte éruption solaire pourrait subir une sorte de transfert moléculaire. Si, et seulement si, il est équipé d'un appareillage électronique adéquat. À ma connaissance, cela ne s'est jamais fait et un tel appareillage reste à inventer. T'ai-je été utile ou as-tu besoin d'autres infos ? Bisous, Colin. P.-S. : Allons dîner ensemble un de ces soirs, comme au bon vieux temps. Tu me manques.*

J'avais donc raison ! Avec un sourire satisfait, je rédige immédiatement une réponse.

Tu m'as été utile plus que tu ne peux le supposer. Aurais-tu par hasard une petite idée de ce à quoi pourrait ressembler un tel appareillage ? Bisous, Eden. P.-S. : Dîner totalement exclu. Tu es un formidable ami, mais un petit ami pitoyable...

À peine ai-je expédié mon message que quelques coups discrets sont frappés contre ma porte. J'éteins rapidement mon laptop et vais ouvrir, après avoir désactivé les alarmes supplémentaires installées la veille.

— Oui ? dis-je à la jeune femme qui se tient dans le couloir.

Ou, plus exactement, au bouquet odoriférant d'orchidées d'un blanc virginal qui se trouve entre nous. À y regarder de plus près, je réalise que des paillettes dorées ont été vaporisées sur leurs pétales.

D'une voix douce et chantante mais dans un anglais hésitant, l'employée de Claudia m'explique :

— C'est arrivé ce matin pour vous.

En admirant les orchidées, je me surprends à avoir pour une fois une réaction typiquement féminine. Littéralement, je fonds de bonheur. Avant de prendre le bouquet, je détache la carte qui s'y trouve jointe et la lis.

Merci pour cette nuit.

Je pince les lèvres pour ne pas grimacer, ou peut-être sourire. Difficile en effet de faire le tri parmi les émotions contradictoires qui m'assaillent. Si c'est ainsi que Lucius compte m'aider à me recentrer sur ma mission…

M'emparant du vase de cristal, je remercie la servante et m'apprête à refermer la porte.

— Attendez ! lance-t-elle. Il y en a un autre.

C'est une Agamen. Selon les standards en vigueur sur Terre, elle ne peut-être jolie à cause des petites cornes qui pointent sur son crâne. Ceux de sa race utilisent ces appendices disgracieux, qui sécrètent un poison violent lorsqu'ils sont effrayés, comme principal moyen de défense. Ses yeux, cependant, amandes d'un argent très pur, lui confèrent une apparence douce et aimable.

Je vais poser les orchidées sur une console toute proche et me retourne vers elle. J'ai combattu contre un Agamen, il y a bien longtemps de cela, et n'en garde pas un très bon souvenir. Profitant d'un moment de distraction, il était parvenu à m'encorner l'estomac, ce qui m'avait valu de passer six semaines à l'hôpital entre la vie et la mort.

L'employée de Claudia se baisse et ramasse sur le sol un deuxième vase, empli celui-là de roses d'un rouge sang.

Encore une fois, dit la carte, *désolé de ce qui vous est arrivé chez moi hier soir. J'espère que vous m'offrirez une occasion de me faire pardonner. Jonathan.*

La seule réaction que me procure ce présent, c'est la satisfaction du travail bien fait.

— Merci, dis-je en prenant les roses pour les déposer à côté des orchidées.

— Madame l'ambassadrice voudrait vous parler, ajoute l'Agamen. Elle vous invite à partager son petit-déjeuner. Si vous voulez bien me suivre...

Je réprime un soupir et me passe une main lasse sur le visage. Et moi qui n'avais qu'une envie : appeler Lucius pour lui faire part de mon triomphe dans la compétition qui nous oppose à propos des éruptions solaires !

— Allons-y, dis-je à l'Agamen dans sa propre langue.

Elle écarquille les yeux sous l'effet de la surprise puis me sourit, découvrant des dents grises et pointues.

Je lui emboîte le pas le long des interminables couloirs de la demeure, jusqu'à une petite salle à manger rustique. Les murs sont décorés de grandes holos représentant des champs de tournesols. Au moins, j'échappe cette fois aux crânes et autres morbides trophées.

Déjà installée à table devant un copieux assortiment de mets, l'ambassadrice m'accueille d'un sourire. Ses cheveux sont comme la veille relevés en un chignon sévère, et elle porte un tailleur strict et noir.

— Asseyez-vous, je vous en prie... dit-elle en désignant le banc qui lui fait face.

Elle me dévisage un instant et son visage se rembrunit.

— Eden, ma chère... reprend-elle d'un air de reproche. Vous avez l'air épuisée. Seriez-vous encore choquée par ce qui vous est arrivé hier ?

Si elle savait...

— Un peu, dis-je en un pieux mensonge.

— Il ne faut pas vous en faire ainsi. Je vous ai dit que j'allais parler de nouveau à Jonathan, et je le ferai. Il a déjà promis qu'il dirait deux mots à ce Hunter Leonn, et je veillerai à ce qu'il tienne parole.

— Je ne vous en remercierai jamais assez. Vous avez été merveilleuse.

Le nez en l'air, elle renifle un instant.

— Ce qui est merveilleux, corrige-t-elle, c'est votre parfum. Quel est-il ?

Je sens mes joues s'embraser et m'agite nerveusement sur mon siège.

— Vous êtes sûre ? En fait je... je ne me parfume pas.

— Vraiment ? s'étonne-t-elle en me considérant d'un air surpris. Alors d'où vient cette délicieuse odeur de miel ?

Je reporte mon attention sur la table et suggère :

— De la nourriture, peut-être ?

— À ce propos... vous devez mourir de faim. Allez-y, servez-vous.

Soulagée d'avoir pu détourner son attention, j'emplis mon assiette d'œufs pochés et de toasts beurrés. Le bol de sucre est sans doute destiné au thé, mais j'en saupoudre copieusement mes aliments. Tout est tellement meilleur, ainsi ! Tout sauf ces œufs, aussi salés qu'un océan, et que tout le sucre du monde ne parviendrait pas à sauver. Grâce aux toasts, j'arrive cependant à avaler la moitié du contenu de mon assiette avant de la repousser devant moi. Claudia picore dans la sienne avec un appétit d'oiseau.

— Avez-vous aimé les bouquets que Jonathan vous a fait porter ? me demande-t-elle avec gourmandise. Pour vous couvrir ainsi de fleurs, il doit se sentir vraiment mal à cause de ce qui s'est passé hier.

Puisque Lucius m'a laissé des instructions en ce sens, je saisis l'occasion pour m'inviter chez Parker.

— J'aimerais l'en remercier personnellement, si c'est possible.

Radieuse, Claudia se redresse sur son banc et s'exclame :

— Quelle merveilleuse idée ! Je vais l'appeler tout de suite pour lui demander s'il peut nous recevoir.

Agitant une clochette antique posée sur la table, elle se tourne vers Martha lorsque celle-ci arrive et ordonne :

— Martha, s'il vous plaît, amenez-moi un téléphone.

Toujours comme montée sur coussins d'air, la silencieuse Brin Tio Chi amène l'appareil sur un plateau d'argent en un rien de temps.

— Jonathan Parker, dit Claudia en ajustant l'oreillette.

Une pause. Elle sourit quand son correspondant prend la communication, puis ajoute :

— Jonathan, Claudia Chow à l'appareil. Eden Black et moi-même aimerions vous rendre visite. Nous...

Elle s'interrompt et son visage se rembrunit. Au terme d'une nouvelle pause, cette fois plus longue, elle reprend fermement :

— Il n'en est pas question ! C'est à vous seul que nous souhaitons parler. Après ce qui s'est passé hier, la présence de Hunter Leonn ne me semble pas souhaitable. Je...

Je m'empresse de l'interrompre.

— Au contraire ! Je serai ravie de les rencontrer tous les deux.

Désarçonnée, Claudia cligne des paupières sans parvenir à trouver ses mots. *Il va me falloir être plus attentive à ne pas trahir mon impatience de revoir Lucius...*

Avec un sourire rassurant, j'explique à mi-voix :

— J'ai hâte que cette histoire soit réglée. Plus vite nous nous serons expliqués avec lui, mieux ce sera.

Claudia donne son assentiment d'un hochement de tête.

— Jonathan ? reprend-elle d'un ton radouci. Tout bien réfléchi, nous acceptons votre proposition.

À l'écoute de ce qu'il lui répond, elle se tait un instant.

— C'est entendu, conclut-elle. Je vous remercie.

Elle repose le combiné téléphonique sur le plateau. La fidèle Martha l'emporte, aussi gracieuse et effacée qu'à l'accoutumée.

— Nous avons rendez-vous cet après-midi, m'apprend Claudia en reprenant son petit-déjeuner. Une fois que nous aurons achevé ma tournée matinale.

Sa « tournée », ainsi qu'elle l'appelle, consiste à rendre visite chez eux à tout ce que les environs de New Dallas comptent d'extraterrestres à problèmes. Je passe les quatre heures suivantes à traduire les conversations qu'ils ont avec elle sur des sujets aussi variés que leur santé, leurs besoins alimentaires spécifiques, ou leurs difficultés à appréhender le système économique terrien. Je dois admettre que je suis impressionnée par le dévouement que Claudia leur témoigne.

Enfin, au terme de ce harassant périple, la limousine de l'ambassadrice se met en route vers la résidence de Jonathan Parker.

— J'ai l'impression de ne pas vous avoir suffisamment remerciée, dis-je à Claudia avec une sincérité que je n'ai pas à feindre. Non seulement vous avez pris fait et cause pour moi, mais je me rends compte que vous vous battez avec courage et pugnacité en faveur de tous les aliens. Je vous trouve tout simplement admirable.

Claudia en rosit de plaisir.

— Vous êtes trop aimable… murmure-t-elle avec une timidité qui ne lui ressemble guère. Je fais ce que je peux pour remplir mon devoir.

Délaissant le spectacle de la nature derrière la vitre de la portière, je me tourne vers elle et la fixe droit dans les yeux avant d'ajouter :

— Pour être honnête, vous n'êtes pas du tout telle que je l'imaginais.

— Ah bon ? s'étonne-t-elle en haussant les sourcils. À quoi vous attendiez-vous donc ?

Je décide de lui répondre honnêtement.

— À quelqu'un de plus superficiel, qui se serait donné le beau rôle en défendant la cause des aliens, sans vraiment se soucier d'eux.

— Quelle drôle d'idée ! s'exclame Claudia en riant, sans se formaliser de ma réponse. Il me paraît évident que les êtres pensants, doués de sensibilité et de raison, sont nos égaux d'où qu'ils viennent.

Avec des airs de conspiratrice, elle se penche vers moi et me confie à mi-voix :

— À mon tour d'être honnête avec vous. J'envisage la possibilité de… d'avoir une relation avec un Taren – celui qui a fait à tort deux semaines de prison. Il m'a déjà invitée plusieurs fois à sortir avec lui, mais j'ai jusqu'à présent toujours décliné. Auriez-vous… quelques conseils à me donner ?

Si je m'attendais à ça ! J'ai du mal à imaginer Claudia entre les pattes d'un félin pensant (car les Tarens ne sont pas autre chose). S'ils marchent, parlent et agissent ainsi que des humains, si leur fourrure a beau leur donner l'allure de grosses peluches, leurs crocs et leurs griffes n'ont rien à envier à ceux des chats, et leur langue est aussi râpeuse. Ils sont également capables, dans certaines circonstances, de passer à travers les murs. Je le sais pour avoir vu certains de ceux qu'il m'est arrivé de poursuivre le faire.

— Quelques conseils ? dis-je, sans chercher à cacher ma perplexité. Eh bien… Traitez-le comme vous le feriez pour n'importe quel humain. J'imagine également qu'ils doivent aimer être caressés, comme tous les chats.

Claudia hoche la tête avec empressement. Elle boit mes paroles comme si j'étais une autorité en la matière.

— Je ne sais que vous dire d'autre… Je n'ai moi-même jamais eu l'occasion de fréquenter un Taren.

Il m'est par contre arrivé d'avoir à en tuer mais ça, je le garde pour moi.

Fort heureusement, la voiture commence à ralentir après avoir passé les portes de la demeure de Jonathan Parker, ce qui met un terme à cette conversation. J'observe la bâtisse impressionnante, tout en brique blanche et en angles vifs. La pelouse, quoique clairsemée, est bien entretenue. Mon pouls s'accélère, non sous l'effet de la peur mais de l'impatience. Lucius est là et m'attend, prêt à pousser notre proie dans le piège que nous lui tendons.

Lorsque la limousine se gare devant l'entrée principale, nous plongeons, Claudia et moi, dans la fournaise de l'après-midi. Après avoir passé le pont qui enjambe le cours d'eau céruléen, nous nous réfugions enfin dans les profondeurs climatisées de la maison. Deux gardes nous attendent dans le hall pour nous guider jusqu'au bureau de Parker. Lucius s'y trouve déjà, assis dans un profond fauteuil rouge sang. Le show peut commencer...

À travers ses yeux mi-clos, le visage impénétrable, il nous regarde entrer. Bien que je meure d'envie de lui sauter au cou, je l'ignore ostensiblement.

— Merci pour les fleurs, dis-je à Jonathan sans perdre de temps en préambule. Et merci d'avoir accepté de nous recevoir.

À ces mots, le regard de Lucius/Hunter se durcit. Sur sa mâchoire, un muscle palpite.

— Tout le plaisir est pour moi, assure Jonathan en s'inclinant onctueusement vers moi. Asseyez-vous, je vous prie.

D'un geste de la main, il nous désigne le sofa vert placé en face du fauteuil occupé par Lucius. Pendant que Claudia et moi nous y installons, il s'assied quant à lui derrière son bureau. Je remarque qu'il a la lèvre fendue et légèrement tuméfiée.

— Je vous suis très reconnaissant, reprend-il de sa voix de baryton doucereuse, d'avoir pris l'initiative de cette rencontre.

Il ne me quitte pas des yeux, mais c'est le regard de Lucius, et non le sien, que je sens peser sur moi. Un regard que je n'ai pas besoin de croiser pour le savoir possessif et implacable, en train de revendiquer pour lui chaque parcelle de mon corps. Oui, vraiment, on peut dire que mon partenaire joue bien son rôle...

— Ce n'est pas facile pour moi, dis-je avec l'apparence d'une grande détresse. Je voudrais qu'on en termine avec cette situation pénible.

À la dérobée, je guette la réaction de Lucius. Les lentilles qu'il porte rendent ses yeux aussi sombres qu'une nuit sans étoiles, mais il y brille une lueur que je n'avais encore jamais observée. Je remarque qu'il a un bleu sur la joue gauche. Les deux hommes se seraient-ils battus avant notre arrivée ?

— Il en va de même en ce qui nous concerne.

Jonathan ponctue cette déclaration d'un hochement de tête à l'intention de Lucius, invitation muette à commencer.

— Je ne te ferai jamais de mal, dit-il en se tournant vers moi. D'ailleurs, je ne t'en ai jamais fait.

Sa voix passe sur moi comme une onde sensuelle.

— Voyez-vous ça ! fais-je mine de m'offusquer. C'est pour ne pas me faire de mal que vous m'avez enlevée en pleine rue et enfermée chez vous ? C'est pour mon bien, peut-être, que vous m'avez entraînée de force, hier, sur la piste de danse ?

— J'en suis désolé.

Le ton sur lequel le prétendu Hunter vient de parler montre cependant qu'il ne l'est pas du tout.

— J'étais… bouleversé, poursuit-il. La joie de te revoir m'a fait perdre la tête. Mais je ne t'ai pas fait de mal. Tu dois le reconnaître.

N'admettant rien du tout, je pince les lèvres et détourne la tête dans une attitude de souverain mépris.

— Allons… intervient Jonathan. Nous sommes entre adultes responsables. Il doit nous être possible de trouver un terrain d'entente. Je vous assure, ma chère, que Hunter a compris qu'il avait eu tort, et que cela lui servira de leçon.

Sans trop de mal, je parviens à forcer quelques larmes au bord de mes paupières.

— J'aimerais vous croire, dis-je en fixant Parker dans le blanc des yeux. Vraiment, j'aimerais. Mais vous voyez de quelle façon il me regarde ? Il ment lorsqu'il affirme qu'il est désolé. Et il recommencera à la première occasion.

Je ne peux accepter ni les excuses de mon encombrant admirateur, ni les assurances de Parker qu'il se tiendra tranquille. De ma fermeté dépend la suite de cette mission. Le terrain doit être préparé pour mon propre enlèvement ; il doit devenir évident que jamais Hunter ne gagnera mes faveurs par des moyens conventionnels.

Plus tard, après notre départ, Lucius pourra pousser ses pions pour persuader Jonathan de l'aider à m'acheter. Convaincu par notre petit numéro, celui-ci en parlera à EenLi, qui s'empressera de me faire enlever. Une fois que j'aurai découvert comment ce salaud de Meca transporte son « bétail » d'une planète à une autre, je me ferai un plaisir de le tuer.

À cette perspective, la vie me paraît soudain plus belle.

17

Cette nuit-là, bouclée dans ma chambre comme dans une place forte, j'attends Lucius de pied ferme. Je suis sûre qu'il ne pourra s'empêcher de venir, mais il se fourre le doigt dans l'œil s'il s'imagine que je vais attendre son bon vouloir sagement allongée dans mon lit.

J'ai renforcé la fermeture de la porte-fenêtre du balcon, ce qui va l'obliger à se glisser par la plus haute et la plus étroite des fenêtres, sous laquelle je me tiens prête à le recevoir. Pour cela, il va devoir passer par le toit. Se donnera-t-il la peine de prendre ce risque uniquement pour moi ? Oh oui, je n'en doute pas un instant…

Enfin, j'entends la fenêtre coulisser ; il est parvenu à désactiver le boîtier de sécurité. Un instant plus tard, je vois ses pieds chaussés de boots de combat passer par l'ouverture. Je ne lui laisse pas le temps d'aller plus loin. D'un bond, j'attrape ses chevilles et l'attire d'un coup sec à l'intérieur. Pris par surprise, Lucius n'a pas le temps de se retenir et vient s'écraser lourdement par terre. La corde qu'il a utilisée pour descendre en rappel s'enroule autour de ses jambes, les maintenant en l'air.

Je saute sur lui avant qu'il n'ait eu le temps de dire ouf, plaquant mon poignard contre sa gorge. Il est intégralement vêtu de noir, mais ne porte pas de masque de camouflage. Un filet de sueur dévale le long de sa tempe. L'expression de son visage en dit long et me ravit : il semble à la fois surpris et humilié, ce qui n'est pas pour me déplaire.

— Tu te trouves drôle ? demande-t-il d'un ton acerbe.

La pointe de ma lame caresse son menton et sa joue.

— Oui, assez...

Du regard, il balaie la chambre et s'étonne :

— Luke n'est pas là ?

— Dans la salle de bains.

J'ai pris soin de l'y enfermer et de la caresser jusqu'à ce qu'elle s'endorme sur un confortable coussin. Elle a beau ne pas être le chien de garde idéal, j'ai préféré ne pas risquer d'éventuelles réactions intempestives de sa part.

— Que cela te serve de leçon, dis-je en lui serrant la gorge d'une poigne de fer. Tu peux m'avoir une fois par surprise. Mais la deuxième fois, c'est toi qui te fais baiser.

D'un coup sec, je tranche la corde qui emprisonne ses mollets. Ses jambes retombent avec un bruit sourd. Il pousse un soupir résigné et se passe une main dans les cheveux.

— Tu te révèles de jour en jour plus garce que je n'aurais pu le craindre. Je te l'ai déjà dit ?

— Je ne sais plus, mais je te remercie du compliment.

Incapable de tenir ma langue plus longtemps, je lui fais part du message que m'a envoyé Colin.

— Beau travail, reconnaît-il de mauvaise grâce. Mais ce n'est qu'un début. Continue à creuser.

— Tu réalises ce que ça signifie ? J'ai gagné notre pari ! Je t'ai même battu à plate couture !

Il grimace un sourire contraint et maugrée :

— Si ça t'amuse... Veux-tu continuer à te goberger de ta victoire ou préfères-tu que je te raconte ce qui s'est passé avec Jonathan après votre départ ?

— Vas-y, dis-je en m'efforçant de ne pas laisser paraître mon impatience. Je t'écoute.

Cette fois, c'est lui qui me surprend en se dressant de telle manière que je me retrouve bientôt installée sur ses genoux. Je ne fais rien pour m'y opposer, mais ma décision est prise : il est hors de question que nous couchions de nouveau ensemble. Nous avons déjà donné, et il n'y a pas à y revenir. En principe...

Comme pour mettre mes bonnes résolutions à l'épreuve, Lucius commence à me caresser le dos d'une main pendant que l'autre se mêle aux miennes dans mon giron. Afin de pouvoir me concentrer sur ses paroles, je m'efforce de faire abstraction du trouble à présent familier qui peu à peu me gagne. Il m'explique comment Parker, après avoir tourné autour du pot, a fini par lui dire qu'il connaissait peut-être un moyen pour arriver à ses fins avec moi.

— Il n'a jamais prononcé le nom d'EenLi, conclut-il, mais il a promis de me mettre en relation avec quelqu'un qui pourrait m'aider à obtenir gain de cause malgré ton opposition.

Gagnée par l'excitation de savoir que nous n'avons jamais été si proches du but, je m'assieds sur le sol à côté de lui, sans toutefois lâcher sa main.

— Il n'y en a plus pour longtemps, dis-je. Tant mieux !

Lucius n'a pas l'air de partager mon enthousiasme. De sa main libre, il enroule une mèche de mes cheveux autour de ses doigts, de manière à faire pivoter ma tête vers lui.

— Je sais que te faire enlever par EenLi fait partie de notre plan, reprend-il d'une voix sourde. Mais cela ne veut pas dire que tu dois te jeter tête baissée dans la gueule du loup. À partir de maintenant, je veux que tu gardes tes armes sur toi en permanence.

Je lâche un petit rire caustique.

— Tu crois que je t'ai attendu pour ça ?

— Je veux également que tu t'injectes un isotope que j'ai apporté. Il se fixera sur tes cellules et nous aidera à retrouver ta trace où que tu sois.

Là, c'est à moi de tiquer.

— Pendant combien de temps ?

— Trois mois.

— Et si la mission est bouclée en deux jours ?

— Ne commence pas à chicaner ! proteste-t-il d'un ton sans réplique. Tu sais aussi bien que moi que cette mesure de sécurité s'impose. Nous allons te livrer à un marchand d'esclaves qui n'aura rien de plus pressé que de te vendre au plus offrant. Si tout se passe bien, ce sera moi. Toutefois, il y a toujours un risque que la situation nous échappe. Tu tiens à disparaître on ne sait où, entre les mains d'on ne sait qui, sans que nous puissions retrouver ta trace ?

Je déteste devoir reconnaître que j'ai tort, mais là je n'ai pas le choix.

— Très bien, dis-je en soupirant. Je me l'injecterai, puisque tu y tiens.

— Je n'en attendais pas moins de toi.

— Je le ferai, mais à une condition.

— Laquelle ?

— Que tu me dises ton véritable nom.

Lucius secoue négativement la tête.

— Des clous ! Mais tu peux toujours chercher à deviner. Il te reste deux essais.

— Dis-moi au moins par quelle lettre commence ton prénom !

— Qu'est-ce que ça peut te faire ? me demande-t-il avec une feinte insouciance. En quoi est-ce si important pour toi ?

— Je préfère connaître sous leur véritable identité les hommes avec qui je baise. D'accord ?

Ses lèvres s'étirent en un sourire gourmand. Sans que je puisse l'en empêcher, mon cœur s'affole dans ma poitrine.

— Pourquoi ? susurre-t-il. Nous allons remettre ça ?

Il a l'air si relax, si sûr de lui, si sexy ! Je dois reconnaître que j'aime le voir baisser les armes pour savourer tout simplement l'instant présent. Après tout, il ne le fait pas si souvent – moi non plus, d'ailleurs.

— Non.

Ma réponse manque singulièrement de conviction et ne le trompe guère.

— Menteuse ! Dis-moi plutôt à quoi correspond ce « F » de ton deuxième prénom.

— Je croyais que tu t'en fichais.

— Peut-être que je mentais. Comme toi.

— Et comme toi, je ne te le dirai pas.

Quoi que j'en dise, je suis bougrement heureuse de savoir que le sujet ne le laisse pas indifférent.

— Dans ce cas, conclut-il, il faudra nous en tenir à ce *statu quo*.

— On dirait… mais je n'ai pas dit mon dernier mot.

Ses yeux glissent jusqu'à ma bouche. En le voyant se mordre la lèvre inférieure, mon sourire s'évanouit. Le désir en cet instant semble courir entre nous tel un arc électrique. Je déglutis péniblement et m'empresse de changer de sujet.

— Quand j'aurai été enlevée, je veux que tu viennes ici récupérer Luke et que tu prennes bien soin d'elle jusqu'à mon retour.

— C'est comme si c'était fait.

Il n'y a plus la moindre trace de plaisanterie dans sa voix ni au fond de ses yeux. Vif comme l'éclair, il se redresse et vient se placer à califourchon au-dessus de mes jambes. Je retiens mon souffle tandis que son regard brillant d'une lueur de convoitise court le long de mon corps, comme si j'étais déjà nue.

— Pensais-tu vraiment m'empêcher d'entrer en bloquant la porte du balcon ? demande-t-il. Passons maintenant aux choses sérieuses, Cookie…

Reste ferme sur tes positions ! Ne le laisse pas avoir le dessus…

— Ce n'est pas le moment de rigoler, dis-je d'une voix qui sonne creux à mes propres oreilles. Il y a encore bien des choses dont nous devons discuter.

— Tu as tout à fait raison. Il y a énormément de choses dont nous devons discuter.

Passant le bras dans son dos, il attrape sa chemise et la fait passer par-dessus sa tête d'un geste ample et souple. Ma gorge soudain s'assèche à la vue de ses pectoraux, de ses abdos sculptés.

— Remets cette chemise. Tout de suite !

Qui crois-je tromper ainsi ? Pas lui, en tout cas…

— Ah, Cookie… murmure-t-il avec affection. Tu finiras par avoir ma peau, si tu continues.

Sans me quitter des yeux, comme un serpent fascinant la proie qu'il convoite, il se penche vers moi et vient placer ses lèvres tout près des miennes.

— On baise d'abord. On parle après.

Puis il m'embrasse et je lui rends la pareille comme si notre vie dépendait de ce baiser. Instantanément, j'oublie tout ce qui n'est pas lui et sa bouche ensorceleuse. Sans que nos lèvres se séparent, il me déshabille en deux temps trois mouvements. De mon côté, je ne reste pas inactive et le débarrasse de son pantalon et de ses armes, pressée de sentir nos peaux se toucher, nos membres se mêler et nos corps s'emboîter. Sans doute m'en voudrai-je plus tard, mais pour l'instant je m'en moque.

Sans effort, il me prend dans ses bras et me soulève pour aller me déposer sur le lit.

— Tu ne m'as pas tailladé la gorge, cette fois, constate-t-il en s'allongeant près de moi. Tu fais des progrès.

— Ferme-la un peu. Tu parles trop.

L'attrapant à bras-le-corps, je l'attire sur moi. Il se laisse faire sans résister. Je soupire d'aise en retrouvant le poids familier de son corps musclé sur le mien. J'accueille entre mes jambes son érection et me frotte contre lui, déjà prête à l'accueillir. Il n'en faut pas plus pour m'allumer comme une roquette, direction le septième ciel. Aussitôt, mon parfum miellé se mêle à l'odeur de pin et de savon qu'exhale sa peau.

Lucius se fige au-dessus de moi et me scrute d'un œil inquisiteur. Un sourire triomphant éclaire son visage.

— Cette odeur de miel… C'est ton corps qui la produit quand tu es sexuellement excitée.

J'ai l'impression que le ciel me tombe sur la tête. Le visage fermé, je ne confirme ni ne démens. Son sourire s'élargit encore.

— Je suis peut-être lent à la détente, poursuit-il, mais je finis toujours par comprendre. Le jour où nous avons fait connaissance, dans la salle d'entraînement…

Je m'efforce de soutenir son regard sans ciller, mais ne peux empêcher mes joues de s'embraser.

— Tu délires…

— Allez, avoue ! insiste-t-il. Je t'ai fait tourner la tête dès le premier jour, et ça ne s'est pas arrangé depuis…

Son arrogance de mâle imbu de lui-même commence à me taper sur les nerfs. Je plisse les yeux et passe la langue sur mes lèvres, histoire de bien l'allumer lui aussi.

— Tu vas me le payer cher, dis-je avec assurance. Rien que pour ça, tu mérites une punition.

Ses yeux s'embrasent, ses narines frémissent.

— Laquelle ? s'enquiert-il, plein d'espoir. Tu veux me flanquer une bonne fessée ?

L'idée n'est pas pour me déplaire, mais j'ai autre chose en tête.

— Pour ta peine, tu devras me faire jouir trois fois.

Je glisse un bras entre nous et empoigne son sexe bandé avant d'ajouter :

— La dernière fois, je n'ai eu droit qu'à deux.

— Tu es une vraie diablesse ! lâche-t-il, le souffle court. Heureusement, je suis de taille à relever le défi.

Ses lèvres s'abattent sur les miennes pour un autre baiser à grimper au plafond. Ses mains sont partout sur mon corps et caressent mes seins. Son sexe n'est pas en reste et frotte langoureusement, délicieusement, contre le mien. Tant et si bien qu'en quelques minutes à peine, je me tords de plaisir sous lui. Je dois me mordre la main pour retenir mes cris, mais le résultat de ses efforts n'a pas échappé à Lucius.

— Et de un… commente-t-il avec satisfaction.

À peine ai-je le temps de reprendre mon souffle que je sens ses lèvres glisser le long de mon corps, laissant dans leur sillage un chemin de baisers brûlants. Enfin, sa bouche se referme, au bas de mon ventre, sur mon sexe gonflé de désir. Sa langue me pénètre, me tourmente. Arc-boutée sur le lit, je m'accroche à ses épaules et plante mes ongles dans sa chair pour me retenir de crier.

— Non seulement tu sens le miel et la cannelle, constate-t-il en redressant la tête, mais tu en as aussi le goût.

Dès que ses doigts prennent le relais de sa bouche, j'ai l'impression de voler en éclats. Frissonnant comme une feuille au vent, je chante son nom encore et encore dans ma tête. En un savant crescendo, Lucius use de ses doigts pour me faire jouir deux fois de plus, coup sur coup.

— Le compte y est, dis-je dès que j'en suis capable. Ça fait trois orgasmes.

— Et pour te punir de m'avoir sous-estimé, tu auras droit à un quatrième.

J'en rirais avec lui si j'en avais la force.

— Alors ? ajoute-t-il, le menton posé sur mon pubis, son souffle chaud couvrant mon ventre de chair de poule. Suis-je pardonné de m'être moqué de toi ?

Sans attendre de réponse, saisi par l'urgence de son propre désir, Lucius s'allonge sur moi et se positionne entre mes jambes. Je ne suis pas encore tout à fait redescendue des hauteurs stratosphériques auxquelles il a su me faire monter qu'il me pénètre enfin, sans douceur mais avec une habileté d'expert.

Avec un gémissement étouffé, je joins les mains derrière sa nuque et attire sa tête à moi. Nos bouches s'unissent. Nos langues se mêlent. Une saveur épicée, enivrante, qui n'appartient qu'à nous, fait chanter nos papilles. Je pourrais rapidement devenir dépendante de ses baisers. D'ailleurs, n'y suis-je pas déjà totalement accro ?

Ses mains fortes se referment sur mes hanches, il fait basculer mon bassin afin que je puisse le recevoir plus profondément. Ses dents s'accrochent à mes lèvres ; je mordille les siennes. Ses hanches entament une ronde endiablée qui accroît encore mon plaisir. J'accueille mon quatrième orgasme en lui labourant le dos de mes ongles. Le sien suit peut après. Tandis qu'il se déverse en moi, il étouffe contre ma bouche ses râles de plaisir.

Il doit s'écouler à peu près un siècle avant que nous retrouvions nos esprits. Nous le passons dans les bras l'un de l'autre, trempés de sueur, épuisés et repus. Je pourrais rester ainsi dans l'abri très sûr de ses bras une éternité encore, et c'est bien ce qui me fait peur.

— Raconte… dis-je pour en revenir à nos moutons et couper court à toute sentimentalité. Parker t'a-t-il dit autre chose quand vous vous êtes retrouvés seuls ?

Lucius ne me répond pas immédiatement. Lorsqu'il le fait, c'est d'une voix tendue dans laquelle je perçois un soupçon d'inquiétude.

— Après avoir offert de m'aider, il a commencé à se comporter bizarrement.

— Comment ça ?

— Il a évité mon regard, comme s'il avait quelque chose à cacher, et s'est empressé de couper court à l'entretien.

— Tu as une idée de ce qu'il a en tête ?

Lucius laisse fuser un soupir de frustration.

— Je pense qu'il prépare un mauvais coup et qu'une autre femme risque d'en faire les frais. Il a reçu un appel, que je suis parvenu à espionner depuis le couloir secret que tu connais. Il était question d'une fille dont il avait besoin pour un de ses associés. Il en discutait au téléphone tout en feuilletant un catalogue. J'ai essayé d'en savoir davantage, mais je n'ai rien trouvé.

Il n'en faut pas plus pour renforcer ma détermination. Une autre femme risque d'être victime de ces salauds, et je ne peux laisser faire cela.

— Il y a un moyen de savoir ce qui se trame, dis-je avec hésitation. Je peux aller l'espionner sans qu'il le sache.

Lucius paraît plus intrigué que surpris.

— Ah oui ? s'étonne-t-il en me dévisageant. Comment cela ?

Les mots qu'il me faut à présent prononcer ont du mal à franchir mes lèvres. Je garde le secret depuis si longtemps… Même Michael n'est pas au courant. Je sais que Lucius ne me fera jamais de mal. Bien au contraire, il fera tout pour me protéger. Pourtant…

— J'ai le pouvoir de faire voyager mon corps astral, dis-je enfin en détournant le regard.

Il se redresse sur un coude pour m'étudier plus attentivement.

— Explique un peu, répond-il au bout d'un moment. Je ne comprends pas.

— Mon esprit quitte mon corps à volonté, libre de se mouvoir sur un autre plan de réalité, une autre dimension si tu préfères. Un peu comme un fantôme. On ne peut pas me voir, mais je vois tout ce qui se passe autour de moi.

Sans me quitter des yeux, Lucius réfléchit à ce que je viens de lui apprendre.

— C'est ainsi, reprend-il sur le ton du constat, que tu es allée chez Parker alors que je discutais avec lui dans son bureau.

Pourquoi nier ? J'acquiesce d'un hochement de tête.

— Comment le sais-tu ?

— J'ai senti ton odeur et j'ai cru avoir une hallucination olfactive. Personne au monde ne sent aussi bon que toi. Le miel. La cannelle…

Il marque une pause et ajoute :

— Le sexe.

Je m'attendais à le voir se mettre en colère, mais il me surprend en concluant sportivement :

— Bien joué, Cookie ! Tu peux emmener tes armes avec toi ?

— J'emmène avec moi tout ce qui se trouve sur mon corps.

— Michael est au courant ?

Détournant le regard, je secoue négativement la tête.

— Pourquoi ? s'étonne-t-il. Quel est le revers de la médaille ?

Je déteste avoir à révéler une de mes faiblesses, mais étant donné ce que je m'apprête à faire, il a besoin d'être au courant.

— Si je reste absente trop longtemps de mon corps, il commence à s'affaiblir. Qui plus est, lorsque je voyage en esprit, il reste totalement vulnérable. Quelqu'un pourrait me blesser, me tuer, sans que je puisse rien faire pour me défendre.

Plus concentré que jamais, Lucius prend le temps de réfléchir à mes paroles avant de demander :

— Ainsi, si la pièce dans laquelle se trouve ton corps prend feu...

— Je brûle avec elle.

Il marque une nouvelle pause et ajoute :

— Et ton esprit ? Peut-il être mis en danger ?

— Seulement si mon corps est attaqué.

Le silence retombe entre nous tandis qu'il soupèse les risques et les avantages de ce que je propose d'accomplir.

— Dans ce cas, conclut-il enfin, tu dois y aller. Nous avons besoin de savoir à quoi nous en tenir.

— Si quelqu'un se présente à la porte...

— Ne t'inquiète pas, m'interrompt-il. Je sais ce que je dois faire.

Oui. Je peux lui faire confiance pour savoir exactement que faire. Il créera une diversion si nécessaire et tuera pour me protéger s'il le faut. Tant qu'il s'y trouvera, personne n'entrera dans cette pièce en mon absence.

— À cette heure-ci, où puis-je trouver Parker ?

Lucius m'énumère quelques adresses.

— Tu as intérêt à revenir ici en un seul morceau ! lance-t-il enfin d'un air menaçant. Tu m'entends ?

Je hoche la tête et me penche pour déposer sur ses lèvres un baiser.

— Tu n'as pas à t'inquiéter, dis-je. Je sais ce que j'ai à faire, moi aussi.

18

Rapidement, je m'habille, m'allonge sur le lit et ferme les yeux. Étendu nu comme un ver à côté de moi, Lucius offre une vision de rêve, mais sa présence ne suffit pas à me distraire de mon trouble. J'ai beau me dire que je ne risque rien, j'ai du mal à me faire à l'idée de quitter mon corps en sa présence.

M'efforçant de faire abstraction de sa troublante odeur qui m'emplit les narines, j'inspire et expire profondément, régulièrement, concentrée sur ma mission. Une femme est en danger. C'est tout ce qui doit compter. Progressivement, je sens mon esprit s'engourdir, mes muscles se détendre. Mon corps alourdi s'enfonce dans le matelas. Peu à peu, je laisse mon énergie se concentrer en une boule de plus en plus dense au niveau de mon estomac.

Avec application, je laisse le processus familier suivre son cours et ne tarde pas à me retrouver en esprit debout au pied du lit. J'observe un instant mon corps abandonné et Lucius, inquiet, qui veille à côté de lui. Un rayon de lune égaré par la fenêtre fait luire sa peau bronzée. Mes cheveux se répandent en serpentins dorés sur son épaule.

Son corps massif, tellement plus imposant que le mien, pourrait paraître menaçant. Au lieu de cela, son attitude exprime tant de sollicitude, d'attention et de respect que je me sens protégée par lui. Et peut-être même... aimée ?

Bien vite, j'écarte cette pensée qui laisse en moi une indésirable langueur. Lucius repousse une mèche égarée sur mon visage et dépose un baiser sur mon front.

— Sois prudente... me murmure-t-il à l'oreille.

L'inquiétude perceptible dans le ton de sa voix me fait frissonner. Cela ne devrait pas être, mais le souci qu'il se fait pour moi me touche. Comme d'elle-même, ma main se tend vers lui. Je laisse mes doigts courir sur son torse, cherchant sa chaleur et la douceur de sa peau. Parfois, au prix d'un intense effort de concentration, je peux toucher des objets de ce monde depuis la dimension énigmatique où je me trouve. Mais en cet instant, mes doigts ne font que passer au travers de Lucius.

Il sursaute et ses muscles frémissent sous l'impalpable caresse. Je m'oblige à m'éloigner de lui et quitte la maison de Claudia.

Parce que je ne suis en rien liée à Parker, je dois faire en sorte de le rejoindre par mes propres moyens, sans l'aide de ces invisibles liens qui m'attachent à ceux que j'aime où qu'ils se trouvent.

Avisant une voiture arrêtée au bord de la route, je me glisse à l'intérieur. Le conducteur, un humain d'un certain âge, tape du pied et soupire en attendant que le véhicule autorépare le pneu qui vient de crever. Bientôt, nous filons sur l'autoroute. Durant tout le trajet, il m'inflige de vieilles ballades country emplies de femmes faciles et de cow-boys irascibles au grand cœur.

Lorsque l'ordinateur de bord fait ralentir l'engin pour lui faire emprunter une autre direction que la mienne, je passe simplement à travers la portière et atterris en douceur sur le bas-côté. Il me faut encore marcher deux bons kilomètres à travers bois avant d'atteindre ma destination. La plupart des lumières sont éteintes dans la résidence de Jonathan Parker. Ainsi livrée aux ténèbres, elle paraît plus sinistre que lorsque je l'ai découverte parée de mille feux.

Sans perdre de temps, j'emprunte le pont et traverse la porte principale. La déception s'empare de moi après une rapide fouille des lieux. Parker s'est absenté, et la maison vidée de ses domestiques semble déserte. Cependant, pour la première fois, j'ai l'occasion d'observer sa femme.

Allongée sous un dais de dentelle digne de la Belle au bois dormant, la splendide rousse dont j'ai pu admirer la photo n'est plus qu'une frêle esquisse. Elle tète un dérivé d'Onadyn comme s'il s'agissait de son sucre d'orge favori. Pendant que son corps peu à peu gagné par l'asphyxie gît sur son lit, l'esprit de la belle flotte à des hauteurs plus respirables. Encore quelques jours de ce traitement, et elle sera morte.

Secouant la tête pour chasser l'apitoiement qui me gagne, je sors de la maison et me remets en route vers le premier et le plus probable des points de chute dont Lucius m'a donné l'adresse. Je trouve assez rapidement la boîte de nuit bruyante et enfumée. Une musique assourdissante déferle des quatre coins du club sur une trentaine d'occupants, dont douze hommes. Quelques-unes des femmes à demi nues qui se trémoussent autour d'eux sont des aliens.

Une Meca, dont la peau d'un vert fluo indique la forte excitation sexuelle, se frotte de manière provocante à un mât d'aluminium fixé au coin du bar. Elle n'a ni seins ni tétons, juste une poitrine plate d'apparence plus douce que la soie. Malgré ce détail, les humains semblent fascinés par elle et la dévorent du regard, quand ils ne tendent pas la main pour la caresser avec dévotion.

Je finis par dénicher Parker dans un coin sombre. Seul à une table, sirotant un liquide doré dans un verre en cristal, il observe d'un œil morne les évolutions de la danseuse meca. Une Delensean aux cheveux bleus, à la peau azur, dotée de quatre bras, s'approche de lui en se déhanchant. Lorsqu'il découvre son œillade suggestive et sa moue aguichante, il la congédie d'un geste agacé de la main.

Je prends le siège qui lui fait face et observe mon ennemi. Ses vêtements sont fripés et des rides de contrariété encadrent sa bouche. Ici, il ne reste pas grand-chose du play-boy sophistiqué et brillant.

Il demeure ainsi sans bouger durant l'heure qui suit. Mille questions me taraudent. Que fait-il dans ce bouge ? Doit-il y retrouver quelqu'un ? Il n'adresse la parole à personne, se contentant de lever régulièrement l'index à l'intention du barman pour renouveler ses consommations. Enfin, à cinq heures du matin, après avoir vidé son quatrième verre, il se lève et se dirige d'un pas raide vers la sortie.

Surprise, je le suis hors de la boîte de nuit et jusque dans la limousine qui l'attend.

— À la maison ! lance-t-il au chauffeur.

En douceur, le véhicule se met en route. Durant tout le trajet, Parker reste le nez collé à la vitre, abîmé dans ses pensées. Plus nous approchons du but, plus les plis de contrariété se creusent sur son front et autour de sa bouche. Que diable peut-il bien avoir en tête ? Je donnerais cher pour le savoir.

Arrivé chez lui, il grimpe quatre à quatre l'escalier, évite la porte de sa femme et se dirige droit vers sa chambre, une pièce masculine décorée dans des teintes sombres de vert et de bleu. Je n'ai pas eu le temps d'y jeter un coup d'œil la dernière fois que j'y suis entrée. Des draps de soie rouge sang ornent le grand lit à baldaquin et des miroirs tapissent intégralement le plafond. Dans un coin, un harnais d'aspect menaçant est fixé au mur par des chaînes. En dessous, un tapis en plastique clair protège le sol – de projections indésirables de fluides corporels, sans doute. Ainsi, notre homme est amateur de jeux sexuels violents… Comment se fait-il que je n'en sois pas surprise ?

Parker ne prend pas le temps de se changer. Il se dirige droit vers le combiné téléphonique à la tête du lit.

— Wayne ! lance-t-il à l'appareil d'une voix impatiente.

Mon cœur s'emballe dans ma poitrine et je m'empresse d'aller m'asseoir sur le lit près de lui. Wayne est l'un des pseudos humains qu'EenLi utilise couramment. Je ne parviens pas à entendre ce que dit son correspondant, mais aussitôt après Jonathan lui annonce :

— J'ai changé d'avis. Oublie la femme dont je t'ai parlé la dernière fois. Elle ne fera pas l'affaire.

Un long silence, puis :

— Concentre-toi sur la Raka. Hunter est prêt à payer une fortune pour l'avoir. Enlève-la. Vite.

Tout sourire, je me frotte les mains. Je n'ai pas tout entendu, mais j'ai saisi l'essentiel de leur conversation. Ainsi, il n'est plus question d'enlever une autre femme. Bien ! C'est mon enlèvement, pour le compte de Lucius alias Hunter Leonn, qui est au programme. Encore mieux ! Peu à peu, tout se met en place pour mes retrouvailles avec ce salaud d'EenLi...

Celui-ci, à l'autre bout du fil, dit quelque chose qui fait rire Parker et l'amène à se détendre.

— Non, répond-il. Assure-toi qu'aucun mal ne lui sera fait. Pour chaque bleu, chaque égratignure que tes hommes lui causeront, le prix sera diminué d'autant.

Ces consignes, il ne fait pas l'ombre d'un doute dans mon esprit qu'elles émanent directement de Lucius.

Parker raccroche, mais je décide de traîner encore un peu dans sa chambre au cas où autre chose se produirait. Je le regarde se désaper tout en sifflotant entre ses dents. Il semble métamorphosé, et c'est avec un sourire béat qu'il se met au lit. Quelques minutes plus tard, il ronfle bruyamment. Je vais me pencher sur lui et suis déçue de ne pas trouver sur son visage le moindre reflet de la noirceur de son âme. Dans le sommeil, ses traits sont complètement détendus, lui donnant presque l'air d'un petit garçon innocent. Quel dommage que je ne puisse pas lui régler son compte, là, maintenant !

Malheureusement, mon esprit désincarné aurait du mal à faire le job, et de toute manière, nous avons encore besoin de lui. À regret, je sors de la maison. La lune a presque disparu à l'horizon, cédant sa place dans le ciel à un soleil tout neuf prêt à darder sur le monde ses rayons ardents. C'est en le regardant s'élever que je focalise mes pensées sur Lucius qui m'attend, près de mon corps abandonné, à des kilomètres de là. Bientôt, je me sens emportée telle une plume au vent. Un tourbillon de lumières m'aveugle.

J'ai à peine le temps d'apercevoir la maison de Claudia et ses environs. Je distingue plus furtivement encore ma chambre, dans laquelle Lucius fait les cent pas autour du lit. Tel un génie regagnant sa bouteille, mon corps astral réintègre son enveloppe terrestre. Le retour au monde réel est brutal. L'espace d'un instant, je n'y vois plus rien. Puis mes paupières répondent aux injonctions de mon cerveau et s'ouvrent toutes grandes.

Bienvenue à la maison, Eden...

Lucius doit avoir senti ma présence, car soudain le voilà penché sur moi. Ses yeux lancent des éclairs.

— Où diable étais-tu passée ? s'exclame-t-il. Qu'est-ce qui t'a pris tant de temps ?

— Parker n'était pas chez lui. J'ai dû me lancer à sa recherche.

Cela ne suffit pas à le calmer. Il se penche davantage sur moi, amenant nos nez presque à se toucher.

— As-tu une petite idée de ce que j'ai pu imaginer ?

Je soutiens son regard sans ciller.

— Que je suis une femme pleine de ressources ?

— Bordel, Eden !

J'aime quand il se fâche. Surtout lorsque ses yeux d'un bleu de glace plongent au fond des miens et que son souffle chaud me caresse le visage.

— Au cas où tu ne l'aurais pas remarqué, s'énerve-t-il de plus belle, le jour est levé ! Voilà une heure que je m'attendais à te voir revenir. Au moins ! Dans la même situation, tu te serais inquiétée toi aussi. Et n'essaie pas de me dire le contraire !

En butte à mon silence borné, il insiste d'un ton plus menaçant :

— N'est-ce pas ?

À quoi bon le nier ?

— Oui ! Tu es content ?

Satisfait, en effet, Lucius se détend et vient s'allonger à côté de moi.

— Dis-moi ! me presse-t-il. Raconte ce qui s'est passé.

Je m'exécute en me blottissant avec un soupir d'aise contre lui.

— Parker a appelé EenLi. Il lui a demandé de m'enlever et a annulé l'ordre d'enlever une autre fille.

— Quand ? s'enquiert Lucius d'une voix dure. Où ?

— Ils n'en ont pas parlé. À mon avis, ils ont déjà discuté des détails me concernant.

Le front ridé de plis soucieux, Lucius se masse la nuque et maugrée :

— Je n'aime pas du tout ça.

— Pourquoi ? C'est exactement ce que nous espérions !

— Ce plan ne me plaît plus. L'idée de les laisser mettre leurs sales pattes sur toi me donne la nausée.

Je me redresse sur un coude et m'insurge :

— Qu'est-ce qui te prend ? C'est un bon plan ! Et pour l'instant, c'est le seul que nous ayons pour mettre un terme aux agissements d'EenLi et pour sauver les esclaves qu'il tient en son pouvoir. En plus, c'est une opportunité unique de découvrir comment il passe d'une planète à une autre.

— Tu pourrais être blessée. Voire pire.

Je roule des yeux effarés.

— N'est-ce pas toi qui as dit que tu me tuerais si j'avais le malheur de te gêner dans ta mission ?

— C'était avant, maugrée-t-il en se détournant de moi.

Et voilà… Je le savais ! Je n'aurais pas dû me laisser aller à coucher avec lui, et encore moins à recommencer. Mais ce qui est fait est fait, et il n'y a aucun moyen de revenir là-dessus. Je ne peux plus faire semblant de le détester, c'est au-dessus de mes forces. Tout juste puis-je espérer ne pas trop lui montrer à quel point il est devenu cher à mon cœur.

Lucius se redresse et s'assied au bord du lit. Ses pensées ont manifestement suivi le même cours que les miennes, car il constate d'un air morose :

— Nous n'aurions pas dû coucher ensemble. À présent, je ne peux m'empêcher de m'en faire pour toi.

Il se lève et cherche mon regard avant de conclure :

— Je ne viendrai plus ici. C'est trop dangereux. Nous ne savons pas quand ils vont passer à l'action, et je ne dois pas être avec toi quand ils le feront.

Il fouille une poche latérale de son pantalon et en tire une seringue hypodermique emplie d'un scintillant liquide rouge. Je grimace et lui demande :

— C'est l'isotope dont tu m'as parlé ?

— Oui. Tu dois te l'injecter dans la jambe. Je le ferais bien, mais...

Il ne veut pas me faire de mal, ce qui me rend d'autant plus difficile la tâche de ne pas trop m'attacher à lui.

Je lui prends la seringue des mains et me l'injecte dans la cuisse en m'appliquant à ne pas broncher. Une chaleur intense commence à se diffuser depuis ma jambe dans tout le reste de mon corps.

— Et voilà... dis-je en lui tendant la seringue vide. Tu peux maintenant me suivre à la trace. Rassuré ?

— Oui.

Prise d'un léger vertige, je me rallonge sur le lit et croise les mains sous ma nuque.

— Tout est arrivé plus vite que je ne l'avais imaginé, dis-je d'un ton rêveur.

Nous savons tous deux que ce n'est pas de l'enlèvement programmé que je parle.

— Trop vite ? demande-t-il.

Il ponctue sa question d'un petit rire, mais je le trouve singulièrement dépourvu d'humour.

Je me garde bien de lui répondre. Pour l'heure, je n'ai pas la moindre idée de ce que je dois faire de lui, de moi, et de ce qui est en train de se produire entre nous.

— Peut-être, lâche-t-il en regagnant la fenêtre par laquelle il va devoir sortir. Mais à partir de maintenant, nous ne devons plus penser l'un et l'autre qu'à notre mission. Ta vie peut en dépendre.

19

Deux jours s'écoulent sans que se produise la moindre tentative d'enlèvement. Je les passe à suivre l'ambassadrice partout où elle se rend, assumant mon rôle d'interprète avec le plus parfait naturel.

Durant ces deux jours, je ne rencontre Lucius qu'une fois, au cours d'une réception organisée par l'ami d'un ami de Claudia. Pendant toute la soirée, il se tient à distance de moi sans pourtant me quitter un instant des yeux.

Je l'ignore de mon mieux, mais son regard insistant est un vivant rappel pour moi de ce qui s'est passé entre nous, de ses caresses, de ses baisers, des multiples orgasmes qu'il a su m'offrir. Écarter tout pour ne plus penser qu'à notre mission ? Je ne demanderais pas mieux, mais il faudrait qu'il m'y aide un peu plus...

Le lendemain, je reçois un autre message de Colin et utilise le portable que m'a laissé Lucius pour le lui annoncer. Notre conversation reste factuelle et concise.

— J'ai un ami physicien à qui j'ai demandé des tuyaux sur les éruptions solaires et leurs propriétés. Il a commencé à faire quelques expériences sur de petits objets. Il cherche à déterminer quel type d'appareillage électronique pourrait entrer en interaction avec la tempête magnétique provoquée par une éruption solaire au point de produire un transfert moléculaire. Hélas ! pour l'instant, il n'a rien trouvé.

— Dommage, commente Lucius. S'il est si peu avancé, je doute que ses recherches puissent nous être utiles.

— Je sais. Mais il me dit avoir bon espoir en travaillant sur l'aimantation de structures moléculaires, selon lui plus aptes à produire l'effet recherché qu'un aimant métallique. Ce type d'aimant offre en outre l'avantage de pouvoir être utilisé sous forme de mince film transparent ou d'être serti dans un autre objet.

— Mouais… Reste à savoir si un objet assez petit pour être porté par un individu peut générer suffisamment de puissance pour transporter un corps vers les étoiles.

— Je lui demanderai.

— Tiens moi au courant…

Un petit clic. Sans même un au revoir, il a raccroché.

Un peu désappointée, je range le portable et m'allonge sur le lit baigné par la lumière de la lune. Luke est déjà enfermée dans la salle de bains. Je ne veux pas prendre le risque qu'on la brutalise lors de mon enlèvement. D'ailleurs, il commence à se faire désirer, celui-là ! Quand vont-ils se décider ? Je n'ai jamais aimé attendre.

Le chant des cigales me berce. Par la fenêtre ouverte, entre une brise chargée de la fraîcheur nocturne. J'ai tout fait pour faciliter la tâche à mes kidnappeurs, mais je n'ai pas négligé de prendre mes précautions pour autant. Mon pantalon de pyjama argenté et la veste assortie n'entravent en rien mes mouvements mais ne seront pas faciles à enlever. Naturellement, je me suis munie de deux lames, petites mais efficaces – une à la base de mes reins, l'autre scotchée à l'intérieur de ma cuisse.

En dépit de l'assurance qu'il m'a donnée de ne plus venir ici, une part de mon esprit ne peut s'empêcher d'attendre Lucius. En fait, je m'attends même à le voir surgir d'un instant à l'autre, tout en sachant que cet espoir sera déçu.

Les yeux fixés au plafond, je me surprends à méditer sur le mystère des hommes. Elle n'est pas née, celle qui pourra prétendre les avoir compris. Pourtant je pensais jusqu'à présent ne pas trop mal me débrouiller. Pour survivre, les hommes ont besoin de sexe, de nourriture et d'eau. Toutes leurs pensées, toutes leurs actions tendent peu ou prou à la satisfaction de ces nécessités vitales, mais il suffit souvent de pas grand-chose pour les détourner de leur but.

Lucius, lui, ne semble pas bâti sur ce modèle-là. Il bosse dur et reste en permanence concentré sur l'essentiel. Il fait ce qu'il faut pour assurer la réussite de ses projets, fût-ce au détriment de ses besoins personnels. Pour toutes ces raisons, j'en suis arrivée à l'admirer et à le respecter. En fait, c'est le meilleur agent que j'aie jamais rencontré. Je n'ai pas voulu de lui quand Michael me l'a imposé, mais je dois reconnaître qu'il est un partenaire idéal pour cette mission.

Je suis si profondément plongée dans mes pensées que je me laisse totalement prendre par surprise. Une main sort de l'obscurité et me pince le nez. Prise de panique, j'ouvre instinctivement la bouche pour respirer. Mon assaillant en profite pour y introduire une giclée d'un liquide amer qui dévale au fond de ma gorge. Je tente de le recracher, mais il me referme la bouche de force, m'obligeant à l'avaler.

— Et voilà... commente-t-il à voix basse et rassurante. Tu vas dormir, maintenant. Nous n'allons pas te faire de mal.

Enfin, les hommes d'EenLi se sont décidés à arriver ! Je me mettrais presque à rire, tant j'en suis soulagée. Ainsi que le ferait n'importe quelle femme terrifiée dans ma situation, je me blottis contre la tête de lit et demande d'une voix tremblante :

— Qu'est-ce que vous m'avez fait boire ? Du poison ?

Un masque noir dissimule les traits de l'homme qui se tient près de mon lit, mais il ne peut rien faire pour rendre sa carrure moins imposante. Légèrement plus petit que Lucius, il remplit son treillis militaire aussi bien que lui.

— Je t'ai donné un opiacé qui va t'endormir, explique-t-il d'une voix calme. Nous n'allons pas te tuer. Je te le promets.

Il ne m'en faut pas davantage pour comprendre qu'il n'y connaît rien aux Rakas. Comme tous mes semblables, je suis insensible aux dérivés de l'opium et à la plupart des autres drogues. Il aurait eu plus de succès avec un bon scotch de vingt ans d'âge ou un brandy.

— Je vais crier ! dis-je d'une voix que je m'efforce de rendre pâteuse. Laissez-moi tranquille ou je crie !

Cela le fait rire.

— Crier ne te servira à rien, fillette. Nous avons drogué tout le monde dans la maison. Ils dormiront jusqu'à demain matin.

— Espèce… de… salaud…

Je fais semblant de lutter contre le sommeil censé me gagner. Quelques instants plus tard, parfaitement détendue et les membres tout à fait flasques, je ne suis plus qu'un corps inerte sur le matelas. Satisfaite de mon petit numéro, je me dis qu'une grande carrière m'attend dans la holo si je fais foirer cette mission et dois me chercher un autre boulot.

Mes ravisseurs, en tout cas, s'y laissent prendre.

— Fastoche ! glisse l'un d'eux.

S'il prenait l'idée saugrenue à l'un de ces messieurs de vouloir me violer, je n'aurais qu'à miraculeusement me « réveiller » pour lui montrer de quel bois je me chauffe. J'ai beau être consciencieuse, je ne suis pas tout à fait prête à *tout* pour faire mon boulot.

En guise de viol, c'est un chaste baiser sur le front que me donne mon ravisseur. À la réflexion, je ne devrais peut-être pas m'en étonner. Parker ayant recommandé de ne surtout pas me faire de mal, EenLi a dû envoyer les plus inoffensifs de ses sbires. Si tant est que cela puisse exister.

— Regarde-moi tout cet or ! s'extasie celui qui m'a droguée.

— Mignon ! approuve l'autre. Combien tu crois qu'on pourrait se faire de fric en vendant sa peau ?

— Ferme-la ! s'énerve l'autre. C'est nous qui finirons en morceaux, s'il lui arrive quoi que ce soit.

— Je sais, je sais…

Le deuxième homme soupire et ajoute :

— On pourrait peut-être juste lui couper quelques mèches… Qui s'en apercevrait ?

— Non.

— Pourquoi pas ? On…

— Non ! Et boucle-la. Tu vas finir par nous faire repérer.

Des bras forts se glissent sous moi et me soulèvent sans peine. Je prends garde à laisser ma tête et mes membres ballotter lourdement. La fragrance d'une eau de Cologne coûteuse et musquée m'effleure les narines. Le parfum pourrait servir à masquer des odeurs de linge sale ou de peau mal lavée, mais ce n'est pas le cas. Celui qui me porte est manifestement propre et vêtu de vêtements nets. Sans doute est-il suffisamment bien payé pour s'offrir une eau de Cologne véritable et non un déodorant de synthèse. Rien à voir, en somme, avec les demi-soldes habituellement employés par EenLi.

Cologne m'emmène en disant à l'autre :

— Sortons d'ici.

Je me sens emportée en douceur sur le balcon. En tant qu'agent, j'ai traqué de nombreuses proies. C'est la première fois que les rôles sont inversés. Laisser ces hommes agir à leur guise sans opposer de résistance va à l'encontre de toutes mes habitudes, de tous mes instincts. Je dois lutter contre l'envie de me battre, de tuer s'il le faut, pour les empêcher d'arriver à leurs fins. Comment puis-je les laisser faire de moi une esclave ?

Je sais pourtant qu'il n'y a pas d'autre moyen pour retrouver EenLi, pour le liquider et mettre un terme à son trafic. Je tente d'y puiser des raisons de me résigner à mon sort. Heureusement, mes ravisseurs ne m'ont pas fouillée et je garde mes armes à portée de main. Sans doute ne leur est-il pas venu à l'idée qu'une interprète, une pacifique Raka qui plus est, puisse être armée.

Les deux hommes me portent à tour de rôle tandis qu'ils se harnachent pour glisser en rappel le long d'un fil. À mon tour, je me retrouve sanglée contre la poitrine de l'un d'eux. Je me sens descendre par à-coups. L'air frais de la nuit glisse agréablement sur ma peau.

— Eh, fais attention ! s'écrie l'homme qui est resté sur le balcon.

— Je n'arrête pas ! s'impatiente celui qui me porte.

— Tu la laisses glisser... Serre-la plus fort !

— Va te faire foutre ! crie l'autre, de plus en plus à cran. Si je la serre plus fort, elle pourra plus respirer et quand elle sera morte, on sera dans de beaux draps...

Sous prétexte de raffermir son étreinte, ce salaud en profite pour me peloter un sein. Feignant un geste réflexe tout à fait fortuit, je laisse mon poing s'abattre sur ses parties. Hurlement de douleur. Je pince les lèvres pour ne pas sourire.

— Ah ! la salope ! gémit Casse-Bonbons dès que cela lui est possible. Elle m'a flanqué un coup de poing dans les couilles...

— Triple buse ! proteste mon défenseur sur le balcon. Tu vois bien qu'elle est endormie. Dépêchons-nous de la sortir d'ici avant que la sécurité donne l'alerte.

— La sécurité roupille !

— Avec tout le raffut que tu fais, ça risque de ne pas durer.

Lorsque mes pieds touchent enfin le sol, je me laisse reposer comme une chiffe molle entre les bras de mon ravisseur.

— Oumph ! gémit celui-ci. Elle est plus lourde qu'elle en a l'air.

— Ou alors c'est toi qui es moins fort que tu le penses, réplique son complice.

Ce qui a le don de mettre mon porteur dans une rage folle.

— Viens un peu ici la trimballer toi-même ! Et j'espère bien qu'elle te filera un coup de poing dans les couilles aussi...

J'entends le cliquetis métallique du mousqueton sur la corde le long de laquelle Cologne se laisse descendre. Après m'avoir libérée du harnais qui me lie à Casse-Bonbons, il me soulève dans ses bras et se met à courir comme un dératé. Mes jambes, mes bras et mon cou se mettent à bringuebaler dans tous les sens. Ils sont payés pour m'enlever sans me faire de mal, mais s'ils continuent ainsi, c'est cassée en deux qu'ils vont me livrer à leur boss.

Enfin, nous atteignons leur véhicule. Tandis que les portières s'ouvrent, un cri retentit dans le lointain. Un peu partout, de puissants projecteurs s'allument, éclairant les environs de la maison comme en plein jour.

— Tu es content ? s'écrie Cologne. Tu vois ce que tu as fait !

— Bordel de merde ! s'étrangle Casse-Bonbons. Au lieu de s'engueuler, on ferait mieux de se tirer vite fait...

On me jette comme un paquet sur le siège arrière. Les deux hommes se précipitent à l'intérieur et m'encadrent. Les portières claquent. Un crissement de pneus strident retentit.

Je réprime un soupir de soulagement. Tout compte fait, pour eux comme pour moi, mon enlèvement s'est très bien passé...

20

Le trajet se révèle long et fatigant. Mes ravisseurs, au nombre de trois avec le chauffeur, ne cessent de s'amuser de mon sort et de ce qui m'attend.

— Ce salaud va la monter comme un dingue ! s'esclaffe l'un d'eux.

Nul doute qu'ils parlent de Lucius, censé devenir sous peu mon seigneur et maître. Ce que j'en pense ? Soupirs de consternation et haussements d'épaules rageurs en mon for intérieur... J'essaie de ne pas me laisser troubler par le fait que Lucius m'ait déjà « montée » pour mon plus grand plaisir.

— Ce fils de pute a bien de la chance, murmure celui qui conduit.

Des doigts rudes et calleux m'enserrent le menton. Je manque de tressaillir à ce contact odieux mais parviens à me contenir. Les doigts s'accrochent à mes cheveux, tirent dessus sans ménagement. Quelques-uns se détachent et me causent une infime souffrance. J'entrouvre les paupières et regarde mon voisin les glisser furtivement dans sa poche. Un curieux cocktail olfactif émane de lui. Un mélange d'odeurs corporelles qui trahit la peur, l'excitation et... le parfum des roses. Comment un mec comme lui peut-il sentir la rose ?

— Si on me laissait cinq minutes seul avec elle, s'amuse le conducteur, je la monterais bien un peu moi aussi... En selle pour la chevauchée fantastique, baby ! Yeah ! Yeah !

Casse-Bonbons se fait un plaisir de lui casser son rêve.

— Arrête de délirer et conduis ! Qu'est-ce qu'on en a à foutre de la tringler ? On pourrait la vendre nous-mêmes et se partager le fric. Et là, c'est nous qui nous ferions des couilles en or !

— Ouais… maugrée Cologne. Et quand tu seras mort, tu en feras quoi, de tes couilles en or ?

— Il a raison, approuve le chauffeur. Plaisante pas avec ça. Wayne aurait notre peau avec sa magie Meca.

Casse-Bonbons lâche un rire grinçant.

— Qu'il essaie ! J'ai pas peur de ce connard d'alien.

Au ton de sa voix qui trahit son appréhension, on devine cependant qu'il crève de trouille.

Il est clair qu'en tranchant à coups de lame la gorge de ces trois-là je rendrais service à cette planète. C'est d'ailleurs exactement ce que je me propose de faire une fois que j'en aurai terminé avec EenLi. Combien de temps encore s'attendent-ils à me voir dormir ? J'en ai déjà ma claque de devoir les entendre débiter leurs conneries sans réagir.

Pour passer le temps, je garde les paupières entrouvertes et tente d'apercevoir le paysage qui défile autour de nous. D'abord, je n'y vois que du noir. Puis, peu à peu, je parviens à discerner les branches de grands arbres nus silhouettés contre le ciel nocturne.

Enfin, le véhicule ralentit et s'arrête. Cologne me prend délicatement dans ses bras et se dirige vers un bâtiment sombre dont je ne peux deviner la nature. Une maison ? Un entrepôt ? Aucune autre bâtisse alentour. La lune douche de sa lumière froide une étendue d'herbe desséchée sur le sol.

— Conduis-la à l'intérieur, ordonne le chauffeur. Et mets-la avec les autres.

— Je sais ce que j'ai à faire, marmonne Cologne.

Les autres ? Ce qui signifie que le « troupeau » d'EenLi n'a pas encore trouvé preneur et peut encore être sauvé. La nouvelle me comble de joie.

Mon ravisseur n'a pas à se soucier d'un quelconque scanner pour ouvrir la porte. Il la pousse d'un bon coup de pied, ce qui en dit long sur le niveau de sécurisation des lieux. À l'intérieur, j'entends craquer des lames de parquet, puis une porte grince sur ses gonds.

Cologne entreprend de descendre avec précaution une volée de marches. Au passage, ma main qui pend dans le vide effleure un mur de brique humide. L'air devient lourd et puant. En arrière-plan sonore, il me semble entendre des chaînes remuer et des femmes gémir.

Il n'en faut pas plus pour doucher mon enthousiasme. Je réalise alors seulement que je serai moi aussi bientôt privée de liberté, enchaînée, réduite à l'état d'objet. Quelle que puisse être la raison qui me pousse à y consentir, comment puis-je tolérer une telle infamie ? Mon moral en prend un sacré coup et je sens ma résolution faiblir. Et si quelque chose ne se déroulait pas comme prévu ? Et si Lucius...

Non. Non ! Je ne me laisserai pas gagner par la panique. Notre plan a été mûrement réfléchi. J'en ai approuvé de tout cœur les détails et les implications, en toute connaissance de cause. Lucius ne flanchera pas. *Je* ne flancherai pas. Je suis armée, et je sais me défendre. Tout ira bien. C'est la seule façon de retrouver EenLi. L'unique moyen de découvrir le fonctionnement des portails. Et il n'y a en outre pas d'autre solution pour libérer les femmes qui attendent ici d'être vendues à Dieu sait qui.

Casse-Bonbons, qui descend l'escalier derrière Cologne, lui demande soudain :

— Combien de temps tu crois qu'elle va rester là ?
— Aucune idée.
— Tu crois qu'on pourrait en profiter pour...
— Non.
— Tu sais même pas ce que...
— Non.

Casse-Bonbons dévale l'escalier et dépasse Cologne. Il sort de sa poche un trousseau de clés et en insère une dans une serrure. Une lourde porte métallique pivote dans un grincement de gonds fatigués.

— Du balai, salope !

Un bruit sourd. Un gémissement étouffé. J'imagine que cette ordure vient de décocher un coup de pied à l'une des captives qui pour son malheur se trouvait sur son chemin. Bruit de chaînes qui s'entrechoquent, de pieds nus piétinant nerveusement un sol en béton, murmures étouffés... Je puise dans l'épouvante que m'inspire ce lamentable fond sonore de nouvelles réserves de courage. Je n'ai rien pu faire pour les deux femmes retenues prisonnières par EenLi et ses hommes dans l'entrepôt, mais je me jure de sauver celles-ci.

— Tu ne peux pas les laisser un peu tranquilles ? s'exclame Cologne. Tu vas finir par les couvrir de bleus.

— Et alors ? grogne l'autre. Ce qui compte, c'est de ne pas abîmer la dorée. Les autres, on s'en fout.

— Elles doivent être vendues. Elles ont de la valeur, elles aussi. Si tu continues, je pourrai toucher deux mots à EenLi de ton attitude.

Casse-Bonbons émet un bruit bizarre, qui ressemble fort à un rire de hyène.

— Tu fais ça, je te tue.

On me dépose sur le sol de béton glacé. Une main chaude enserre mes poignets, les soulève, referme sur eux les bracelets de menottes trop serrées. Le métal mord ma peau. Ces imbéciles ne sont même pas capables de faire leur boulot correctement. Dans une heure, mes poignets seront couverts de bleus.

— On y va ! lance Cologne. Il faut encore appeler EenLi pour lui dire que tout s'est bien passé et qu'elle est ici.

Casse-Bonbons semble hésiter. Sans doute envisage-t-il la possibilité de me peloter furtivement la poitrine ou l'entrejambe. Finalement, il renonce. Je l'entends emboîter le pas à son complice. La porte se referme et

219

peu à peu leurs voix se perdent dans le lointain. Sentant peser sur moi des regards curieux, je reste où je suis et ne bouge pas d'un poil. Comment mes compagnes d'infortune réagiront-elles à ma présence ? Quelques minutes plus tard, ma patience se trouve récompensée.

— Je hais ce type ! lance une voix de femme.

— Et moi, donc ! renchérit une autre.

J'entends deux pieds nus qui s'approchent, un bruit de chaîne qui cliquette et racle le sol. Un parfum de rose s'élève jusqu'à mes narines, juste avant qu'une main fine et amicale se pose sur mon épaule. Casse-Bonbons, lui aussi, sentait la rose. Je comprends à présent pourquoi.

— Pauvre petite ! murmure celle qui a toutes les raisons de haïr notre geôlier.

— Pas plus pauvre que nous ! s'impatiente une autre.

— Avez-vous déjà vu tant d'or ?

— Ils le lui feront chèrement payer bien assez tôt. S'il ne leur prend pas l'envie de la transformer tout de suite en lampadaire…

Mes compagnes de captivité compatissent d'emblée à mes malheurs et me considèrent comme une des leurs. Parfait… Il est temps de faire un peu mieux connaissance. Je gémis sourdement pour leur faire savoir que je suis sur le point de me « réveiller ». Instantanément, la conversation s'interrompt et un lourd silence retombe. J'ouvre les yeux en battant longuement des paupières et me redresse en position assise contre le mur. Les chaînes sont lourdes et ne se laissent pas facilement oublier, clouant mes membres au sol. La femme assise à côté de moi surveille le moindre de mes mouvements. Elle a de grands yeux bleus, de longs cheveux blonds et une frêle silhouette.

— Hello ! me lance-t-elle timidement.

Je parcours la cellule, car c'est exactement de cela qu'il s'agit, d'un long regard panoramique. Cinq femmes s'y trouvent, aucun homme. Elles sont jeunes, entre dix-huit et vingt ans, humaines, et vêtues de fringues ridicules dont ne voudrait même pas une pute pour faire le trottoir. Comme moi, elles ont les poignets et les chevilles entravés. La longueur de leurs chaînes leur permet d'aller d'un coin à l'autre de la pièce, mais pas plus.

Une table encombrée de nourriture, de miches de pain et de pichets d'eau est appuyée contre un mur. Au moins ne les laisse-t-on pas mourir de faim. Il y a même une tinette, dans le coin le plus éloigné, mais rien pour garantir un minimum d'intimité.

Pour se protéger de l'atmosphère froide et humide qui règne ici, elles ne disposent que d'épaisses couvertures, qui toutes sont déjà prises. Non que j'aie besoin d'en avoir une ; j'ai enduré pire que cela. Poursuivant mon exploration, je remarque une série de traits gravés dans l'un des murs. Le nombre de jours qu'elles ont déjà passés ici ? La colère me submerge à l'idée de ce qu'ont à endurer ces filles si jeunes, si innocentes.

L'isotope que je me suis injecté remplit-il son office, permettant à Lucius de me localiser ? Sait-il déjà que j'ai été enlevée ? J'espère en tout cas ne pas avoir à attendre d'être « vendue » pour mener à bien ma mission, afin de pouvoir régler leur compte à ces salauds aussi vite que possible.

Gentiment, ma blonde voisine tente de me rassurer.

— N'aie pas peur. Tu sais où tu es ?

Je prends un air effrayé et secoue négativement la tête.

— On va être vendues comme esclaves à des aliens.

La belle rousse qui vient de s'exprimer d'un ton amer n'est autre que celle qui redoutait de me voir finir en lampadaire. Écarquillant les yeux de frayeur, je m'écrie :

— À des aliens ! Sur une autre planète ?

La blondinette déglutit péniblement et acquiesce d'un hochement de tête. Comme si cette révélation m'emplissait de terreur, je porte la main à mon cœur et demande :

— Mais... comment ?

— Ça ne fait pas mal ! s'empresse-t-elle de me rassurer. Ils te passent un genre de collier, qui déclenche une espèce de tempête. L'instant d'après, tu as quitté la Terre et tu te retrouves sur une autre planète.

Un collier ? Bon sang... un collier ! Une telle excitation m'envahit soudain que j'ai du mal à cacher ma joie. Roméo est sorti affublé d'un étrange pendentif avant de rejoindre la clairière où je l'ai vu disparaître. D'un coup, tout devient clair. Selon Colin, pour qu'une éruption solaire puisse occasionner un transfert moléculaire, il faut qu'un appareillage électronique adéquat soit au contact du corps. Et quel meilleur support pour dissimuler ce type d'appareil qu'un bijou porté autour du cou ?

Pleine d'espoir, je demande à ma voisine :

— Tu l'as toujours, ce collier ?

Hélas ! elle secoue négativement la tête.

— Non, dit-elle. Pourquoi ?

Je n'ai pas le temps d'improviser une réponse. La porte s'ouvre brusquement et un homme entre dans la cellule, causant un mouvement de panique. Toutes les femmes s'en vont se réfugier, tremblantes, contre le mur le plus éloigné. Même la rousse, qui semblait avoir le caractère le plus trempé, n'en mène pas large.

Il ne s'agit pas de Casse-Bonbons, ni de Cologne. C'est la première fois que je le vois. Il a des cheveux foncés, des yeux verts, un visage quelconque. Il est grand, musclé, et se donne des airs menaçants. Aucun doute, ce type est méchant, voire vicieux.

Je soutiens sans ciller son regard mauvais. Il me lance une couverture et menace :

— Ne t'avise pas de tomber malade ou je te ferai regretter d'être née.

— Pas la peine. Ton haleine puante y suffit déjà...

Mes codétenues échangent des murmures effarés.

— Surveille ton langage, connasse ! éructe-t-il. Je peux faire en sorte de transformer ton séjour ici en enfer.

Avec un sourire entendu, il ajoute :

— Tu n'as qu'à demander aux autres.

Je pourrais tolérer qu'il m'insulte, mais je n'aime pas la peur qu'il inspire à ces femmes. Elle me laisse à penser que ce salaud leur a déjà fait subir des choses sur lesquelles je préfère ne pas m'appesantir. Le besoin que j'éprouve de le blesser, ne serait-ce que verbalement, n'en est que plus grand.

— Et toi, dis-je le plus calmement du monde, fais gaffe à tes couilles. Je pourrais te les faire bouffer. Qu'en dis-tu ?

Un grondement menaçant s'élève de sa gorge. Il se met en mouvement vers moi, les poings serrés. Juste deux pas, et les ordres de son patron lui reviennent en mémoire, le figeant sur place. Ses yeux émeraude luisent de l'envie de me donner une leçon, de me faire du mal et de me dominer, mais il finit par tourner les talons et par sortir en claquant violemment la porte derrière lui.

Muettes de stupeur, mes compagnes me dévisagent un long moment. La blonde est la première à retrouver l'usage de la parole.

— Il aurait pu te tuer, dit-elle d'une voix craintive. Te violer. Te battre. Te…

Les joues en feu, elle baisse les yeux et achève dans un souffle :

— Il… il aime ça.

— Oui, reconnais-je en hochant la tête. Il aurait pu me faire tout ça, mais il n'en serait pas sorti indemne.

Je voudrais tant leur venir en aide, ici, tout de suite, et prendre sur mes épaules le poids de leur fardeau ! Malheureusement, je ne le peux pas, sous peine de me griller et de compromettre ma mission. Je me contente donc de faire ce que je peux en leur expliquant quelle conduite adopter face à ce genre d'individu.

— Ne montrez jamais à un homme qu'il vous fait peur ! Cela lui donne l'assurance qu'il est plus fort que vous et qu'il peut vous attaquer. C'est dans la nature des hommes d'agir ainsi. Combattez-les, toujours, avec vos poings ou avec des mots ! Quoi qu'ils menacent de vous faire ou quoi qu'ils vous fassent effectivement, foutez-leur votre main sur la gueule ! Mordez ! Griffez ! N'ayez pas peur de leur faire mal, eux n'ont pas ce genre de scrupules.

Les cinq femmes, autour de moi, ne cherchent pas à cacher leur scepticisme.

— Vous perdrez sans doute la bataille, reconnais-je avec honnêteté. Mais au moins, la fois suivante il y réfléchira à deux fois avant de s'en prendre à vous.

— À moins qu'il ne te tue ! conclut la rousse.

Le pire, c'est qu'elle ne semble pas redouter une telle issue mais l'appeler de ses vœux…

Quoi qu'il arrive, je ferai tout pour sortir ces femmes de là saines et sauves.

21

Je ne dois pas attendre longtemps pour mettre mes conseils en pratique. Moins d'une heure plus tard, Cologne et Casse-Bonbons viennent me chercher.

— Il est temps d'y aller, ma belle... me lance le premier.

Il me libère de mes chaînes. Ses doigts curieusement fébriles sur ma peau me font frémir. Lorsqu'il tend la main pour m'aider à me relever, je la repousse d'un coup sec. Il aperçoit alors les marques sombres qui sont apparues sur mes poignets et mes chevilles et se renfrogne.

— Tu aurais dû me dire que tu as la peau si fragile !

— Quand ça ? Avant mon enlèvement, ou pendant que je dormais ?

L'imbécile !

— Merde ! marmonne-t-il. Si EenLi voit ça, on va avoir des ennuis.

— Quel dommage...

Il ne lui a pas échappé que je me paie sa tête. La mine sombre, il conclut :

— Je te préférais endormie.

— Ah oui ? Eh bien moi, je vous hais depuis le début.

Il est peut-être le moins brutal de nos gardes, mais ça n'en fait pas moins de lui un négrier.

Cologne lâche un soupir dépité. Il se penche pour tenter de me tirer par le bras.

— Allez, viens maintenant.

Je ne bouge pas d'un millimètre.

— Pourquoi faire ? Où m'emmenez-vous ?

— La ferme ! lance Casse-Bonbons derrière lui. T'as pas à poser de questions. Juste à obéir.

S'il s'imagine obtenir de meilleurs résultats ainsi...

— Sois raisonnable ! insiste Cologne. Nous t'emmenons faire un brin de toilette.

— Ils t'emmènent à la salle de bains, me glisse à mi-voix ma blonde voisine.

— Et ils prennent leur pied en te matant sous la douche ! précise la rousse d'un ton de défi.

Casse-Bonbons s'avance vers elle d'un air menaçant, la main levée, déjà prêt à frapper. Je me dresse d'un bond pour m'interposer entre eux.

— Je suis prête ! dis-je précipitamment. Je vous suis.

Il lance à ma codétenue un regard indiquant clairement qu'elle ne perd rien pour attendre et tourne les talons. Je le suis hors de la cellule, Cologne fermant la marche. Ils sont tellement sûrs d'eux et de leur supériorité physique qu'ils ne m'ont pas bandé les yeux pour préserver leur anonymat et n'ont pas pris la peine de m'entraver. Le mépris qu'ils m'inspirent se renforce de minute en minute.

Tous les sens en alerte, j'observe mon environnement avec attention. Sans l'ombre d'un doute, nous sommes sous terre. De l'eau goutte du plafond et forme des flaques sur le sol bétonné. La seule lumière provient d'ampoules de fortune disséminées çà et là.

Désespérément, je me triture les méninges et cherche un plan d'action. Ils veulent me regarder prendre ma douche, je veux plus que tout les en empêcher. Comment ? Ils sont deux, je suis seule. Ils pourraient parfaitement me neutraliser d'une faible décharge de pyro-arme, me laver, et pourquoi pas me molester ou me violer sans que je puisse rien faire pour m'y opposer.

D'ailleurs, je ne comprends pas pourquoi ils ne m'ont pas plongée dans l'incapacité de me défendre dès le début. Il faut vingt-quatre heures pour que disparaissent les effets d'une décharge non létale de pyro-arme.

Sans doute est-ce pour cela qu'ils y ont renoncé. Ils doivent avoir rapidement besoin de ma collaboration pleine et entière pour... pour quoi faire, au fait ?

Après avoir emprunté un escalier abrupt et obscur, nous nous retrouvons dans ce qui doit être le cœur de la maison. Cologne et Casse-Bonbons s'arrêtent pour discuter avec les trois hommes qui s'y trouvent. Ils s'activent à remettre les lieux en ordre et à faire le ménage. En prévision de quoi ? De l'arrivée d'un visiteur ? Peut-être Lucius ?

À l'idée qu'il pourrait si vite me rejoindre pour mettre un point final à notre mission, une grande excitation me gagne. EenLi sera là, lui aussi. Pour l'avoir suivi pendant des semaines, je sais qu'il supervise personnellement toutes ses transactions. Peut-être tout sera-t-il terminé en quelques heures. Cela paraît si merveilleux que c'en est trop beau pour être vrai, et presque irréel...

Pendant que les hommes se concertent sur des points de détail, je termine mon inspection des lieux. Il s'agit d'un spacieux living-room, meublé d'un confortable divan, de plusieurs fauteuils, d'une table basse couverte de bouteilles de bière vides et d'un grand écran mural. Bien qu'il n'y ait pas d'ouvertures, des rideaux de dentelle ont été accrochés autour d'une fenêtre en trompe-l'œil. Très mignon, très intime...

Des mains rudes me poussent dans le dos, me tirant de mes pensées.

— Avance ! ordonne Cologne derrière moi.

Leur conversation achevée, les autres retournent à leur ménage. J'emboîte le pas à Casse-Bonbons le long d'un couloir. Des murs uniformément jaunes, dépourvus du moindre objet décoratif, sans doute pour éviter que quoi que ce soit ne puisse servir d'arme de fortune aux esclaves.

Enfin nous atteignons une porte donnant sur une salle de bains minuscule, aux murs couverts de revêtement plastique marron, au sol en béton craquelé. Une unité de douche aux enzymes occupe le fond du réduit, ainsi qu'une cuvette de W.-C.

Casse-Bonbons me pousse dans la pièce, se campe sur le seuil et croise les bras. Je réalise alors qu'il n'est pas très costaud, que sa peau sèche est couverte par endroits de boutons et qu'il sera bientôt chauve. Pas étonnant qu'il éprouve le besoin de jouer les machos.

— À poil ! ordonne-t-il avec un sourire torve. Et sous la douche ! Fais gaffe à bien te laver, si tu ne veux pas que je vienne moi-même le faire…

La chemise de Cologne bruisse tandis que lui aussi croise les bras. Le temps se gâte… De tous les hommes qui sont ici, c'est lui le mieux disposé à mon égard et le moins cruel avec les femmes placées sous sa garde. S'il se met à vouloir à son tour m'humilier pour assouvir sa minable libido…

Effectuant un quart de tour, j'offre aux deux hommes la vision de mon profil. Avec le plus parfait détachement, je croise les bras moi aussi.

— Je me déshabillerai quand vous serez sortis.

Casse-Bonbons hausse les sourcils avec amusement. Il espérait bien que je résisterais. Il veut prendre son pied à me forcer à faire ce que je refuse.

— À poil ! répète-t-il d'une voix rauque. Tout de suite. Ou c'est moi qui t'y force…

— Dehors ! dis-je avec détermination. Tout de suite. Ou c'est moi qui vous y force.

Cologne soupire.

— Nous ne voulons pas te faire de mal, précise-t-il d'un ton plein de lassitude. Juste te regarder.

— Des clous ! Vous ne violerez pas mon intimité.

— C'est ta dernière chance, dit Casse-Bonbons avec une joie mauvaise. Désape-toi tout de suite, ou on s'en charge.

Hors de question. D'abord, parce que je ne tiens pas à ce qu'ils voient mes armes. Ensuite, parce que me retrouver à poil avec eux dans un espace si confiné, c'est le viol assuré. Non merci !

Sous l'effet de la chaleur qui règne dans ce réduit autant que de l'appréhension, je commence à transpirer abondamment, ce qui n'est pas pour arranger mes affaires. La sueur fait briller ma peau comme de l'or pur, me transformant en créature féerique d'autant plus attirante pour un regard humain.

Je fais de mon mieux pour garder mon calme et leur explique patiemment :

— Si vous me forcez à me déshabiller, je ne me laisserai pas faire et il s'ensuivra un combat. Un combat *sans merci*. Vous voyez où je veux en venir ? Je serai blessée dans la mêlée, et ça réduira ma valeur marchande. J'ai eu le temps de parler à ces femmes, dans la cellule. Je sais que vous allez nous vendre comme esclaves. Je sais aussi que votre patron compte sur ma peau dorée et *sans défaut* pour se faire un beau pactole…

Un silence prudent accueille ma tirade. J'ignore combien de temps je pourrai utiliser cette menace, mais je compte bien ne pas m'en priver. Dieu merci, le chantage est efficace. Cologne lâche un soupir résigné.

— Tu as gagné.

— Quoi ? s'insurge Casse-Bonbons.

— Il n'y a pas de fenêtre. On ne peut sortir d'ici que par cette porte. Nous t'attendrons derrière. Et si tu tentes de t'échapper malgré tout, tu seras punie. Que cela diminue ta valeur marchande ou non. C'est bien compris ?

— Espèce de trouillard ! éructe son complice. Pas question de la laisser s'en tirer comme ça. T'as qu'à la tenir. En deux coups de couteau je l'aurai débarrassée de ses nippes !

Redoutant de sa part une attaque surprise, je me tasse sur moi-même et fléchis les jambes, prête à tout. Cologne, heureusement, ne lui laisse pas le temps de réagir. Il l'attrape rudement par le bras et le propulse dans le couloir. L'autre s'écrase contre le mur et s'effondre sur le parquet grinçant.

Bien que résigné, Cologne n'en est pas moins furieux.

— Tu n'auras pas toujours le dernier mot ! me lance-t-il. Il vaudrait mieux pour toi t'en rendre compte et l'accepter. Tu as un quart d'heure. Lave-toi et mets les habits qui se trouvent sur les toilettes.

Sur ce, il sort de la salle de bains en claquant la porte derrière lui. J'examine le costume qu'ils me destinent. Une espèce de nuisette en soie rose quasi transparente avec panty assorti. Ils veulent me transformer en pensionnaire de bordel. De mieux en mieux...

D'un poing rageur, j'enfonce le bouton de la douche. Les buses diffusent un spray chaud, mais je me garde bien de m'installer dans la cabine. Le quart d'heure que mes geôliers me laissent, je le passe à surveiller la porte et à dissimuler au mieux mes armes dans cet accoutrement.

Une seule tentative d'intrusion vient perturber mes efforts. Voyant le battant de la porte s'entrouvrir, je m'écrie d'un ton menaçant :

— Si vous entrez, je me cogne la tête contre le mur !

La porte reste ensuite bien fermée jusqu'à ce que je leur annonce que j'ai terminé. En fin de compte, j'ai dû me résoudre à ne garder sur moi qu'une seule lame, dissimulée sous la bretelle arrière de la nuisette. L'autre, je l'ai cachée dans la bonde de la douche.

Mal à l'aise dans ces vêtements qui me correspondent si peu, j'aimerais pouvoir me regarder dans un miroir. Je suis sûre que je dois ressembler à la fragile petite esclave qu'ils souhaitent me voir devenir, désarmée et prête à subir le bon vouloir de son maître.

Mes gardes en restent comme deux ronds de flan quand ils ouvrent la porte et me découvrent ainsi accoutrée. Leurs yeux s'écarquillent, ils restent bouche bée. Casse-Bonbons ne peut s'empêcher de tendre le bras pour me toucher. J'intercepte son index avant qu'il m'effleure la naissance des seins et tords un bon coup. Un hurlement de douleur lui échappe. De son autre main, il me gifle violemment.

Ma tête valse sur le côté. Lentement, je la redresse et le fusille du regard. Je porte la main à ma lèvre tuméfiée et me retrouve avec les doigts tachés de sang. Réalisant ce qu'il vient de faire, mon agresseur passe d'une expression d'horreur à une attitude menaçante.

— Si tu dis que c'est moi qui t'ai fait ça, je te tue.

Oh ! comme j'aimerais lui trancher la gorge, là tout de suite... Hélas ! je dois me retenir, remettre ces réjouissances à plus tard. J'acquiesce d'un hochement de tête, comme si j'acceptais humblement l'avertissement.

Sans insister, Casse-Bonbons recule d'un pas et s'engage dans le couloir.

— Ça va ? s'inquiète Cologne.

Je n'ai pas besoin de sa sollicitude. D'un geste sec, je saisis le mouchoir qu'il me tend et le lui rends après m'être tamponné la lèvre.

— Allons-y, reprend-il. C'est par là.

D'un mouvement du menton, il désigne l'extrémité du couloir. De nouveau encadrée par les deux sbires, je regagne le living-room par lequel nous sommes passés tout à l'heure. Quand je découvre ce qui m'y attend, mon cœur bondit dans ma poitrine et mon sang se met à courir plus vite dans mes veines. Ça y est ! L'instant fatidique est arrivé. Ma « vente » va pouvoir se faire.

L'équipe de nettoyage a disparu. Lucius, Parker et un alien que je ne connais pas sont installés au salon. L'espace d'un instant, mon regard croise celui de mon partenaire. Le moins que l'on puisse dire, c'est que je suis heureuse de le revoir... Après avoir imperceptiblement hoché la tête à mon intention, il plisse les yeux en découvrant ma lèvre tuméfiée. Ses mâchoires se crispent.

Réprimant un sourire, je me force à regarder ailleurs. L'extraterrestre assis à côté de Lucius est un Targon, la race de guerriers la plus redoutée qui ait jamais débarqué sur notre planète. Notre gouvernement ferait n'importe quoi pour disposer de quelques-uns d'entre eux dans les rangs de son armée. Ils sont grands, athlétiques, mais ce n'est pas ce qui fait leur force principale. Leurs facultés psychokinétiques surpassent même celles des Arcadiens.

Celui-ci est séduisant en diable et plus musclé qu'aucun homme. Ses cheveux noirs et bouclés cascadent sur ses épaules et une lueur irréelle éclaire ses yeux couleur d'ambre. Sa peau très claire et satinée pourrait être celle d'une femme, mais c'est bien une mâle aura qui l'environne. Un collier en or orne sa poitrine, dans lequel se trouve enchâssée une affreuse pierre brune. Mon regard se focalise sur le bijou. L'utilise-t-il pour voyager d'une planète à l'autre ?

Ma joie de passer enfin aux choses sérieuses serait complète s'il n'y avait une ombre au tableau. Où est donc EenLi ? Rien que de penser à lui, mon sang se met à bouillir. J'espère pouvoir me contenir quand il sera là.

— Nous allons pouvoir commencer ! proclame une voix déformée par un fort accent étranger. Heureux que tout le monde ait pu se déplacer.

EenLi.

Mon pouls s'accélère. Je parcours la pièce du regard à sa recherche sans rien voir, jusqu'à ce que mes yeux se posent sur le grand écran holographique fixé au mur. Le visage affreux et grimaçant d'EenLi s'y étale en gros plan. Sa peau d'un rose intense brille et traduit mieux que des mots sa satisfaction.

Une immense déception s'abat sur moi. J'étais tellement certaine qu'il viendrait superviser ma vente en personne ! Son crâne chauve brille intensément dans la lumière fluorescente qui rend sa peau presque translucide et ses yeux dépourvus de pupilles plus effrayants encore. Sa chemise de cow-boy et le bandana rouge noué autour de son cou ne font rien pour corriger cette impression.

Ma frustration est totale. Je voudrais tant voir ce salaud rendre son dernier souffle que j'en éprouve une douleur presque physique. Il est le mal incarné et mérite mille fois la mort. Depuis le temps que j'attends de l'avoir retrouvé, pourquoi faut-il que ce soit par écran interposé ? De nos jours, la technologie permet d'accomplir des prouesses, mais pas encore d'assassiner quelqu'un à travers son image télévisuelle.

Nous nous retrouvons, Lucius et moi, pris à notre propre piège. Si nous passons à l'action, nous échouons sur tous les tableaux. Non seulement nous ne mettons pas la main sur EenLi, mais nous réduisons à néant notre couverture et risquons fort de succomber au cours de l'échange de coups de feu qui s'ensuivra. Car, à n'en pas douter, il y aura fusillade : la maison est truffée de gardes armés qui accourront à la moindre alerte. Et si Lucius et moi sommes tués, les femmes détenues au sous-sol seront condamnées à une vie de viol, d'humiliation et de servitude. Je ne peux permettre ça.

Incapable de décider d'une ligne de conduite, je tente de juguler mon désappointement et reporte mon attention sur les trois hommes. Chacun d'eux, confortablement assis, tient un cigare et un verre de scotch. Le charmant tableau ! On peut dire que pour eux, au moins, la vie est belle.

— Vous !

Je suis parvenue à m'exclamer d'un air horrifié, comme si Lucius était le diable en personne, alors que sa présence ne m'inspire que l'envie de me jeter dans ses bras. Si EenLi sait que je suis un agent de Michael, je ne tiens pas à ce qu'il puisse me soupçonner d'être de mèche avec mon supposé futur acquéreur. Pour faire bonne mesure, je lance un regard éploré à Parker. Casse-Bonbons et Cologne me retiennent rudement par les bras alors que je fais mine de m'élancer pour aller me placer sous sa protection.

Je me débats pour leur échapper et m'exclame avec des accents criants de vérité :

— Jonathan ! Par pitié, aidez-moi. J'ai été enlevée et...

— Je suis au courant, ma chère, m'interrompt-il avec le plus grand calme. Vous n'auriez pas dû vous montrer une aussi méchante fille...

Je lâche un cri d'horreur et d'incompréhension alors que j'entonne un tout autre refrain en mon for intérieur. *Va te faire foutre, fils de pute !*

Lucius repose brutalement son verre sur la table basse et jette son cigare dans le cendrier. Son regard meurtrier court de l'un à l'autre de mes deux geôliers.

— Ôtez tout de suite vos sales pattes de ma propriété ! lance-t-il du ton de celui qui ne plaisante pas. Sinon, je vous les coupe !

Cologne et Casse-Bonbons n'hésitent pas une seconde. Ils me lâchent instantanément et reculent d'un pas. J'*adore* quand Lucius se montre possessif...

Sur l'écran, EenLi se met à rire. Il s'amuse beaucoup et sa peau ne cesse de rosir de plaisir.

— Un peu de patience, humain ! dit-il. Elle n'est pas encore à toi.

D'un claquement de doigts, il ordonne à ses sbires de me rattraper.

— Faites en sorte qu'elle se tienne tranquille !

Non sans une certaine crainte, ceux-ci s'exécutent, sous l'œil intéressé des trois « invités » qui me scrutent avec une extrême attention.

— Je veux savoir qui l'a frappée ! s'exclame soudain Lucius. J'avais demandé qu'elle me soit livrée en bon état.

À ma gauche, Casse-Bonbons se met à trembler comme une feuille. Un silence de plomb tombe dans la pièce.

— Qui t'a blessée ?

Lucius me fixe au fond des yeux et s'adresse à moi directement. Jamais je n'aurais imaginé qu'il puisse se montrer si féroce et vindicatif.

— Mon ami a raison... intervient Jonathan, les sourcils froncés. Nous avions donné des instructions strictes pour qu'aucun mal ne lui soit fait.

— Je demande réparation ! insiste Lucius.

Le sourire d'EenLi se fige. Sur l'écran, le rose de sa peau vire lentement au pourpre.

— Réponds, esclave ! Qui t'a frappée ?

C'est bon. On ne va pas y passer la nuit... D'un coup de menton dédaigneux, je désigne Casse-Bonbons.

— Sale garce ! s'écrie celui-ci en m'arrachant presque le bras.

Puis il se tourne vers l'image de son patron et lui lance un regard implorant.

— Elle ment ! gémit-il. Je jure qu'elle ment...

— Elle dit la vérité, corrige fermement Cologne.

— Ce n'est pas vrai ! se récrie l'autre. Je ne l'ai pas touchée ! Je...

— Il ment, insiste Cologne sans se démonter. Je l'ai vu la frapper.

Réalisant qu'il ne fait que s'enferrer dans le mensonge, Casse-Bonbons change de tactique. Il me lâche et tombe à genoux. De grosses larmes roulent de ses yeux et tombent sur le sol. Pour un peu, il me ferait pitié.

— Je suis affreusement désolé, EenLi... Je ne voulais pas lui faire de mal, je le jure ! En fait... elle a trébuché... et ma main a heurté sa bouche quand je l'ai rattrapée. C'est tout ce qui s'est passé. Par pitié, ne me fais pas de mal. Donne-moi une autre chance.

Insensible à ce plaidoyer, EenLi adresse un signe de tête à Cologne. Tandis que redoublent les appels à la pitié de son voisin, celui-ci tire une arme de la ceinture de son pantalon. La surprise me paralyse quand je réalise de quoi il s'agit. Le corps du flingue est transparent, laissant visible l'énergie bleutée qui s'y trouve concentrée. Impossible de trouver un pistolet de ce type dans le commerce, même au marché noir ! Il n'existe qu'à l'état de prototype car Michael, qui l'a inventé, souhaite encore le perfectionner. Même moi, je n'ai jamais eu l'honneur de l'essayer.

Les implications d'une telle découverte ne tardent pas à m'apparaître. Y aurait-il un traître dans nos rangs ? Cette éventualité me glace le sang, car elle en amène une autre plus redoutable encore : EenLi sait-il que

Lucius travaille pour mon père ? J'essaie de me rassurer en me disant que ce ne peut être le cas. Le fait qu'il ait pu se procurer ce prototype ne signifie pas qu'il sache qui est Lucius. Sans quoi il aurait déjà fait en sorte de l'éliminer.

À court de supplications, Casse-Bonbons commence à sangloter bruyamment. Les yeux totalement vides et froids, Cologne lui applique le canon de l'arme sur la tempe et appuie sur la détente. À première vue, rien ne se passe. Aucun éclair de lumière, ni fumée ni détonation. Le corps de Casse-Bonbons pourtant se convulse, traversé par une intense décharge électrique. Un liquide noir lui sort par les narines, de la fumée s'échappe de ses oreilles. Pour finir, il s'effondre d'un bloc, face contre terre.

Tranquillement, Cologne rengaine son flingue. EenLi et Parker expriment d'un hochement de tête leur satisfaction. Le visage de Lucius ne trahit aucune émotion, mais je le vois croiser les bras de manière à discrètement avoir ses armes à portée de main.

Une sourde appréhension me gagne. Dans quelle galère nous sommes nous fourrés ?

22

Personne ne se donne la peine d'enlever le corps.

Une écœurante odeur de chair brûlée se mêle à celle de la fumée des cigares tandis que la vente reprend son cours comme si de rien n'était. Cologne est venu se placer dans mon dos et me tient par les épaules pour me maintenir en place. Je préfère ne pas protester.

Une seule envie m'habite, à présent : qu'on en termine avec cette « vente » pour que Lucius et moi puissions passer à l'action.

— Jonathan, Hunter, Devyn, commence EenLi avec un autre de ses sourires diaboliques, à vous de jouer. La mise aux enchères est ouverte. Que le meilleur gagne !

Un vent de panique souffle sur mon esprit en entendant ces mots. Que je puisse être vendue au plus offrant ne faisait pas partie de notre plan ! Dorénavant, le risque existe qu'un autre que Lucius se porte acquéreur.

Un coup d'œil à la dérobée dans sa direction me rassure. Il semble parfaitement calme et maître de lui, comme s'il savait exactement que faire. Tant mieux ! Je sais qu'il fera tout ce qui est en son pouvoir pour me récupérer et, s'il n'y parvient pas, pour me libérer. Je me rends compte à cet instant que j'ai en lui une confiance totale et me surprends à espérer que la réciproque soit vraie.

— Esclave ! ordonne EenLi d'un ton impérieux. Tourne sur toi-même, que ces messieurs puissent t'admirer.

Mes joues s'embrasent. Je déteste l'idée de devoir me laisser traiter par ce salaud comme une tête de bétail sans réagir. Tous les hommes présents dans la pièce me scrutent avec un intérêt non dissimulé, à la recherche d'un éventuel défaut. Le Targon se frotte la mâchoire en laissant courir le long de mon corps ses yeux étranges.

Les mains de Cologne se resserrent sur mes épaules.

— Fais-le, ou ça va barder ! me glisse-t-il à mi-voix.

Si je ne me résous pas à obéir, on m'y obligera. Je n'aurai plus alors à espérer la moindre clémence, je le lis dans les yeux d'EenLi.

Le menton fièrement levé, je tourne lentement sur moi-même, leur offrant une vue imprenable sur mes formes à peine voilées de soie rose. Leurs regards me déshabillent, me fouillent, me pelotent. Combien de fois mes compagnes de captivité ont-elles eu à endurer cela ? Combien de fois les a-t-on obligées à livrer leur corps à la concupiscence d'hommes qui les dégoûtent ? Mes mains tremblent tant mon humiliation est grande. J'en éprouve pour les cinq femmes retenues prisonnières au sous-sol une admiration plus forte encore. Ce sont des survivantes, et quoi qu'il puisse m'en coûter, je suis plus déterminée que jamais à les sauver.

Après avoir effectué un tour complet, je me retrouve face au sourire réjoui d'EenLi sur l'écran. Son visage a viré du rose de l'autosatisfaction au rouge carmin du désir. Ses lèvres sont retroussées sur une denture d'une monstrueuse laideur.

— Je suis presque tenté de la garder pour moi ! lance-t-il avec un rire grinçant. Mais sous ses dehors de petite chose dorée et fragile, je vous garantis messieurs que cette Raka dissimule des ressources de combattante. Celui de vous qui la mettra dans son lit n'aura qu'à bien se tenir...

Ainsi, il sait. Sans doute est-ce pour cela qu'il n'a pas pris le risque de se déplacer en personne.

— Dites un chiffre, annonce Lucius. Votre prix sera le mien.

— Je double cette offre ! renchérit Jonathan.

Le visage contracté par la fureur, Lucius le fusille d'un regard noir.

— Qu'avez-vous dit ?

— Vous avez parfaitement entendu, répond Parker, sur la défensive. Je la veux, moi aussi. Peut-être même plus que vous. Vous ne pensiez tout de même pas que je me donnais tout ce mal par pure bonté d'âme ?

Un grondement rauque s'élève de la gorge de mon partenaire. Je ne pense pas que ce soit de la comédie.

— Je n'arrive pas à y croire ! reprend Lucius, l'air menaçant. Êtes-vous certain de bien mesurer les risques que vous prenez ?

Parker se met à rire nerveusement. Les jambes étendues devant lui, les mains accrochées aux revers de sa veste, il feint la plus parfaite décontraction.

— Vous ne commettriez tout de même pas l'erreur de me menacer ? rétorque-t-il. De toute façon, une fois que j'en aurai terminé avec elle, je vous la laisserai volontiers.

— Vous ne l'aurez ni l'un ni l'autre.

La voix forte et profonde du Targon, qui n'avait pas encore émis le moindre son, résonne dans la pièce. Il continue à m'étudier tout en caressant le collier en or qu'il porte au cou, ses doigts enserrant l'affreuse pierre brune enchâssée en son centre.

— Cette Raka sera mienne, conclut-il comme si cela suffisait à régler le problème.

— Des chiffres, messieurs ! s'exclame EenLi en se frottant les mains avec avidité. J'ai besoin de chiffres pour prendre vos offres au sérieux.

— Un million ! lance Jonathan.

— Deux… renchérit le Targon.

— Cinq.

Lucius vient de lâcher ce chiffre astronomique avec un calme olympien. Relax dans son fauteuil, il semble assuré de sa victoire. Quelle que soit la somme nécessaire, il la mettra sur la table, puisqu'il ne s'agit au final que d'un marché de dupes.

Cependant, le Targon surprend tout le monde en ajoutant :

— Cinq millions de dollars terriens, plus deux guerriers targons.

— Adjugé !

Plus souriant que jamais, EenLi tape dans ses mains et ajoute :

— Devyn, elle est à vous.

— Certainement pas !

D'un mouvement félin, Lucius vient de se lever. Sur l'écran, EenLi tourne la tête vers lui, les yeux réduits à deux minces fentes.

— Ne vous inquiétez pas, Hunter. Je vous trouverai une autre Raka.

— C'est *celle-ci* que je veux ! s'emporte-t-il en pointant l'index sur moi. Elle est à moi. Vous me l'aviez promise. Trouvez-en une autre pour le Targon.

— Une petite minute…

Livide, Jonathan serre si fort son cigare entre ses doigts que celui-ci finit par se rompre.

— Je vous rappelle, reprend-il en s'adressant à EenLi, qu'en fait c'est à moi que vous l'aviez promise !

Le visage du Meca vire au noir de la colère. C'est d'une voix cassante qu'il lui répond :

— Ne me dites pas que vous m'avez cru ? Je possède déjà votre âme, Parker… Quel besoin aurais-je de vous faire une faveur ?

Puis, se tournant de nouveau vers Lucius, il ajoute :

— Je respectais votre père, et je serai heureux de faire affaire avec vous dans un proche avenir. Vous aurez votre Raka, mais ce ne sera pas celle-ci.

— Hors de question ! Vos affaires en pâtiront si vous ne tenez pas votre promesse. Comment réagiront vos clients quand ils sauront qu'on ne peut pas vous faire confiance ?

Un silence lourd de menace plane quelques instants. La peau d'Eenli ne cesse de virer du pourpre au noir.

— Laissez-moi vous donner un conseil, Hunter… lâche-t-il entre ses dents serrées. Ne faites pas de moi votre ennemi.

Sans se laisser impressionner, Lucius va se camper devant l'écran.

— Discutons-en, suggère-t-il.

— Non !

En les écoutant, je réalise que les dés sont pipés depuis le départ et qu'EenLi avait décidé de me vendre au Targon. Quoi de plus profitable pour lui que de conclure une alliance avec d'aussi invincibles guerriers ? Après la mort de Mris-ste, se sachant devenu une cible recherchée par le gouvernement, il ne pouvait que sauter sur l'occasion de se procurer un tel bouclier. Et même deux…

— Nous devons en discuter d'homme à homme, insiste Lucius. Les yeux dans les yeux.

EenLi lâche un rire de crécelle.

— Vous me prenez pour un imbécile ? Vous êtes tellement en colère contre moi que vous n'auriez rien de plus pressé que de me régler mon compte.

Je comprends la manœuvre de mon partenaire et ne peux que l'approuver, mais je ne me laisserai pas emmener hors d'ici sans avoir cherché à libérer mes compagnes. À toute vitesse, j'essaie de trouver une solution. Je pourrais peut-être faire diversion en engageant le combat, puis foncer vers le sous-sol. Ensuite… Ensuite quoi ? Je suppose que tôt ou tard je serai rattrapée, maîtrisée, voire paralysée par un tir de pyro-arme, et qu'il n'y aura plus rien à faire pour sauver ni les captives ni notre mission.

Le Targon, qui ne cesse de surveiller le moindre de mes gestes, se lève lentement. Je n'ai jamais vu d'yeux tels que les siens. Lumineux, mobiles, hypnotiques, comme si un feu d'ambre brûlait au fond de ses prunelles. Ses traits taillés à la serpe affichent une sorte de détachement royal et amusé.

— Viens à moi, dit-il.

Même sa voix possède une qualité particulière, qui force l'adhésion. D'ailleurs, je me sens curieusement portée à lui obéir. Tout au fond de moi, je ressens comme l'obligation de répondre à l'ordre qu'il vient de me donner, de faire tout ce qui est en mon pouvoir pour lui être agréable et utile. Le décor environnant s'efface peu à peu à mes yeux, jusqu'à ce que je ne voie plus que le Targon.

— Viens, répète-t-il.

Concentre-toi, Eden. Ne l'écoute pas. Ne le regarde pas. Ne pense qu'à ce que tu dois faire. Ne vois que ceux qui ont besoin de toi.

Je dois me battre ! Je dois tout faire pour sauver les femmes qui croupissent au sous-sol. Cette pensée me tire de l'étrange torpeur qui m'engourdissait. Pourtant, comme si je répondais à son invite, je fais un pas vers lui. Où ceux de son espèce sont-ils vulnérables ? Au cou ? À la poitrine ? Jusqu'à présent, je n'ai jamais eu l'occasion d'affronter un Targon.

— Viens… me dit-il encore.

Sans cesser d'avancer, je tends la main dans mon dos comme pour remettre ma bretelle en place. J'en profite pour extraire ma lame de sa cachette et la dissimule derrière mon poignet et mon avant-bras.

D'un bond, Lucius vient s'interposer entre nous.

— Puisque EenLi refuse de m'écouter, s'exclame-t-il, je traiterai directement avec vous. Laissez-moi la racheter. Je vous donnerai ce que vous voulez.

— Elle n'est plus à vendre ! réplique l'alien, non sans une certaine irritation.

— Je ne vous laisserai pas l'emmener sur votre planète !

Discrètement, j'effleure le dos de mon partenaire, pour lui signaler que je sais quoi faire et que je suis en situation de pouvoir le faire: Il ne s'écarte pas pour autant.

— Si vous prétendez m'arrêter, réplique le Targon en arquant un sourcil dédaigneux, vous risquez de le regretter. C'est généralement ce qui arrive aux humains qui s'avisent de s'opposer à moi.

Sur l'écran, quelqu'un s'approche d'EenLi, qui se penche pour écouter ce que le nouveau venu lui murmure à l'oreille.

— Puisque les enchères sont terminées, dit-il ensuite, je vous laisse régler vos affaires entre gentlemen. N'oubliez pas, Devyn. Je veux vos guerriers chez moi dès demain.

L'écran holo pâlit et s'éteint.

Jonathan profite de l'instant de flottement qui s'ensuit pour se ruer sur Lucius, mais celui-ci lui tord le bras d'un coup sec, le brisant net au niveau du coude. Jonathan hurle de douleur et se laisse tomber à genoux. Lucius se précipite ensuite sur le Targon, mais celui-ci le terrasse sans bouger le petit doigt, par la seule force de ses pouvoirs psychiques. Lucius s'effondre comme une masse à côté de Parker.

À mon tour je m'élance vers Devyn, le couteau brandi, prête à frapper. Or, je n'ai pas fait un pas qu'une force étrange me paralyse sur place et m'oblige à lâcher l'arme. Je ne peux plus bouger ; j'ai même du mal à respirer.

— Pas de panique, petite Raka... me dit le Targon avec un sourire rassurant. Je te libérerai de ta paralysie bientôt.

Ce salaud contrôle ma volonté. La panique me gagne. Je tente de faire obstacle en dressant un écran mental entre lui et moi. Hélas ! ses pouvoirs mentaux sont trop puissants pour que je puisse leur échapper.

Toujours souriant, il lance un torque en or dans ma direction. Comme un serpent qui se déploie et s'enroule, celui-ci vient se refermer autour de mon cou et s'y ajuste. Pas suffisamment pour m'étrangler, mais assez pour ne pouvoir être enlevé. Au prix d'un effort surhumain, je parviens à baisser les yeux. Une gemme couleur ambre brille sinistrement au centre du bijou. Malgré tous mes efforts pour lever les bras et l'arracher, je reste paralysée.

Je lance un regard horrifié à Lucius, qui n'a pas repris conscience.

— Que lui avez-vous fait ? parviens-je à demander.

— Rien d'autre que le plonger dans le sommeil.

Comme pour donner raison au Targon, Lucius pousse alors un gémissement, redresse la tête, bat des paupières. Lorsqu'il m'aperçoit, il tente de ramper vers moi.

— Je pense qu'il a besoin de dormir encore, dit Jonathan d'une voix grinçante. Et même définitivement.

De son bras valide, il tire une antique arme à feu d'une poche intérieure de son veston. Paralysée comme je le suis, je ne peux rien faire sinon crier en le voyant appuyer résolument sur la détente. Une détonation retentit. Une fleur de sang apparaît sous l'épaule gauche de Lucius, dont le corps bascule au moment de l'impact avant de retomber inerte sur le sol.

Une rage froide m'envahit. La balle a-t-elle atteint Lucius au niveau du cœur ? Le Targon me quitte des yeux et reporte son attention sur le corps ensanglanté de Lucius. Sa distraction me libère de son emprise. Je ne perds pas une seconde et en profite pour ramasser mon couteau et me précipiter sur Parker. Ma lame ne fait pas de détail : elle lui tranche la gorge en un éclair. Ses yeux s'écarquillent. Il porte les mains à son cou mais ne peut retenir les flots de sang qui s'en échappent.

Je n'ai pas le plaisir de le voir tomber à mes pieds. Un nuage noir s'abat sur mon esprit, de plus en plus opaque, de plus en plus dense. Mentalement, je me roule en boule et me tasse sur moi-même pour me rendre imperméable à son influence néfaste.

Tout à coup, de la manière la plus inattendue, la brume reflue, libérant mon cerveau de toute contrainte.

— Quoi ? dis-je, abasourdie. Que s'est-il passé ?

Le Targon, à quelques pas de moi, a l'air surpris et pour la première fois déstabilisé.

— Tu arrives à dresser un barrage mental, constate-t-il avec dépit. Même s'il n'est pas très efficace.

Il pousse un soupir et je me retrouve une fois de plus figée sur place. Je le vois tirer une petite fiole d'un repli de son vêtement. Il s'approche, repousse mes cheveux de mon visage et me verse le contenu du flacon dans la bouche. J'essaie de tousser pour ne pas avaler, mais le liquide amer coule déjà dans ma gorge.

Je sens tout de suite qu'il ne s'agit pas cette fois d'un opiacé inefficace sur mon métabolisme. Contrairement à Cologne, ce Targon semble s'être documenté sur les Rakas. Il sait que seul un antihistaminique mélangé à de l'alcool peut avoir raison de nous.

Et, en effet, ce mélange ne tarde pas à avoir raison de moi. Je me sens glisser dans l'inconscience sans pouvoir rien faire pour résister. Avant le grand black-out, une dernière image me traverse l'esprit.

Lucius blessé, peut-être mort, baignant dans son sang.

23

C'est la même image, celle du corps ensanglanté et peut-être sans vie de Lucius, qui me hante lorsque je finis par sortir de l'inconscience. Je me réveille en sursaut en criant son nom.

— Lucius !

Bienvenue sur Targon... murmure une voix au fond de mon crâne.

Targon ? Non... Non !

J'ouvre les yeux. Un souffle erratique et précipité s'échappe de mes lèvres, comme si je venais de courir un marathon. Je me redresse sur les coudes et scrute la pièce inconnue dans laquelle je me trouve sans y voir personne. Ai-je rêvé ? Je me mords la lèvre jusqu'à sentir le goût du sang sur ma langue. Un rêve ? Un cauchemar, plutôt !

Hélas ! cette illusion rassurante doit bientôt céder la place à la triste réalité. Les souvenirs se précisent, aussi terribles qu'irréfutables. La vente aux enchères dont je suis l'enjeu. Le revolver de Jonathan Parker qui crache la mort. Lucius qui s'écroule. L'odeur métallique de sang humain qui se répand dans la pièce.

Une vague de panique me submerge. Il me faut rejoindre Lucius, lui venir en aide, le sauver ! Je l'ai quitté blessé et sans défense, dans une maison pleine de sbires d'EenLi, notre ennemi juré. Moi seule sais qu'il s'y trouve, si toutefois il est toujours...

Non ! Je ne m'autoriserai pas à penser qu'il ait pu ne pas survivre à sa blessure. C'est tout simplement inimaginable. Il y a aussi dans cette maison mes cinq compagnes de captivité à sauver. Pour lui, pour elles, j'ai le devoir de réagir et de faire face à la situation, quelle qu'elle puisse être.

Vivement, je rejette la couverture blanche et douce qui me recouvre et me lève d'une couche couverte de coussins de velours. La pièce haute de plafond que je commence à explorer est vaste, percée de nombreuses portes et fenêtres auxquelles flottent des rideaux de tulle. Mes jambes sont un peu tremblantes et la tête me tourne. Pendant combien de temps suis-je donc restée inconsciente ?

Au moins le Targon ne m'a-t-il pas ôté mes vêtements. Je suis vêtue de la même tenue que lors de la vente. Je porte la main à mon cou, sans y découvrir le collier dont il m'avait affublée.

L'élément le plus troublant, cependant, c'est l'air que je respire. Sa composition me paraît différente, et je n'ose imaginer pour quelles raisons il semble chargé d'odeurs inconnues sur Terre.

— Je suis heureux de te voir enfin revenue à toi.

La voix d'homme profonde et sensuelle qui vient de s'élever a retenti dans mon dos. Je me retourne pour faire face à celui à qui elle appartient.

Le Targon vient de faire son entrée par l'une des portes. Le rideau de tulle agité par un souffle de vent caresse ses jambes nues. Ses yeux, qui semblent animés d'une vie propre, sont toujours aussi fascinants. Ses cheveux noirs et bouclés cascadent sur ses épaules. Cette fois, il les a passés derrière ses oreilles, ce qui me permet de constater qu'elles sont pointues, comme celles des elfes dans les contes pour enfants. Il porte une sorte de kilt noir, à l'écossaise, mais pas de chemise.

Je décide de ne pas perdre de temps en préambules.

— Donnez-moi ce collier et faites-moi revenir chez moi.

Il prend un air peiné et fait claquer sa langue contre son palais.

— Au lieu de réclamer l'impossible, dit-il, laisse-moi faire les présentations. Tu es Edèn Black, interprète en langues extraterrestres et agent du gouvernement terrien. Je m'appelle Devyn Cambrii et je suis le roi des Targons.

Le roi ? Voilà qui n'est pas pour arranger mes affaires ! Pour ce que j'en sais, la royauté n'est pas chez les Targons affaire d'hérédité. Elle résulte de l'étendue des pouvoirs psychiques.

Constater l'impuissance dans laquelle je me trouve me noue l'estomac. Seule sur une autre planète, me voilà désarmée et sans défense face à un ennemi capable de me paralyser à volonté par la seule force de la pensée.

— S'il vous plaît… dis-je, à court d'autres arguments. Laissez-moi rentrer chez moi.

— Hors de question ! répond-il fermement. Il a fallu plus d'un an à EenLi pour me trouver une Raka. Désolé pour toi, mon doux ange, mais le seul endroit où j'accepte de t'emmener, dorénavant, c'est mon lit.

Je serre les poings.

— Et si je refuse ?

Ses lèvres se fendent d'un sourire. L'amusement fait pétiller ses yeux.

— Ton refus n'est pas un problème pour moi.

Pour avoir déjà eu l'occasion de vérifier l'étendue de ses pouvoirs, je sais qu'il ne bluffe pas. S'il lui prenait l'envie de me figer comme une statue de sel et de me violer, je ne pourrais rien faire pour l'en empêcher. Je m'efforce cependant de lui cacher ma détresse. Si la peur d'une femme est faite pour l'exciter, la mienne pourrait l'inciter à passer à l'action.

Pour gagner du temps, je demande d'une voix intriguée :

— Pourquoi une Raka vous intéresse-t-elle tant ? C'est l'or qui vous fait bander ?

Devyn lance un rire sensuel vers le plafond.

— Malgré mon apparence, assure-t-il, je n'ai pas grand-chose de commun avec les humains. L'or ne signifie rien à mes yeux.

— Alors pour quelle raison tenez-vous tant à moi ?

— Je n'ai jamais eu l'occasion d'avoir une Raka. À cause de la stupide avidité de ses habitants, il reste très peu d'entre vous sur la Terre. Et les étrangers ne sont pas admis sur ta planète d'origine. Dommage. Je me serais régalé pendant des semaines si j'avais pu m'y rendre.

Sa voix se fait cajoleuse lorsqu'il ajoute :

— Voilà très, très longtemps que je meurs d'envie de déguster une Raka.

— Aux petits oignons ? fais-je mine de m'inquiéter.

De nouveau, il éclate de rire, ce qui adoucit ses traits. La femme en moi apprécie sa virile beauté, la mâle sensualité qui se dégage de lui. Mais il n'est pas Lucius, et cela suffit à me rendre indifférente à son égard. Aucun autre homme que Lucius ne gagnera mes faveurs. Le peu de temps que nous avons passé ensemble a suffi à m'attacher à lui de toutes les manières possibles. J'ai appris à le respecter, à le désirer, mais ce n'est pas tout. Autre chose me lie à lui. Un autre lien, sur la nature duquel je préfère peut-être ne pas m'appesantir...

— Rassure-toi, dit-il enfin. Mon appétit pour toi n'a rien que de très sensuel. Bien que j'aie rassemblé ici, dans mon palais, des femmes de toute la galaxie, j'ai aujourd'hui besoin de quelque chose de différent. De quelque chose d'unique.

Lentement, il vient vers moi. Les genoux fléchis, redoutant le pire, je me mets en position de défense et m'écrie :

— Stop ! Restez où vous êtes !

Curieusement, il s'exécute et se contente, de là où il se trouve, de laisser son regard courir sur moi avec envie.

— Je voulais juste te toucher, explique-t-il gentiment. Pour voir si tu es aussi douce que tu en as l'air. Tu ne me refuserais pas cet innocent plaisir ?

— Je vous refuse même le droit de me regarder.

— Ta résistance est adorable et te rend d'autant plus précieuse à conquérir. Je vais donc te donner satisfaction en ne te touchant pas contre ton gré. Pour l'instant.

— Merci.

— De rien, réplique-t-il en souriant. Il est de mon intérêt de ménager la plus belle pièce de ma collection.

— Votre collection ?

— Vois-tu, j'aime les femmes passionnément. Toutes les femmes, d'où qu'elles viennent, quelle que soit leur apparence. Je suis fou de leur douceur, de leur complexité, de leur odeur. Aussi ai-je décidé très jeune de rassembler dans un harem des femmes de toutes les origines.

— Et peu vous importe, je suppose, que les femmes en question soient consentantes ou pas.

Son sourire s'élargit encore et son regard se fait câlin.

— Elles ne me désirent peut-être pas au début, répond-il. Mais je parviens toujours rapidement à les faire changer d'avis.

Croisant les bras, je lance d'un ton de défi :

— Eh bien ce ne sera jamais le cas pour moi ! C'est un autre que je désire.

Le Targon accueille mon objection par un haussement d'épaules.

— Bientôt, tu me supplieras de t'honorer de mes faveurs. Comme toutes les autres.

Il paraît si confiant, si parfaitement assuré de sa victoire et de ma capitulation, que j'en viens à douter l'espace d'un instant. Son regard ironique ne me quitte pas. Il fait un nouveau pas vers moi et suggère :

— Je pourrais peut-être essayer de te faire changer d'avis dès maintenant ?

Néanmoins, avant de m'avoir rejointe, il change de direction et va prendre sur un meuble bas une coupe pleine de petites sphères bleutées qui doivent être des fruits.

Je parviens à ne pas broncher lorsqu'il passe à côté de moi, même si tous mes instincts me poussent à l'attaque. Nos épaules se frôlent à peine, mais suffisamment pour que je puisse sentir la fraîcheur et la douceur satinée de sa peau.

Avec une grâce de fauve, il s'allonge sur la couche que je viens de quitter. Une odeur d'épices exotiques s'attarde derrière lui. Appuyé sur un coude, dans une pose sensuelle et nonchalante, il me sourit et tapote un coussin du plat de la main pour m'inviter à m'y asseoir.

— Viens là... Contrairement à ce que tu crains, je ne vais pas te manger.

— Ni essayer de me faire « changer d'avis » ?

D'une habile pichenette, il expédie l'un des minuscules fruits bleus au fond de sa bouche et le mâche posément avant de répondre :

— Hélas ! non. Il s'agit juste pour le moment de faire un peu mieux connaissance. Mais si tu préfères, nous pouvons sauter une étape et passer directement à la suivante. Allons, sois raisonnable et viens là.

Hors de question que je me plie à ses désirs ! Je n'ai pas envie d'apprendre à mieux le connaître, et encore moins de m'asseoir près de lui pour jouer à ses stupides petits jeux de séduction. Le besoin de rejoindre Lucius s'intensifie de seconde en seconde. Jamais je ne me suis sentie aussi impuissante et désemparée.

— Viens donc !

Le ton de sa voix s'est durci. Ce n'est plus l'amusement, mais l'impatience que je peux lire au fond de ses yeux. De mauvaise grâce, je le rejoins et m'assois sur la couche aussi loin de lui que possible.

— Voilà qui est mieux...

Il prend un nouveau fruit et, délicatement, le coupe en deux entre ses dents parfaitement régulières et blanches. Lorsqu'il prétend porter l'autre moitié à mes lèvres, je l'envoie valser d'une tape sèche à l'autre bout de la pièce. Je saisis dans la coupe une sphère bleue exempte de germes targons et la porte à ma bouche. L'incroyable et délicieuse saveur sucrée me surprend et fait chanter mes papilles. Incapable de résister à la tentation, je tends la main pour me resservir sous l'œil amusé de Devyn.

— Tu vas devoir te montrer moins entêtée, constate-t-il. Je pourrais être scandalisé par ton attitude. Ici, partager la nourriture du roi est un honneur qui ne se refuse pas.

Après avoir avalé coup sur coup trois fruits bleus, je me force à soutenir son regard.

— Devyn... dis-je d'une voix décidée. Je ne peux pas rester sur cette planète. Je *dois* rentrer sur Terre.

— Tu resteras sur cette planète, car c'est dorénavant la tienne.

Je me penche vers lui et tente de faire passer dans mon regard et dans ma voix toute ma force de persuasion.

— Je peux vous supplier, s'il le faut ! Passez-moi autour du cou ce collier qui me permettra de rentrer chez moi. Il y a... un homme qui m'y attend, et j'ai une mission à remplir de toute urgence.

Devyn tend le bras et fait glisser entre ses doigts une mèche de mes cheveux. Je dois reconnaître que l'or de ma chevelure est du plus bel effet sur la pâleur de sa peau.

— Cet homme dont tu me parles... Il s'agit de celui sur qui Parker a tiré, n'est-ce pas ?

Je me raidis et serre la couverture entre mes poings.

— C'est exact, reconnais-je. Comment le savez-vous ?

— Facile à deviner... répond-il en haussant ses larges épaules. Il n'y avait qu'à voir comment tu le regardais, et comment il te regardait. Mais ce que je ne comprends pas... c'est pourquoi, dans ce cas, il voulait t'acheter.

Je préfère ignorer sa question.

— Il faut absolument le secourir, dis-je d'un ton plus suppliant que jamais. Vous avez vu Parker tirer sur lui. Il est blessé. Je dois l'aider, le conduire dans un hôpital.

Devyn me regarde comme si je n'étais qu'une enfant déraisonnable et corrige d'une voix douce :

— Il n'est pas blessé, mon doux ange... Il est mort.

À ces mots, je me sens gagnée par un froid mortel. Mon cœur, sous sa gangue de glace, semble même s'arrêter de battre. Tout en moi proteste contre cette éventualité. Lucius Adaire, si puissant, si vivant, si fort, ne peut être mort ! Si c'était le cas, je le saurais, je le sentirais, car il existe entre nous un lien très fort, que je ne comprends pas, mais que j'accepte à présent et dont je suis reconnaissante.

— Comment le savez-vous ?

Nouveau haussement d'épaules indolent.

— Tu as constaté comme moi qu'il saignait. Aucun humain ne peut survivre en ayant perdu tant de sang.

— Sauf si on lui fait rapidement une transfusion. Voilà pourquoi je dois le rejoindre au plus vite.

— S'il reste un peu de vie en lui, EenLi le soignera pour le vendre comme esclave. Tu peux compter là-dessus !

Je réalise avec espoir et soulagement qu'il a raison. Un businessman comme EenLi ne laisserait pour rien au monde disparaître un aussi beau spécimen d'humanité que Lucius. Non par charité, mais pour en tirer profit.

— Je ne peux pas le laisser devenir un esclave ! dis-je, plus résolue que jamais à le convaincre. Pas plus que les femmes retenues prisonnières par EenLi. Je dois rentrer ! Je ferai tout ce que vous voudrez si vous me ramenez sur Terre.

Devyn se renfrogne.

— Qu'a-t-il de si spécial que je ne puisse t'offrir ? grogne-t-il.

— Il est... c'est lui que j'aime.

C'est la seule réponse qui me soit venue à l'esprit, et sans doute la seule possible.

Les poings serrés, le Targon se lève et me fusille du regard.

— Cette discussion est terminée ! s'exclame-t-il. Je ne te renverrai par sur Terre. Il est hors de question que je renonce à toi. Et je ne veux plus entendre parler de cet homme ni de ces femmes.

Nous verrons cela… Il est doté de pouvoirs psychiques qui me font défaut, mais je peux peut-être le surprendre avant qu'il n'ait pu s'en servir.

D'une brusque détente des jambes, je lui fais un croche-pied qui le fait tomber à la renverse sur le sol. L'instant d'après, je bondis sur lui, le coude posé sur son cou, pesant de toutes mes forces pour l'asphyxier.

— Je vous tuerai sans remords si vous ne jurez pas de me ramener sur Terre.

Loin de le terrifier, la menace le fait sourire. D'une voix que n'altère en rien sa position délicate, il constate :

— Je vois que je ne peux pas te faire confiance. Je pensais qu'un peu d'intimité nous serait nécessaire, mais si tu continues ainsi, je vais être obligé de rappeler mes gardes.

Je m'efforce de masquer ma déception.

— L'oxygénation de votre corps ne s'effectue pas par la respiration, n'est-ce pas ?

— Non.

Un sourire narquois flotte un instant sur ses lèvres.

— Je pourrais te plonger dans le sommeil en un clin d'œil, reprend-il. Et ensuite, te faire tout ce qu'il me prendrait l'envie de te faire.

Je retire mon coude et serre le poing. Comprenant que je m'apprête à le frapper, il n'esquisse pas un geste pour se défendre et sourit plus largement encore. Malgré tout mon élan, mon poing s'immobilise à mi-distance de son nez. Tout simplement, les muscles de mon bras ne répondent plus aux ordres de mon cerveau.

— J'aime ton style, murmure-t-il d'une voix pleine de désir. Tu vas être la plus précieuse de mes possessions.

Je serre les dents si fort que je m'étonne de ne pas les sentir éclater en morceaux.

— Laissez-moi vous dire une chose, Targon. Je ne me donnerai jamais à vous de ma propre volonté. Et si vous me forcez à vous céder, soyez assuré que d'une manière ou d'une autre je trouverai le moyen de vous le faire regretter.

— Qui parle de te forcer ? demande-t-il avec une moue dédaigneuse. En tant qu'esclave, tu es dans l'obligation de...

— Je ne serai jamais votre esclave ! Et Hunter restera le seul homme que je désire.

Une lueur de colère fait flamber son regard fauve.

— Tu m'appartiens ! lance-t-il d'une voix grondante. Je ne permettrai pas que tu penses à un autre que moi.

Enfin un angle d'attaque ! Tout roi qu'il est, Devyn n'en est pas moins sujet qu'un autre à la vanité masculine.

— Rien ni personne ne pourra m'empêcher de penser à lui et de le désirer, aussi longtemps que je vivrai. Chaque fois que vous me toucherez, j'imaginerai que c'est Hunter qui me caresse, que c'est lui qui me donne du plaisir !

Avec un grondement sourd, il me rejette sur le côté et se remet sur pied. Libérée de son influence mentale, je fais de même et me place en posture de défense face à lui.

— Les apparences sont trompeuses, dit-il en me scrutant à travers ses yeux mi-clos. Tu es bien plus forte que tu n'en donnes l'impression. J'admets que je commence à aimer cela. Tu as le courage d'un guerrier, mais tu sais te montrer aussi déraisonnable que toutes les femmes. Quoi qu'il en soit, je ne saurais le tolérer. Ici, c'est moi le roi ! Tu apprendras tôt ou tard à tes dépens qu'il vaut mieux ne pas attiser les braises de ma colère.

Sans me laisser le temps de lui échapper, il referme une poigne de fer sur mon poignet et m'entraîne de force le long d'une interminable série de couloirs. Enfin, nous débouchons dans une chambre, aussi vaste, lumineuse et aérée que le reste du palais. Une montagne de coussins moelleux et revêtus d'étoffes précieuses s'empile dans un coin. Dans un autre, ce qui ressemble à un jacuzzi.

De toutes ses forces, il me jette sur les coussins.

— Je t'ai dit que je ne voulais plus entendre parler de cet homme ! s'exclame-t-il en croisant les bras sur sa royale poitrine. Pour te punir de m'avoir désobéi, je vais devoir commencer immédiatement ton entraînement.

Le souffle coupé, je parviens à m'étonner :

— Mon entraînement à quoi ?

— À me donner du plaisir, bien sûr !

24

Le regard de Devyn reste posé sur moi tandis qu'il se débarrasse d'un geste habile de son kilt. Entièrement nu, il prend la pose avec un sourire suffisant. Sa peau est d'une blancheur de lait. Sa chevelure noire et bouclée tombe en désordre sur ses épaules. Beau comme un dieu, fort comme un guerrier antique, il rendrait folle de désir n'importe quelle femme.

Pourtant, il me laisse de marbre. Hélas ! la réciproque n'est pas vraie.

Son arrogance et son égocentrisme me font bouillir de rage. Si je veux garder une chance de lui échapper, je sais qu'il me faut prendre les devants et agir par surprise.

J'inspire profondément, me relève et m'apprête à bondir lorsque je le vois détourner son attention de moi. Deux aliens de sexe féminin, nues elles aussi, viennent de faire leur entrée dans la pièce par une porte latérale. La peau de l'une est d'un bleu azur. L'autre a la peau blanche, et trois paires de bras.

Qu'est-ce qui se passe ? Aurait-il une orgie en tête ?

Devyn leur fait signe d'approcher.

— Venez par ici, mes beautés…

La blonde à peau blanche applaudit de ses six mains et glousse de plaisir. La bleue azur se pourlèche comme un chat devant un bol de lait. Toutes deux ont des corps de déesses aux muscles fins et déliés.

— Regarde bien ! m'ordonne Devyn. Et prends-en de la graine.

J'en reste bouche bée. Ainsi, il n'a aucune intention de me violer. Tout ce qui l'intéresse, c'est de s'exhiber devant moi pendant que d'autres le font grimper au septième ciel.

— Au fait ! reprend-il en se livrant complaisamment aux mains expertes de ses esclaves. Inutile d'imaginer pouvoir m'échapper pendant que je suis occupé…

Dans l'instant qui suit, mes genoux ploient sans que j'y sois pour rien et je m'affale parmi les coussins. J'ai beau lutter contre la paralysie, rien n'y fait.

Les deux aliens laissent courir avidement leurs mains sur son corps. La femme à six bras possède un avantage certain et couvre un maximum de terrain. La femme bleue lui mordille la poitrine sans trop de douceur, faisant perler un sang couleur d'ambre sur sa peau pâle. La rudesse de ce traitement n'a pas l'air de déplaire au Targon. Les yeux clos, la tête rejetée en arrière, il se met à râler de plaisir lorsque Shiva entreprend de le pomper vigoureusement.

C'est le moment ou jamais, Eden. À toi de jouer.

Puisqu'il m'est impossible de faire usage de mon corps, je dois prendre le risque de l'abandonner derrière moi et de laisser mon esprit fouiller le palais à la recherche du collier. Peut-être à cause de l'urgence de la situation, je parviens à me concentrer plus rapidement que d'habitude. Quelques instants plus tard, je me regarde observer les torrides ébats érotiques du roi des Targons. J'ai pris garde en quittant mon enveloppe corporelle à ne pas fermer les yeux. Ainsi avachie sur les coussins, l'air absent et le regard vide, je peux donner l'impression d'être fascinée par le trio.

Je ne m'attarde pas et pars en exploration au hasard, me laissant guider par mon instinct. Devyn ne m'a pas menti en affirmant qu'il a demandé à ses gardes de s'éloigner. En chemin, je ne rencontre que des femmes de toutes origines, dont quelques humaines de races variées, et toutes pareillement nues.

Quelques minutes s'écoulent sans que je tombe sur la moindre piste. Je manque singulièrement d'indices, et mon incapacité à fouiller les meubles devant lesquels je passe ne m'aide pas à en trouver. Je commence à désespérer lorsque la chance me sourit enfin.

Au fond d'un vaste hall éclairé par une verrière, deux gardes sont en faction devant un étroit corridor. Tous deux portent le même kilt que leur monarque et leur poitrine nue est bardée d'armes. S'ils montent la garde, me dis-je, c'est qu'il y a quelque chose à garder. Voilà qui m'intéresse…

Invisible et indétectable, je passe entre eux comme si de rien n'était pour pénétrer dans le sombre corridor. Tout au bout, celui-ci débouche dans une immense salle au milieu de laquelle s'élève ce qui ressemble à un portique, encadré de colonnes, et qui semble donner directement sur les cieux. Je reste interdite sur le seuil. Fascinée, je contemple la toile nocturne et piquetée d'étoiles dressée devant moi, comme un rideau de nuit découpé en plein ciel.

Précautionneusement, je m'approche et observe de plus près le phénomène. Entre les deux colonnes, on dirait que l'air ondule, comme une surface liquide et chatoyante. Est-ce un portail interdimensionnel ? Les Targons n'ont-ils pas besoin des éruptions solaires pour voyager d'une planète à une autre ?

In extremis, je résiste à la tentation de tendre le bras vers la surface ondoyante irisée de reflets. Si réellement il s'agit d'un portail, je pourrais me retrouver sans l'avoir voulu je ne sais où et pas obligatoirement sur Terre. Avant toute chose, j'ai besoin du collier adéquat pour pouvoir rentrer chez moi.

J'englobe d'un regard panoramique la rotonde au milieu de laquelle je me trouve. De hautes colonnes de marbre blanc étincelant s'élancent jusqu'à la coupole du plafond. Derrière la colonnade, à mi-hauteur, se trouve une galerie à laquelle on accède par un escalier en colimaçon. Avec l'étrange sentiment de toucher enfin au but, je le gravis quatre à quatre et bondis d'allégresse en découvrant ce qui m'attend en haut des marches.

Répartis autour de la galerie, sur des présentoirs montés sur piédestal, ce n'est pas un collier que je découvre, mais douze en tout ! Les pierres serties dans chacun d'eux sont toutes de même taille mais d'aspect différent. La nature de la pierre joue-t-elle un rôle dans le processus ? Est-elle ce qui décide de la planète de destination ? Si tel est le cas, quelle est celle qui me ramènera sur Terre ?

Je les étudie chacune à tour de rôle. Bleu, rouge, violet, ambre. Je m'arrête devant celle-ci, qui amène un souvenir à ma mémoire. La pierre ambre est celle que Devyn m'a passée autour du cou. Elle doit donc correspondre à la planète Targon. Satisfaite, je poursuis ma recherche. Vert, brun, gris...

Je fais un pas en arrière et m'immobilise devant la pierre brune. Elle est terne, sans éclat, assez brute, mais ce n'est pas son aspect qui fait son intérêt. Si mes souvenirs sont exacts, c'est cette pierre que Devyn portait la première fois que je l'ai aperçu dans le repaire d'EenLi.

Enfin je touche au but ! Si je le pouvais, je me la passerais tout de suite au cou et me précipiterais à travers le portail sans attendre. Mais il me faut d'abord réintégrer mon corps, et m'emparer du bijou avant de le rejoindre risque de ne pas être une mince affaire.

Faisant le vide en moi, je me concentre intensément afin de rassembler toute l'énergie dont je dispose au bout de mes doigts invisibles. L'air autour d'eux se met bientôt à crépiter, à grésiller, à se faire plus dense. Mon esprit, lui aussi, entre en ébullition. La douleur a beau être intense, je ne relâche en rien mon effort. Lorsque le point critique me semble atteint, je fais une tentative pour ôter le collier d'or de son présentoir.

L'alarme qui se met à ululer aussitôt me prouve que contre toute attente j'ai réussi à m'emparer du bijou. Plus par instinct que de manière raisonnée, je lance haut vers le plafond la charge d'énergie et le butin qu'elle m'a permis de subtiliser, en priant pour qu'il ne vienne l'idée à personne de lever les yeux. Une horde de gardes aux abois investit la rotonde et la galerie dans laquelle je me trouve.

Je connais un instant de panique avant de me rappeler qu'ils ne peuvent me voir. Après avoir jeté un regard d'envie au portail chatoyant, je repars tranquillement par où je suis venue, le collier flottant comme un ballon au-dessus de moi.

Finalement – Dieu merci ! –, après m'être perdue et être revenue plusieurs fois sur mes pas, je me retrouve à mon point de départ. Le roi et ses favorites ne sont plus là, mais mon corps est exactement tel que je l'ai laissé.

En regagnant mon enveloppe charnelle, je constate que mes membres sont toujours paralysés. Le collier tombe de ses hauteurs et s'enfonce avec un bruit sourd dans un coussin à côté de moi. Je maudis le Targon qui n'a pas jugé utile de me rendre l'usage de mes membres avant de quitter la pièce. S'il l'avait fait, j'aurais pu profiter de la confusion ambiante pour me faufiler jusqu'à la rotonde et franchir le portail.

La conclusion s'impose d'elle-même. D'une manière ou d'une autre, je dois trouver un moyen de me libérer.

Utilisant toutes les ressources de ma volonté et de mon énergie mentale pour lever le blocage, je m'escrime pendant ce qui me paraît une bonne heure sans résultat. Je commence à désespérer d'y parvenir lorsque Devyn me rejoint enfin, dans un état de grande agitation.

— Comment as-tu fait ça ? lance-t-il d'un ton vindicatif.

Même si je voulais lui répondre, je ne le pourrais pas, vu que ma langue est paralysée comme le reste de mon corps.

— Réponds-moi !

Pour lui faire comprendre qu'il ne tient qu'à lui que je puisse le faire, je n'ai d'autre ressource que loucher de manière ridicule pour lui indiquer mes lèvres du regard.

Je réalise qu'il a saisi le message lorsque je me sens de nouveau en pleine possession de mes moyens.

— De quoi parlez-vous ? fais-je mine de m'étonner.

— Comment as-tu fait pour subtiliser le torque qui mène à la Terre ? Toi seule avais intérêt à t'en emparer !

— Comment voulez-vous que j'aie pu faire une chose pareille, puisque je n'ai pas bougé d'ici ! C'est vous-même qui y avez veillé.

Aussi discrètement que possible, je me soulève et me rassois sur le coussin dans les plis duquel le bijou se trouve caché. Devyn tend le bras, dans l'intention de me fouiller. Je lui assène un coup de poing dans le plexus qui le fait reculer de quelques pas. À peine une seconde plus tard, me voilà de nouveau paralysée, ce qui me met dans une rage folle. Je déteste me sentir si impuissante face à lui !

Ses mains ont beau explorer mon corps tout à leur aise, il ne trouve rien, et pour cause ! Les sourcils froncés, il me soulève sans effort et me repose comme un paquet de linge sale sur le côté. Enfin, il remarque le collier dans les plis du coussin.

— Comment as-tu fait ça ? répète-t-il en me fixant d'un œil noir. Réponds ! Cette fois, je ne t'ai pas immobilisé la langue.

Le sentiment de ma totale impuissance se mêle en moi à la fureur, composant un cocktail détonant. Comment puis-je espérer gagner face à une telle puissance psychique ? La réponse à cette question me frappe avec la soudaineté de la foudre. Mes lèvres se retroussent en un sourire diabolique.

— Voulez-vous que je vous montre ?

Je me concentre plus rapidement que je ne l'ai jamais fait. Mon esprit sort de mon corps comme une fusée. En un instant, je me retrouve derrière le Targon. Très vite, je laisse l'énergie s'amasser au bout de mes doigts. D'une brusque détente du bras, je lui griffe l'arrière du crâne.

Devyn sursaute, se retourne d'un bond et porte la main à sa nuque. Quand il ne découvre derrière lui que le vide, ses yeux s'agrandissent démesurément. Je ne lui laisse pas le temps de s'interroger plus longuement sur ce qui lui arrive et lui expédie une décharge d'énergie entre les jambes, là où se balance, derrière son kilt, son si précieux pénis.

Le choc est assez violent pour l'envoyer grogner de douleur, à genoux sur le sol, les mains rivées à ses parties intimes. Non sans une certaine crainte, il jette un coup d'œil à mon corps inerte, avant de reporter son attention vers le centre de la pièce, où il cherche en vain à discerner mon corps astral.

— Comment fais-tu ça ? murmure-t-il.

Décidément, ça devient une rengaine chez lui...

Maintenant que j'ai réussi à le déstabiliser, je ne dois pas relâcher la pression. Je redouble d'efforts mentaux pour le bombarder de salves d'énergie sur tout le corps. Dépassé par les événements, il finit par tomber sur le dos. Au prix d'un ultime effort de concentration, je sors un poignard du fourreau pendu à la ceinture de son kilt. Les yeux pleins d'effroi, il le regarde s'envoler dans les airs comme par enchantement et venir se plaquer contre sa gorge.

Avec satisfaction, je constate que ma démonstration lui fait de l'effet. C'est à peine s'il ose encore respirer...

— Quel effet ça fait de se retrouver sans défense aux mains de quelqu'un d'autre ?

Naturellement, je n'ai pu prononcer ces mots. Portés par une rage noire et une farouche volonté de revanche, ils ont été à peine plus qu'un frémissement d'air, que les oreilles de Devyn ont néanmoins perçu.

Prêt à appeler à l'aide, il ouvre la bouche.

— Si vous appelez vos gardes, dis-je en pressant fortement la lame sur sa gorge, ce seront vos dernières paroles.

Le cri qu'il s'apprêtait à pousser se réduit à un murmure à peine audible. Il semble se résigner à son sort ; ses lèvres se referment sur un sourire crâne.

— Voilà qui est mieux.

D'une main, je garde le couteau fermement en place. De l'autre, je rassemble suffisamment d'énergie pour lui ôter le torque qu'il a passé autour de son cou.

— Dès que tu m'auras relâché, dit-il d'un air bravache, je me précipiterai pour tuer ton corps. Que feras-tu, alors, sans ton enveloppe corporelle ?

— Je serai bien embêtée… admets-je sans difficulté.

— Combien de temps t'imagines-tu que tu auras la force de me menacer ainsi ?

— Le temps qu'il faudra.

Cela ressemble fort à un vœu pieux, car je commence déjà à fatiguer…

— Êtes-vous un homme d'honneur, Devyn ?

Une lueur d'orgueil flambe dans son regard.

— Je suis roi ! Cela suffit-il à répondre à ta question ?

— Alors jurez-moi de m'aider à rentrer sur Terre et je vous laisse la vie sauve.

— Jamais !

Je n'ai qu'à me concentrer un peu plus pour que la pression de la lame s'accentue et que perle un filet de sang couleur ambre à son cou. Sous moi, je le sens se raidir.

— Vous êtes donc suicidaire ? Je pourrais vous tuer à l'instant même, puis réintégrer mon corps et me servir du torque pour rentrer chez moi.

— Ta tentative serait vouée à l'échec. Mes gardes ne sont pas seulement choisis pour la puissance de leurs dons télékinétiques. Ils sont sélectionnés pour leur cruauté. Dès qu'ils t'auront repérée – et ils y parviendront, sois-en sûre – ils te feront regretter ton crime.

— Vous voulez parier que j'arriverai à me débarrasser d'eux ? Réfléchissez-y… Vous n'auriez jamais imaginé que je puisse vous tenir à ma merci comme je le fais.

Un long silence pensif s'ensuit.

— Tu ne me tueras pas ! dit-il finalement.

Le filet de sueur qui sinue le long de sa tempe dément la certitude qu'il tente d'afficher.

— Tu ne me tueras pas, répète-t-il comme s'il cherchait à s'en convaincre. Tu es une femme, et une Raka qui plus est. Les tiens ont beau ne plus être très nombreux hors de votre planète, je sais que vous êtes un peuple pacifique. Seules les classes dirigeantes sont capables de violence.

— Je suis peut-être issue des classes dirigeantes ? Tuer est mon métier. J'ai tué tant de gens que je ne sais même plus combien, et vous ajouter à la liste ne sera qu'une formalité pour moi. Pourquoi croyez-vous que j'ai laissé EenLi s'emparer de moi ? Afin de pouvoir l'éliminer et réduire à néant son trafic d'esclaves.

Il n'avait manifestement pas envisagé la chose sous cet angle. Mes révélations le laissent pantois. C'est le moment de porter l'estocade.

— Quoi qu'il en soit, je suis prête à vous laisser la vie sauve.

Dès l'instant où j'ai rejoint mes compagnes d'infortune dans leur cellule, mon ambition a changé de nature. Le but de cette mission n'est plus de prouver ma valeur ou de racheter mon échec avec EenLi. Je n'ai plus pour unique objectif que de sauver ces femmes et Lucius. Pour cela, je suis prête à passer un pacte avec le diable s'il le faut.

— Qu'en dites-vous, Targon ? dis-je en accentuant la pression du couteau sur sa gorge. Votre vie contre un ticket de retour chez moi.

— Pourrai-je quand même te baiser, en compensation des problèmes que tu m'as causés ?

— Non. Mais si cela vous fait plaisir, je vous autorise à me baiser les pieds.

Cela le fait rire. Il plonge une main dans ses cheveux tandis qu'il réfléchit à ma proposition. Manifestement, nul ne l'a jamais placé dans une telle situation, et il ne sait trop comment réagir.

— Alors ? dis-je d'un ton impatient. Votre réponse ? Je n'ai pas de temps à perdre.

— Le manque à gagner est énorme ! se plaint-il. J'ai dû verser une forte somme pour t'acheter.

— Si ce n'est que cela, vous serez remboursé.

— Tu ne pourras pas me rendre les deux guerriers dont j'ai dû me séparer.

Ces tergiversations me fatiguent. Il est temps de passer à des arguments plus frappants.

— Et si je promets de ne pas vous émasculer ? dis-je en abaissant la lame au niveau de son entrejambe. Cela vous aidera-t-il à vous résigner à cette perte ?

Sa pomme d'Adam joue au yo-yo le long de sa gorge. C'est d'une voix étranglée qu'il finit par conclure :

— Marché conclu, Raka...

25

Je reste sur mes gardes, mais je suis à bout de forces et dois lâcher le couteau et le collier, qui tombent sur le sol avec un bruit métallique. Sans perdre une seconde, je réintègre mon corps et bondis sur mes pieds.

Devyn semble décidé à tenir parole. Il n'appelle pas ses gardes et ne tente pas non plus de s'attaquer à moi, que ce soit physiquement ou mentalement. Aussi dignement qu'il le peut, il se contente de se remettre debout et d'épousseter son kilt du plat de la main. Il suffit cependant de voir son visage pour comprendre que la conclusion de notre petit entretien le fait enrager.

Je m'empresse de ramasser le poignard et le collier et lui demande :

— Un problème ?

— C'est toi, mon problème ! s'emporte-t-il. Je suis très, *très* en colère contre toi !

— Cela vous passera. Quand pouvons-nous retourner sur Terre ? Faut-il attendre une éruption solaire ?

Dans un premier temps, il garde un silence buté. Puis, passant la main dans ses cheveux, il lève les yeux au plafond et lâche un soupir résigné.

— Sur cette planète, maugrée-t-il, pas besoin d'éruption solaire. Viens. Suis-moi.

Sans relâcher ma garde je lui emboîte le pas tout en le pressant de questions.

— Que voulez-vous dire ? Pourquoi n'y en a-t-il pas besoin ?

— Les éruptions solaires ne sont nécessaires qu'à partir de la Terre, m'explique-t-il patiemment. Parce qu'aucun portail n'y a jamais été installé. Sur Targon, nous utilisons le Skyway.

Autrement dit, le portail iridescent que j'ai découvert lors de mon escapade mentale. Effectivement, c'est vers la rotonde où il se trouve qu'il m'entraîne. Nous passons devant les gardes figés en un garde-à-vous solennel.

— Cet homme… commence-t-il, l'air de rien. Qu'est-ce qui le rend si spécial à tes yeux ?

Il m'a posé la question comme s'il se fichait totalement de la réponse, mais je sais qu'il n'en est rien.

— Il éveille quelque chose en moi, reconnais-je avec honnêteté. Il enflamme mes sens d'une manière que je ne comprends pas.

— Je t'assure que si tu me laissais faire, je pourrais en faire autant.

— Peut-être. Peut-être pas.

Alors que nous arrivons aux abords du portail, il se campe devant moi, les mains posées sur les hanches, en une attitude de défi.

— Et si je n'acceptais de retourner sur Terre avec toi que pour le retrouver et l'éliminer ? menace-t-il. S'il n'est pas déjà mort…

Il profite de ma perplexité pour s'emparer du torque, qu'il passe autour de son cou. C'est sa dernière hypothèse qui me révolte et me fait m'écrier :

— Il ne l'est pas ! Et si vous touchez un cheveu de sa tête, je vous tue !

Je réalise alors que j'ai peut-être un peu vite fait confiance à cet alien mégalomane et égocentrique. Quoi qu'il en soit, je n'ai pas le choix : il me faut prendre ce risque. Tout en restant prête à le tuer à tout instant – s'il ne me tue pas le premier.

— Je te veux rien qu'à moi, dit-il d'un air buté. Je ne l'ai jamais caché.

— Vous ne renoncez jamais, pas vrai ?

Un sourire innocent illumine son visage.

— Jamais, admet-il.

La lumière étrange venue du Skyway caresse ses traits, colorant sa peau blanche et jetant des reflets bleus sur le noir des mèches bouclées qui retombent sur son front.

— Et si nous faisions un autre marché ? suggère-t-il. Je te donne ma royale parole de t'aider à sauver ton homme, et en retour tu m'accordes une nuit avec toi.

D'un geste vif de la main, je repousse mes cheveux par-dessus mon épaule.

— Nous avons déjà conclu un marché, dis-je fermement. Je ne fais pas de vous un eunuque, en échange de quoi vous me ramenez chez moi.

— Sais-tu que je peux faire beaucoup plus que te ramener chez toi ? Comment feras-tu pour retrouver ton Hunter ? Moi seul peux te conduire jusqu'à EenLi...

Son sérieux ne fait pas l'ombre d'un doute. Je reste un long moment à le dévisager, ne sachant que faire. Lui faire confiance ? Me méfier ? Dans un cas comme dans l'autre, il m'offre quelque chose que je ne peux refuser, quel qu'en soit le prix.

— Marché conclu !

Cet acquiescement me laisse un drôle de goût dans la bouche. Pourtant, il n'y a rien à regretter. Devyn hoche la tête avec satisfaction.

— Pour être valable, ajoute-t-il, un marché doit être scellé dans le sang.

Il s'agenouille, me prend la main pour m'inciter à suivre le mouvement, et récupère son poignard sans que je tente de m'y opposer. Je me raidis mais ne proteste pas en le voyant faire courir la pointe de la lame sur sa poitrine nue. Un sang couleur d'ambre s'écoule aussitôt sur ses muscles durcis.

— Donne-moi ton bras ! m'ordonne-t-il.

Un peu hésitante, je le lui tends. Après s'être emparé de mon poignet, il m'entaille l'avant-bras, juste suffisamment pour faire perler le sang. Puis il plaque les deux plaies l'une contre l'autre. Je suis troublée de sentir contre ma peau battre son cœur, martèlement régulier et puissant.

— Tu as ma parole d'honneur, Eden Black ! dit-il d'un ton solennel. Je te rendrai ton homme et te mènerai jusqu'à ton ennemi.

Il pointe le menton vers moi d'un air de défi et ajoute :

— À ton tour, à présent.

S'il y avait un autre moyen, je l'utiliserais. Hélas ! il n'y en a pas.

— Tu as ma parole d'honneur, Devyn Cambrii, roi des Targons. En échange de ton aide, j'accepterai de passer une nuit avec toi.

Dès que le dernier mot a été prononcé, l'air autour de nous paraît s'épaissir et se met à ondoyer, comme entre les colonnes du Skyway. Une énergie vitale, une force vivante nous englobe tous deux l'espace d'un instant avant de se dissiper.

— Si l'un de nous trahit sa parole, annonce Devyn en se redressant, il en mourra.

Il me tend la main pour m'aider à me relever à mon tour et me dévisage un long moment avant de hocher la tête avec satisfaction.

— Le serment est à présent effectif, conclut-il. Viens.

Sans me lâcher la main, il m'entraîne en direction du Skyway.

— Attendez ! dis-je en traînant les pieds. J'ai moi aussi besoin d'un torque !

— Ne me lâche pas la main, et tout ira bien.

Il se fige sur place et me lance un regard indéchiffrable.

— À moins que tu n'aies changé d'avis, suggère-t-il. Tu préfères peut-être rester ici avec moi ?

— Non.

— Tant pis, lâche-t-il dans un soupir. J'aurai essayé.

— Que se passera-t-il si…

Je voudrais savoir ce qui arrivera si nous nous trouvons séparés, mais je n'ai pas le temps de finir de poser ma question. Tirant d'un geste sec sur mon bras, il m'entraîne derrière lui dans la lumière ondoyante et bleutée du Skyway. Il me semble y entrer comme dans une gelée spongieuse. Je m'y enfonce comme dans des sables mouvants.

L'instant d'après, je me retrouve suspendue dans le vide, sans rien de solide sous mes pieds et rien pour me retenir. Mon cœur s'emballe et semble sur le point d'exploser. Je ferme les yeux et la bouche pour ne pas crier. Des sons d'une stridence inconnue me vrillent les tympans et, derrière mes paupières closes, tourbillonnent des lumières vives que je préfère ne pas regarder. Un vent puissant se lève, qui nous emporte. Je m'accroche désespérément à la main de Devyn, mais le vent devient si violent que le Targon et moi sommes séparés.

Je m'entends crier :

— Non ! Devyn…

Puisque c'est lui qui porte le collier, où vais-je me retrouver ? Sans oser ouvrir les yeux, je tends les bras à sa recherche ou, à défaut, de n'importe quel point d'ancrage.

Alors que je commence à paniquer, tout s'arrête avec la même soudaineté qu'à l'instant où nous avons plongé dans le Skyway. Plus de bruits stridents, plus de lumières vives. Le fait de retrouver brusquement un sol sous mes pieds me fait tituber. Mon cœur continue à battre en surrégime, mais je finis par reprendre mon équilibre et ouvrir les paupières.

Un cri – d'horreur ou de ravissement, je ne sais – s'échappe de mes lèvres.

Je suis debout au milieu d'une vaste clairière entourée de grands arbres verts. Un souffle de vent frais et humide passe sur ma peau. La stridulation des criquets compose un arrière-plan sonore familier, et la lumière de la lune nimbe de reflets argentés les touffes d'herbe. J'inspire à fond pour emplir mes poumons de cet air bienfaisant chargé d'odeurs de pin et d'humus – d'odeurs de la Terre…

Des mèches de cheveux dorés s'emmêlent sur mon visage. Je les repousse avec des doigts tremblants. Ainsi, me dis-je presque surprise, contre vents et marées je suis parvenue à rentrer chez moi ! D'un regard panoramique, je cherche le Targon mais vois personne. Tant pis. Je ne peux perdre de temps à m'inquiéter de sa disparition ; il me faut trouver un téléphone pour appeler Michael. Et vite !

Je quitte la clairière et m'élance sans hésiter entre les arbres en direction d'une série de bâtiments dont je vois poindre les toits à l'horizon. La griserie de ma réussite me donne des ailes. Ni les ronces qui me déchirent la peau ni les cailloux qui blessent mes pieds nus ne m'arrêtent.

Je dois courir à peu près une heure avant d'atteindre une maison particulière à l'orée de la forêt. Aucune lumière ne brille à l'intérieur. À bout de souffle, je me rue sur la porte principale, que je martèle de mes poings. Comme personne ne répond, je cogne avec deux fois plus de vigueur encore.

— Qu'est-ce que c'est que ce raffut ? s'écrie enfin une voix au-dessus de moi.

Je lève la tête. Dans la pénombre, je devine un homme aux cheveux argentés. Penché à l'une des fenêtres, il me dévisage d'un œil mi-soupçonneux, mi-effrayé. Pas le temps de faire les présentations ni de soigner la politesse.

— J'ai besoin d'utiliser votre téléphone, dis-je. Tout de suite !

— Je dirais plutôt que vous avez besoin d'apprendre les bonnes manières ! réplique le vieux. Fichez-moi le camp ! Il y en a ici qui sont fatigués.

Papy se trompe s'il s'imagine pouvoir me parler sur ce ton. Je ne fais ni une ni deux. Tout près de là, dans le jardin soigné qui entoure la maison, je ramasse un gros rocher d'ornement, que j'envoie valdinguer contre une fenêtre du rez-de-chaussée. Le système d'alarme se met à piailler dans la nuit. À coups de pied, j'achève de repousser bois éclaté et échardes de verre. Un bond, et me voilà dans la place.

À peine ai-je eu le temps de me redresser que je vois le propriétaire dévaler l'escalier. Seulement, cette fois, il est armé et braque sur moi une pyro-arme, petite mais efficace.

—Je suis armé ! crie-t-il comme si j'étais trop bête pour l'avoir remarqué. Et je n'hésiterai pas à tirer !

Il n'a pas le temps d'en dire plus, et encore moins de mettre ses menaces à exécution. En un instant, je le désarme d'un coup de pied bien ajusté qui lui arrache un cri. Je n'ai plus qu'à ramasser l'arme et à la braquer sur son cœur pour être maître de la situation.

Le vieil homme tombe à genoux devant moi. Il joint les mains en un geste de prière et gémit :

—Par pitié, ne me faites pas de mal !

—Dites-moi simplement où est votre téléphone et tout ira bien.

Le visage noyé de larmes, il pointe un doigt tremblant vers une table basse, non loin de moi. Je déteste devoir le terroriser, mais je n'ai pas le choix.

En enfilant l'oreillette du combiné, je lui conseille d'une voix sourde :

—Pas un geste ou vous êtes mort. C'est bien compris ?

Un sanglot lui échappe ; il acquiesce en hochant la tête avec empressement.

—Black à l'appareil... répond mon père aussitôt après avoir décroché.

Un élan de tendresse incongru menace un instant de me faire perdre ma concentration. Qu'il est bon d'entendre à nouveau le son de sa voix ! Mais les effusions, ce sera pour plus tard.

—Michael... Lucius a été blessé.

—Eden ?

La joie et la surprise se mêlent dans le ton de sa voix.

—Bon sang, Eden ! s'exclame-t-il. Dis-moi que c'est bien toi... Cela fait trois jours que nous avons perdu ton signal et je pensais...

Pas le temps, non plus, de faire la causette. Avant de mettre un terme à son inquiétude paternelle, je remarque cependant qu'il s'est écoulé sur Targon trois fois plus de temps que je ne l'imaginais.

— Je vais bien, rassure-toi. Mais je suis pressée. As-tu parlé à Łucius ? S'est-il manifesté ?

— La dernière fois que j'ai eu de ses nouvelles, il m'a dit que tu avais été enlevée comme prévu et qu'il se rendait au rendez-vous fixé par EenLi pour t'acheter. Après cela, nous n'avons plus entendu parler de lui et l'avons cherché en vain partout. Même dans ton appartement. Vas-tu enfin me dire ce qui s'est passé ?

— Jonathan Parker lui a tiré dessus.

— Est-il mo...

— Non !

Mon cri de protestation a jailli spontanément. Je ne suis toujours pas prête à envisager une telle éventualité.

— Je pense qu'EenLi a dû le soigner et se l'approprier, dis-je un ton plus bas. Il va vouloir le vendre comme esclave. Il y a aussi cinq femmes, avec qui j'ai été enfermée, et qui s'apprêtaient à être vendues. EenLi a-t-il été repéré quelque part ?

— Non. Mais le cadavre de Parker a été retrouvé.

— Je sais. C'est moi qui l'ai tué.

Je marque une pause. Le temps file. Je ne dois pas tarder à me tirer de ce guêpier.

— Michael... J'ai besoin de toi.

— En te parlant j'ai déjà lancé l'ordinateur sur ta piste, ma douce. Tu peux remercier les isotopes. Tu te trouves dans le New Montana. Je te rejoins aussi vite que possible, et je te ramène à la maison.

— Non ! Je dois retourner à New Dallas, dans cette maison où ils m'ont retenue prisonnière. EenLi ne doit pas être très loin, je le sais. Et c'est le seul moyen dont je dispose pour retrouver Lucius. Il faut absolument faire en sorte de le sauver, Michael ! Et ces cinq femmes avec lui.

— C'est ce que nous allons faire. Je te le promets.

Des sirènes de police commencent à se faire entendre dans le lointain. Avant de raccrocher pour m'enfuir, je prends le temps d'ajouter :

— Je dois couper. Arrive aussi vite que possible !

26

— Dis-moi que j'ai mal entendu ! lance Michael. Tu as pris le risque de faire alliance avec ce Targon ?

Dans le casque qui me couvre les oreilles, sa voix grave et familière est comme l'incantation apaisante d'un prêtre vaudou. Mal à l'aise, je tourne la tête pour observer la nuit piquetée d'étoiles par la vitre de l'hovercraft dans lequel nous avons pris place. Le moteur émet un ronronnement apaisant tandis que cette machine expérimentale à vingt-trois millions de dollars nous entraîne à travers les airs.

J'ai déjà expliqué à mon père tout ce que je sais des torques, des éruptions solaires et du Skyway qui permet le voyage interplanétaire à volonté sur les autres planètes que la Terre. Je lui ai parlé également de ce pistolet électrique top-secret que j'ai vu entre les mains des hommes d'EenLi. Tout cela, il l'a écouté dans un silence de plomb. Le fait que sa première réaction concerne mon alliance avec Devyn me laisse un peu perplexe.

— Réalises-tu, ajoute-t-il dans le micro de son casque, que ce roi des Targons est peut-être à l'heure actuelle en train de tout raconter à son ami EenLi ? Si c'est le cas, ta couverture ne vaut plus un clou !

Après le serment si spécial que nous avons échangé, je doute que Devyn me trahira. Mais cela, je ne peux le révéler à mon père. Comment lui avouer que j'ai acheté sa collaboration au prix d'une nuit d'amour ?

— Tout ce qui compte, dis-je d'un ton décidé, c'est de sauver Lucius et les femmes qu'EenLi retient prisonnières. Rien d'autre n'a d'importance. Peut-être Devyn a-t-il tout raconté, peut-être pas. Dans un cas comme dans l'autre, je fonce !

Michael lâche un petit soupir de frustration avant de conclure d'un ton sans réplique :

— Très bien. Je te laisse retourner là-bas, mais tu prends Ren et Marko avec toi. Ils te…

— Pas question ! dis-je sans attendre la fin de sa phrase. J'y vais seule.

Je compte bien utiliser à mon avantage les pouvoirs du Targon. Dans ces conditions, je ne veux pas m'encombrer d'humains, et surtout pas si ce sont des agents de Michael. Après avoir vu l'arme dont s'est servi Cologne pour tuer son partenaire, je suis en droit de craindre qu'il n'y ait des traîtres dans nos rangs. Et je ne peux prendre le risque de rater EenLi une nouvelle fois.

J'explique tout cela à Michael, et je le vois secouer négativement la tête quand j'ai terminé.

— EenLi et moi avons travaillé ensemble sur le projet de cette arme, explique-t-il patiemment. Il n'y a donc pas de traîtres dans nos rangs. Je t'ordonne de retourner là-bas avec Marko et Ren, un point c'est tout !

Il est têtu, c'est un fait. Mais près de lui j'ai été à bonne école, et je dois l'être encore plus que lui.

— Dans ce cas, dis-je tranquillement, je suppose que je vais devoir démissionner.

Sur ce, je tourne la tête pour le fixer droit dans les yeux. Il semble fatigué et j'ai l'impression que ses tempes sont plus blanches que la dernière fois que nous nous sommes vus. Une lueur glaciale passe au fond de ses yeux. Jamais encore je n'avais eu droit de sa part à un regard aussi dur.

— Tu renoncerais à ta place au sein de l'agence… dit-il comme s'il ne parvenait pas à y croire. Tu rejetterais tout ce que nous avons bâti ensemble, uniquement pour sauver Lucius par toi-même ?

C'est sans la moindre hésitation que je lui réponds.

— Oui.

Cela achève de le faire sortir de ses gonds.

— Ah oui ? Eh bien tu veux que je t'apprenne quelque chose sur cet homme qui compte tant pour toi ? Il n'est pas à la solde du gouvernement. C'est *moi* qui l'ai embauché pour devenir ton partenaire ! Je l'ai payé pour qu'il veille sur toi et te préserve de tout danger. Et il a échoué !

Il me semble avoir mal entendu. Du moins ai-je voulu mal entendre...

— Tu peux répéter ?

— C'était *lui* qui était censé te protéger d'EenLi et le tuer lui-même. *Lui* qui était chargé de te protéger, au prix de sa vie si nécessaire, pour que tu puisses rentrer saine et sauve à la maison. Il n'a rempli aucun de ces objectifs. Il a échoué.

Soudain, il me semble avoir une lourde pierre au fond de l'estomac et un souvenir enfoui me remonte à la mémoire. Lors de notre première rencontre, Lucius a prétendu au détour d'une phrase être payé par Michael. À l'époque, j'y avais vu un lapsus. À présent, je me sens envahie par un mélange d'incrédulité et de colère. Il aurait dû m'en parler ! Il a eu maintes fois l'occasion de le faire, alors que nous étions au lit ensemble. Je n'aime pas l'idée qu'il ait pu me mentir, même par omission, mais cela ne change en rien la nature de mes sentiments pour lui. Je le punirai, bien sûr, mais seulement après lui avoir sauvé la vie.

— Tu voudrais me monter contre lui, dis-je à mon père. Et il est vrai que je lui en veux de ne pas m'avoir dit la vérité. Mais c'est surtout *ton* attitude qui me met hors de moi !

Ma voix est calme mais tremble un peu. Je déteste le fait de me découvrir si sensible à cette blessure d'amour-propre qu'il vient de m'infliger.

— Tu as donc si peu confiance en moi ? reprends-je en secouant la tête d'un air dépité. Tu t'imagines que je suis à ce point incapable qu'il te faut payer un homme pour me protéger pendant que je suis en mission ?

Lorsqu'il réalise que je lui en veux bien plus qu'à Lucius, Michael en reste un instant interdit.

— Mais... c'est parce que je t'aime ! s'exclame-t-il enfin. Je ferais n'importe quoi pour te garder en vie. Reviens sur ta décision ! Laisse deux de mes hommes t'accompagner là-bas.

Ainsi, c'est tout ce qu'il trouve à me dire... Une tristesse insondable m'envahit.

— Je sais bien que tu m'aimes, Michael. Le problème, c'est que tu ne me vois pas telle que je suis réellement, telle que je voudrais que tu me voies. Comme une femme forte, courageuse, à qui on peut confier les missions les plus difficiles. Lucius, lui, a fini par le reconnaître.

Je me rends compte, en prononçant ces mots, à quel point ils sont vrais. Malgré la piètre opinion qu'il avait de moi au départ, c'est Lucius qui n'a pas hésité à me dire que je faisais du bon boulot. Contrairement à Michael, il m'a laissée aller me jeter dans la gueule du loup en étant convaincu que je trouverais le moyen de m'en sortir par moi-même.

— Je n'ai pas changé d'avis, dis-je d'une voix blanche. J'irai seule.

Les narines de Michael frémissent et ses joues rougissent, signes évidents que ma résistance le met hors de lui.

— Si tu ne fais plus partie de l'agence, dit-il sèchement, tu n'as aucune raison d'aller sauver Lucius. Je te ramène à la maison. De toute façon, tu as besoin de te reposer.

C'est sur le même ton que je lui réponds.

— Conduis-moi tout de suite à New Dallas ! Sinon, je jure de devenir le bras droit d'EenLi.

Ce n'est pas une menace en l'air. Pour sauver Lucius et mes compagnes de captivité, je ferais n'importe quoi.

— Quand j'étais petite fille, dis-je sans lui laisser le temps de me répondre, tu comptais jusqu'à trois quand je refusais de t'obéir. Et si je m'obstinais, j'étais punie. Il me semble que tu n'es jamais arrivé jusqu'à trois...

— Ne me fais pas ça, Eden.

— Un.

— S'il te plaît... Sois raisonnable.

— Deux.

— Pourquoi t'obstiner ainsi ?

— Tr...

— C'est d'accord !

Michael détourne le regard et se radosse à son siège. Il actionne un bouton sur son casque et s'adresse au pilote.

— Les plans de la maison, dis-je quand il a rétabli la communication entre nous. Celle où j'ai été conduite après mon enlèvement. Je voudrais les voir.

Sans un mot, il fouille son porte-documents et me les tend. Je passe le temps qu'il me reste jusqu'à l'atterrissage à New Dallas à les étudier et à me changer. Michael a pris soin d'amener mon uniforme et mon attirail habituel. Enfin vêtue de noir de la tête aux pieds et lestée du poids familier de mes armes, je me sens déjà mieux et prête à affronter tous les dangers.

En nous quittant, nous n'échangeons pas un mot. En temps normal, cette froideur entre nous me ferait de la peine, mais pour l'heure j'ai bien d'autres chats à fouetter. Il me faut retrouver au plus vite Lucius et, avant toute chose, dénicher un moyen de locomotion.

Je quitte l'aéroport privé à pied et ne tarde pas à trouver ce dont j'ai besoin dans une sombre ruelle. Désactiver le système de sécurité de la luxueuse berline et reprogrammer l'ordinateur de bord pour qu'il m'amène à destination est un jeu d'enfant. Suivant les indications fournies par Michael, je gare le véhicule à un kilomètre de mon but afin d'éviter que des caméras de surveillance ne signalent mon approche.

Avec une certaine fébrilité, je franchis à travers bois les dernières centaines de mètres. La lumière de la lune guide mes pas. Il fait toujours aussi sec et chaud, ce qui tend au moins à prouver qu'EenLi et ses sbires n'ont pas quitté la région.

Enfin, la vieille maison apparaît en ligne de mire. Rien ne la signale à l'attention : des murs en pierre grise, des alentours bien entretenus… En passant les lieux au crible pour déjouer tout piège éventuel, je me laisse envahir par un cocktail de sentiments inconfortables – fureur, espoir, regrets. L'espace d'un instant, je revis mon premier échec avec EenLi. J'avais également insisté pour mener à bien cette première mission toute seule. Avec un résultat catastrophique… Cette fois, je n'ai pas l'intention d'échouer. L'enjeu est trop important.

Bien qu'aucune lumière ne soit allumée à l'intérieur, je ne baisse pas ma garde. Tous les sens aux aguets, ma pyro-arme bien serrée dans mon poing, je m'avance prudemment en terrain découvert. Il ne manquerait plus que je n'aie pas repéré un détecteur de mouvement qui donnerait l'alerte ! Je parviens à entrer sans difficulté, ce qui n'est pas pour me rassurer. Aucune alarme ne retentit ; aucun garde armé ne surgit devant moi pour tenter de m'arrêter. Dans le noir, je fouille pièce après pièce, sans résultat. Je garde le cachot souterrain pour la fin, et ma déception est grande de le trouver totalement abandonné.

Je dois me rendre à l'évidence : Lucius n'est plus ici, pas plus que mes cinq compagnes de captivité ni aucun des sbires d'EenLi.

Dépitée, je regagne le salon où s'est déroulée la vente aux enchères. À la lueur de ma torche, je découvre sur la moquette une tache de sang séché à l'endroit où Lucius est tombé. Tout à côté, le sang de Parker a formé une flaque jumelle. En plus d'une odeur métallique d'hémoglobine en suspension dans l'air, c'est tout ce qu'il reste ici de ces deux hommes.

Et maintenant, que faire ? Où les chercher ?

Secoue-toi un peu, Eden ! Remue-toi les méninges !

Le bruit d'une lame de parquet grinçant derrière moi me fait sursauter. Instinctivement, j'éteins ma lampe et trouve refuge dans le coin le plus obscur de la pièce. Je plisse les yeux pour tenter de deviner l'origine du bruit, mais ce sont mes oreilles qui me renseignent.

— Eden ? Je sais que tu es là. Je reconnais ton odeur.

Pour ma part, je reconnais cette voix. Je me laisse aller à sourire, mais mon doigt ne relâche pas sa pression sur la détente.

— Comment avez-vous fait pour arriver aussi vite, *votre majesté* ? Il m'a fallu prendre un hovercraft depuis le New Montana.

— Tu oublies que, contrairement à toi, je suis un habitué du Skyway. Je sais comment me diriger et où atterrir.

Sortant de la pénombre, Devyn s'avance dans le salon. Un rayon de lune venu d'une fenêtre toute proche éclaire sa silhouette athlétique. Je le vois embrasser les lieux d'un regard avant de conclure :

— Tu ne trouveras personne ici.

— Merci. J'avais remarqué…

À mon tour, je sors des ténèbres. Après l'avoir rejoint dans la flaque de lumière lunaire, je rengaine ma pyro-arme et lui demande :

— Avez-vous une idée de l'endroit où peut se trouver EenLi ?

Son habituel et insupportable sourire suffisant flotte un instant sur ses lèvres avant qu'il ne me réponde :

— Naturellement, puisque je suis son meilleur client.

J'avance d'un pas de plus et me campe solidement sur mes jambes devant lui avant de lui rappeler :

— Vous avez promis de m'aider. Je vous prends au mot. Conduisez-moi jusqu'à lui.

Son sourire s'élargit, s'étirant presque d'une oreille à l'autre. Un sourire qui pourrait me donner envie de lui, tant il le rend incroyablement séduisant, mais qui ne me donne en fait que l'envie de le gifler.

— Dois-je te rappeler que tu m'as promis en échange une nuit avec toi ? répond-il. Malheureusement, un détail nous a échappé. Nous n'avons pas déterminé qui recevrait sa gratification en premier.

Puisqu'il semble d'humeur à s'amuser, pourquoi ne pas lui donner satisfaction ? Je fais mine de m'alanguir et me presse contre lui. Ses bras, instantanément, se referment autour de mes hanches. Je laisse la lame dissimulée dans ma manche descendre le long de ma main, jusqu'à ce que mes doigts se referment solidement sur le poignard. Il ne me reste qu'à guider l'arme jusqu'à son entrejambe et à susurrer :

— Vous avez raison. Concluons un autre marché.

Sa réaction est loin d'être celle que j'attendais.

— Ah, Eden... s'amuse-t-il. Tu es tellement prévisible ! Si tu poussais un peu plus loin ton exploration, ce que je t'encourage à faire, tu t'apercevrais que j'ai cette fois pris la précaution de me munir d'une coquille d'acier...

Avec une grimace de dépit, je rengaine mon poignard. Inutile d'espérer l'intimider. Mon seul espoir de parvenir à mes fins avec cet obsédé consiste sans doute à jouer sur son propre terrain.

— Accepterez-vous de m'aider si je vous donne un baiser ?

— Un seulement ?

— Avec la langue.

— Maintenant ?

— Maintenant.

— Marché conclu !

Je me dresse sur la pointe des pieds mais le laisse venir à moi. Lentement, très lentement, il amène ses lèvres au contact des miennes. Je suis surprise par la douceur avec laquelle il m'embrasse. Sans attendre qu'il se décide à aller plus loin, je saisis ses joues entre mes mains, penche sa tête et introduis ma langue dans sa bouche.

Les bras de Devyn se resserrent autour de mes hanches, me retenant captive. Bien d'autres à ma place, sans doute, se laisseraient enivrer. Ce Targon est grand, fort, viril et il sait embrasser. Mais il n'est pas Lucius, et cela suffit pour moi à faire de ce baiser une formalité.

Comme à regret, Devyn y met fin et suit du bout de son index le tracé de mes lèvres.

— Aurais-je perdu mon savoir-faire ? s'interroge-t-il à mi-voix.

— EenLi ! dis-je pour en revenir à l'essentiel. Où est-il ?

— Dans son entrepôt. Et si ton homme est toujours de ce monde, il doit y être lui aussi, pour y être vendu comme esclave.

— Impossible ! dis-je en fronçant les sourcils. Il ne peut être à son entrepôt. Nous avons vérifié.

— Es-tu certaine que vous avez vérifié au bon endroit ?

— Que voulez-vous dire ? Il y aurait donc un deuxième entrepôt ?

— À quelques dizaines de mètres du premier. N'est-ce pas de la plus extrême habileté de se cacher ainsi à deux pas de l'endroit où l'ennemi vous cherche ? Il y organise ce soir une grande vente à laquelle je comptais assister.

Je jubile et me retiens de justesse de lui sauter au cou.

— J'ai besoin que vous m'emmeniez à cette vente !

— Et moi, j'ai besoin que tu me promettes un autre baiser.

Je ne prends même pas le temps de la réflexion.

— Accordé !

— Oh ! que j'aime marchander avec toi, mon doux ange !

Il se penche vers moi, amenant ses lèvres à frôler mon oreille.

— Mais tu sais, ajoute-t-il dans un murmure, je t'aurais amenée à cette vente de toute façon. Et gratuitement...

27

Devyn disposant de son propre véhicule, j'abandonne la voiture volée et m'installe à ses côtés dans la rutilante Jaguar rouge garée devant la maison. Durant le trajet vers le second repaire d'EenLi, mon impatience ne cesse de grandir.

Une musique classique apaisante s'écoule des haut-parleurs, ce qui me surprend. Probablement m'attendais-je à ce que Devyn soit un adepte du rock le plus énergique et le plus survolté, à l'image de ses habitudes sexuelles.

Les minutes se succèdent dans un parfait silence tandis que nous roulons à tombeau ouvert sur l'autoroute. J'ai l'impression qu'une éternité s'écoule ainsi avant que le Targon ne se décide à rompre le silence.

— Qu'as-tu pensé de mon baiser ?

Peut-être a-t-il senti ma tension et cherche-t-il à faire diversion.

— C'était… bien.

— Seulement *bien* ! se récrie-t-il. Je m'attendais à une réaction plus enthousiaste. Par exemple : magnifique, merveilleux, inégalable !

— Ne faites pas l'enfant ! Disons qu'il y manquait quelque chose.

— Il n'y manquait rien du tout !

Je marque mon agacement d'un soupir et lui demande :

— Je peux vous donner un conseil, Devyn ?

— Essaie toujours…

— Ne vous imposez jamais auprès d'une femme. Ce baiser aurait été bien meilleur, en ce qui me concerne, si je l'avais réellement désiré.

Devyn se raidit sur son siège et hausse les épaules.

— Si j'avais dû attendre ton bon vouloir, maugrée-t-il, ce baiser n'aurait jamais eu lieu ! Mais rassure-toi, tu auras largement l'occasion de changer d'avis quand tu passeras la nuit dans mes bras.

Je préfère ne pas répondre, tout simplement parce que je ne sais que dire. Puisque je la lui ai promise, je la lui donnerai, sa nuit d'amour. Mais cela ne signifie pas pour autant que je doive être enthousiaste ni même active dans le processus.

Enfin, nous parvenons à destination. Le bolide ralentit progressivement, avant de s'arrêter tout à fait. Une longue file de voitures luxueuses s'étire devant nous, attendant je suppose qu'un portier les laisse entrer dans l'enceinte de l'entrepôt. Par la vitre de la Jaguar, j'observe l'animation qui règne autour du vaste bâtiment de brique délabré, où se presse déjà une petite foule, humains et aliens mêlés.

— L'autre entrepôt est sous étroite surveillance, dis-je avec mauvaise humeur. Je ne comprends pas comment une telle activité a pu nous échapper.

— Le problème des caméras de surveillance, explique Devyn avec un sourire rusé, c'est qu'on peut facilement les piloter à distance, voire truquer les images qu'elles renvoient…

Voilà qui n'est pas pour arranger ma mauvaise humeur. Avec un soupir, je m'adosse à mon siège et dresse dans ma tête un plan d'action.

— Voilà ce que nous allons faire, dis-je tandis que la voiture redémarre sur quelques mètres. Quand nous serons à l'intérieur, je veux que vous preniez part à la vente. Je veux également que vous fassiez semblant d'être mon maître.

— Semblant ? répète-t-il d'un air narquois.

Je fais semblant pour ma part de ne pas saisir le sous-entendu.

— Oui, semblant ! Cela vous paraît dans vos cordes ?

— Oh ! Je ne me fais pas de souci pour ça. Mais toi ? Sauras-tu te comporter en véritable esclave ?

Ce Targon commence à me porter sur les nerfs.

— C'est mon problème.

Je déteste devoir me reposer à ce point sur lui, mais je ne peux rien faire sans sa collaboration et nous le savons tous les deux. D'abord, j'ai dû composer avec Lucius. Maintenant, me voilà contrainte de collaborer avec Devyn. Pour moi qui ai toujours tiré ma fierté de pouvoir me débrouiller seule, la pilule est dure à avaler. Pour l'instant, cependant, je suis trop occupée à sauver la vie de l'homme que j'aime pour m'y attarder.

Que j'aime ?

Je suis effarée de constater à quel point ces mots sonnent juste, et combien je me suis échinée jusqu'à cet instant à ne pas regarder la réalité en face. Au fur et à mesure que nous avancions dans cette mission, Lucius a peu à peu envahi mes pensées et mon cœur, au point d'y occuper dorénavant toute la place. Certes, il peut se montrer cassant, autoritaire, insupportable… mais il est également intelligent, plein de ressources, fiable et diablement généreux quand il laisse tomber le masque. En fait, il a tout de l'homme que sans le savoir j'attendais de rencontrer sur ma route.

La Jaguar effectue un nouveau saut de puce.

— Une fois que Lucius et les autres auront été mis hors de danger, dis-je avec détermination, je veux que vous me conduisiez jusqu'à EenLi. Je suppose qu'il sera là ce soir ?

— C'est habituellement le cas. Tu veux le tuer ?

Je réponds sans hésiter, et avec une certaine jubilation.

— Oui !

Devyn y réfléchit un instant, puis lâche d'un ton rêveur :

— Je ne pense pas que je souhaite le voir mort.

— Pourquoi ? Il est le mal incarné !

— Peut-être, mais il est aussi celui qui me fournit en femmes.

Je roule des yeux effarés et m'impatiente :

— Pourquoi réduire des femmes en esclavage ? Vous qui êtes si séduisant, vous pourriez vous attacher leurs faveurs en faisant usage de votre seul charme.

Un sourcil arqué, il tourne la tête vers moi.

— Avec toi, cela n'aurait pas suffi.

Bien vu…

— Je suis l'exception qui confirme la règle.

— Plus pour très longtemps…

Tout en parlant, il a posé une main possessive sur ma cuisse.

— Ôtez votre main de là tant qu'elle est encore attachée à votre corps ! L'heure de votre récompense n'a pas sonné.

Il affiche son insupportable sourire fat mais fait ce que je lui demande et retire sa main.

— Chatouilleuse, avec ça… s'amuse-t-il. Tu devrais plutôt te réjouir, petite Raka. Bientôt, si ce n'est cette nuit même, tu auras l'honneur de partager ma couche. À défaut d'en concevoir une légitime fierté, tu pourrais au moins te réjouir !

— La seule chose qui me réjouisse, c'est que je vais pouvoir vous mordre et vous griffer jusqu'au sang, comme j'ai vu vos autres femmes le faire !

— Petite imprudente… murmure-t-il. Bientôt, tu ne t'en sortiras plus avec de simples promesses.

Progressivement, son sourire s'efface. L'expression de son visage se fait sérieuse et concentrée. Envolé, le jouisseur insouciant ! À sa place apparaît le roi des Targons. Il me semble deviner les raisons de ce revirement : Devyn est en train de se prendre au jeu. Voilà qui est bon pour moi. Comme il n'aime pas perdre, il fera tout pour que je puisse arriver à mes fins.

— À l'intérieur, dit-il au bout d'un instant, il te faudra marcher à deux pas derrière moi. Lorsque je prendrai un siège, tu devras t'installer à mes pieds.

Il laisse courir son regard sur ma tenue de combat et ajoute :

— Tu dois porter quelque chose de plus sexy. Je ne me montrerais jamais en public avec une esclave accoutrée ainsi ! Qu'as-tu fait de tes vêtements roses ?

— Poubelle ! Et je n'ai rien d'autre sous la main.

— Alors, déshabille-toi ! ordonne-t-il négligemment.

N'ayant pas le choix, je m'exécute de mauvaise grâce. Rapidement, je déboutonne ma chemise et l'expédie sur le siège arrière. Mon soutien-gorge est noir, pas spécialement sexy, mais il met bien en valeur ma poitrine dorée. Hélas ! il va me falloir me débarrasser de la plupart de mes armes, maintenant que je n'ai plus rien pour les cacher. J'essaie de trouver une consolation dans la certitude qu'il me suffit d'une lame pour régler son compte à EenLi.

— Le pantalon aussi ! insiste Devyn qui n'a pas perdu une miette de l'effeuillage.

— Allez vous faire foutre !

J'utilise néanmoins mon poignard pour découper le vêtement, de manière à en faire un minuscule short.

— Voilà qui est mieux, approuve-t-il. Maintenant, libère tes cheveux.

Avec un soupir de frustration, j'enlève la casquette qui les retient. Un flot de mèches dorées se répand dans mon dos, allumant dans le regard de Devyn une lueur de désir.

— Que tu es belle ! s'exclame-t-il. Il me tarde tant que tu sois à moi...

Je me garde bien de répondre qu'il va tout de même devoir attendre.

Notre voiture arrive enfin au terme de la file. Un bref contrôle nous permet de pénétrer dans l'enceinte. Dès que nous sommes garés, un humain déguisé en cow-boy se précipite sur ma portière pour l'ouvrir. Je sors du véhicule avec autant de dignité que possible vu ma tenue. Le portier me dévore des yeux, fasciné. Sans doute ne se rend-il même pas compte qu'il tend la main vers moi pour me toucher. Vivement, je m'écarte pour éviter le contact de ses doigts.

Devyn fait le tour de la Jaguar et vient se placer devant moi. Vêtu d'un kilt vert mousse et d'une chemise blanche largement ouverte sur son torse, je dois reconnaître qu'il est sexy en diable. Il a rassemblé ses cheveux en une queue de cheval. Ses yeux, dans lesquels dansent des flammes, me semblent plus royaux que jamais. Sans un mot, il se met en marche, s'attendant manifestement à ce que je lui emboîte le pas, ce que je fais sans rechigner. La foule s'écarte d'elle-même pour nous permettre d'accéder à l'entrée. En chemin, je sens des regards pesants s'attarder sur moi mais je m'efforce de les ignorer.

Devyn fait plusieurs haltes pour échanger quelques mots avec des connaissances. J'en profite pour repérer les lieux, à la recherche d'EenLi. Hélas ! je ne le vois nulle part, ce qui renforce ma frustration et mon inquiétude. Et s'il décidait, une fois encore, de ne pas venir ?

Nous gagnons enfin une rangée de chaises alignées face à une estrade. Les esclaves à vendre se trouvent déjà sur celle-ci, exposés à la vue et à la curiosité des acheteurs. Leurs mains levées au-dessus de leur tête sont attachées par des cordes à un rail métallique. Quant aux vêtements qu'ils portent, ils servent davantage à les exhiber qu'à ménager leur pudeur.

Un soulagement intense m'envahit et mon cœur bondit dans ma poitrine lorsque je reconnais les cinq femmes avec lesquelles j'ai été retenue prisonnière. Elles sont pâles et effrayées, mais au moins elles sont vivantes. Six autres femmes, que je ne connais pas, partagent leur triste sort. Je ne connais pas non plus les jeunes hommes musclés qui se trouvent auprès d'elles. Impatiemment, mon regard court sur eux. Je cherche Lucius en priant intérieurement pour qu'il soit là.

Au milieu de la première rangée, Devyn choisit le siège le mieux exposé. Selon ses consignes, je me laisse glisser sur le sol à ses pieds. Dieu sait qu'il m'en coûte, cependant je m'exhorte à la patience : mon heure viendra.

— Brave fille…

Ce salaud me flatte le crâne comme si j'étais une chienne ! On peut dire qu'il s'amuse bien, mais il ne perd rien pour attendre.

Le cœur serré par l'angoisse de ne pas y apercevoir celui que je cherche, je reprends mon examen des esclaves mâles proposés à la vente. Celui qui se trouve tout au bout de l'estrade est partiellement caché à mon regard par deux hommes occupés à l'inspecter de la tête aux pieds, ainsi qu'ils le feraient d'un cheval. Je retiens mon souffle. Je le retiens même tellement que ma poitrine est sur le point d'exploser… Quand ces deux-là vont-ils se décider à lever le camp ?

Enfin, les deux acheteurs potentiels descendent la volée de marches menant à la salle. Mes poumons se remplissent d'un coup et mon cœur explose. Lucius est là, vivant, sous mes yeux ! Je me retiens de justesse de sauter sur mes pieds et de me ruer sur l'estrade pour le rejoindre. Mon soulagement est tel que j'en pleurerais de bonheur.

À la joie succède l'inquiétude lorsque je le regarde mieux. Il est blême, ses traits sont tirés. On lui a retiré sa fausse cicatrice, de même que ses lentilles de contact. L'espèce de peignoir qu'il porte lui couvre l'épaule et la poitrine, aussi ne puis-je voir sa blessure. Je ne remarque cependant aucune trace de sang, ce qui semble signifier qu'il a été correctement soigné.

— Je t'avais dit qu'il serait là, me lance Devyn à mi-voix.

Une grosse femme s'approche de Lucius et le cache à ma vue. Écartant brusquement les deux pans du peignoir, elle examine d'un coup d'œil appréciateur sa nudité. Sans réagir, Lucius se laisse faire, ce qui ne lui ressemble guère. Mon inquiétude grimpe d'un cran. Qu'est-ce qui lui arrive, ou plus exactement que lui ont-ils fait ?

Je reporte mon attention sur Devyn et lui demande :

— Vous voyez cette femme, au bout de l'estrade ?

Sans me regarder, il acquiesce d'un hochement de tête.

— Faites la dégager, s'il vous plaît !

L'instant d'après, la femme trop curieuse pousse un petit cri et tombe de l'estrade, comme si elle venait de perdre soudain l'équilibre. Cherchant à attirer l'attention de Lucius, je bondis sur mes pieds. Durant un long moment, il se contente de balayer la salle d'un œil morne. Enfin nos regards se croisent, et je vois défiler en un instant sur son visage toutes les émotions qui se bousculent en moi : incrédulité, soulagement, espoir, joie, colère...

Il ne lui en faut pas davantage pour sortir de sa léthargie. D'un coup sec, il tire violemment sur ses liens, faisant trembler toute la structure de l'estrade.

N'y tenant plus, je me penche vers Devyn et murmure :

— Conduisez-moi jusqu'à lui. *Je vous en supplie...*

— Mais naturellement, répond-il en se levant sans me regarder. En échange de cette faveur, esclave, tu me suivras à genoux !

Je me laisse tomber à genoux et le suis sans rechigner. Les aspérités du sol bétonné m'écorchent la peau, mais pour rejoindre Lucius je ramperais s'il le fallait.

Lorsque enfin nous arrivons devant lui, Devyn l'examine attentivement et lui sourit.

— Nous allons t'acheter, dit-il. Tu nous appartiendras.

Lucius n'a d'yeux que pour moi.

— Est-elle...

— Elle va bien, l'interrompt sèchement le Targon.

Je hoche la tête pour abonder dans son sens.

— Elle a misé gros pour obtenir ta libération. J'espère que tu apprécieras son sacrifice à sa juste valeur.

Lucius fronce les sourcils d'un air intrigué, mais Devyn n'en dit pas plus. Il se détourne, descend dignement les marches, rejoint sa chaise, et je suis forcée de le suivre.

De nouveau assise à ses pieds, je ne peux que communiquer par le regard avec Lucius. Devyn, qui nous voit faire, n'apprécie pas.

— Eden ! lance-t-il sèchement. Masse-moi les mollets.

Je m'exécute avec tant de vigueur qu'un gémissement de douleur lui échappe, qu'il tente de dissimuler sous une quinte de toux. Entre mes dents serrées, je lui réponds :

— Ce n'est pas un jeu !

Lucius dévisage Devyn d'un air soupçonneux, puis ses yeux se reportent sur moi. Une lueur de compréhension passe dans son regard. Furieux, il se met à ruer de plus belle, tirant si fort sur ses liens qu'un filet de sang commence à dévaler le long de ses avant-bras.

D'une voix suppliante, je demande à Devyn :

— Plongez-le dans l'inconscience comme vous l'avez déjà fait ! S'il vous plaît... S'il continue ainsi, les gardes vont s'en prendre à lui.

D'un bref hochement de tête, Devyn me donne son accord. Son regard se porte sur Lucius, dont tous les muscles se détendent en quelques secondes. Sa tête oscille un instant avant de retomber tout à fait sur sa poitrine.

— Merci ! dis-je à Devyn dans un murmure. Merci pour lui...

— Tu vois ? Je ne suis pas aussi mauvais que tu l'imagines.

— Est-ce que je vous dois un autre baiser pour cela ?

Ma question semble le scandaliser.

— Qu'est-ce que tu crois ? Il m'arrive d'être capable de gestes généreux et totalement désintéressés.

À cet instant, les murmures se taisent et la foule s'écarte. Un nom se met à courir sur toutes les lèvres. *EenLi !*

Je tourne la tête juste à temps pour voir le Meca faire son entrée dans l'entrepôt.

28

Chacun regagne son siège en hâte pendant qu'EenLi grimpe les marches quatre à quatre et va se poster au centre de l'estrade. Les bras levés, il salue la foule comme une rock star sûre de l'accueil triomphal d'un public conquis d'avance. Comme d'habitude, il est déguisé en cow-boy. Et comme d'habitude, souriant et sûr de lui, il a l'air parfaitement ridicule.

La haine qu'il m'inspire atteint des sommets. Je pourrais lui lancer mon poignard à la gorge tout de suite, mais je ne veux prendre aucun risque, cette fois. Je veux le tuer de mes mains, proprement et sûrement, sans lui laisser la moindre chance d'échapper à la mort.

Pendant que l'assistance fait un triomphe à ce clown, je me hisse à la hauteur de Devyn et lui demande tout bas :

— Pouvez-vous plonger tous ces gens dans le sommeil en même temps ?

S'il en est capable, je n'aurai à me soucier ni des gardes d'EenLi ni de ses clients et pourrai aller le poignarder en plein cœur. Si toutefois il en a un...

Devyn réfléchit un instant avant de me répondre :

— Non, pas tous ensemble. Mais un à la fois, cela me serait possible.

— Alors faites-le ! conclus-je dans un souffle. Tout de suite ! Je vous en prie...

— Certainement pas.

— Pourquoi ?

— Parce que ce serait trop rapide et pas drôle du tout. Dans cette histoire, j'ai perdu beaucoup de temps, pas mal d'argent, et deux excellents guerriers. Le moins que je puisse espérer, en venant ici, c'est que le spectacle en vaille la peine et que je m'amuse autant que possible...

Inutile d'insister : rien ne pourra le faire changer d'avis. Pourquoi faut-il que j'aie pour allié un être aussi fantasque et aussi futile ?

— Bienvenue à tous ! s'écrie joyeusement EenLi quand le silence se fait enfin dans la salle. L'A.I.R. pensait mettre un terme à nos activités, mais il lui faudra repasser !

Le public applaudit et rit. Après avoir savouré quelques instants sa popularité, EenLi réclame le silence et reprend :

— Je suis très honoré de votre présence ce soir, et plus particulièrement de celle du roi de Morevv et du roi de Targon.

Ses yeux blancs se posent sur Devyn et il ajoute :

— Je constate, Devyn, que vous êtes venu avec votre nouvelle esclave... Je ne m'attendais pas à ce que vous la dressiez si vite.

Le Targon hoche la tête avec majesté, tout en passant ses doigts dans mes cheveux.

— Qui vous dit qu'elle est dressée ? répond-il avec un clin d'œil.

Pendant que l'assistance s'esclaffe de plus belle, je jette à EenLi un regard chargé de haine et de dégoût. À en juger par la couleur de sa peau, qui passe du rose au violet, il a l'air de beaucoup s'amuser.

— Ladies and gentlemen ! s'exclame-t-il en s'adressant de nouveau au public. Je suis heureux de vous annoncer que je vous propose ce soir un lot exceptionnel. Vous allez pouvoir faire votre choix dans une large variété d'esclaves. Est-ce que tout le monde est prêt ?

Délire dans la salle.

— Alors c'est parti ! conclut EenLi.

Il fait un pas de côté tandis que l'un de ses gardes targons amène sur le devant de la scène une jeune fille d'à peine quinze ans, frêle et jolie. Elle tremble comme une feuille et des flots de larmes inondent ses joues. Elle se mord la lèvre pour retenir un sanglot quand le Meca sépare les pans de son vêtement, révélant ses maigres formes de femme à peine nubile.

— Une véritable vierge… commente-t-il d'une voix gourmande. Un régal pour tout mâle digne de ce nom !

Ainsi commence la vente aux enchères.

L'un après l'autre, hommes et femmes sont adjugés au plus offrant. J'aimerais que Devyn les achète tous, mais il ne consent à enchérir que sur la jeune vierge et sur mes cinq compagnes de captivité. Enfin arrive le tour de Lucius, toujours plongé dans l'inconscience.

— Regardez-moi cette belle pièce ! s'exclame EenLi. Il sera le travailleur infatigable dont vous avez besoin, à la maison ou dans les champs, sur un champ de bataille ou dans un lit !

Voyant que Devyn laisse passer la première enchère sans réagir, je m'impatiente.

— Qu'est-ce que vous attendez ?

— Il me semble en avoir assez fait pour tes beaux yeux, répond-il avec indifférence. À présent, il suffit.

Les enchères grimpent. Pas le temps de réfléchir. Je réagis à l'instinct.

— Je vous donnerai deux nuits au lieu d'une !

Les yeux du Targon scintillent. D'une voix forte, il place sa première enchère. Bientôt, il n'a plus pour concurrente qu'une Arcadienne. Il règle le problème en la plongeant dans le sommeil.

Ainsi se termine la vente. Pour une somme rondelette, Devyn vient d'acheter l'homme que j'aime.

— Merci à tous d'être venus ! s'exclame EenLi du haut de l'estrade. Si vous n'avez pas trouvé votre bonheur ce soir, il vous est toujours possible de me contacter directement.

Déjà, les gens autour de nous se lèvent.

— Si vous les plongez tous dans le sommeil, dis-je en hâte à Devyn, vous aurez droit à trois nuits !

Il n'est plus temps d'hésiter. Je suis prête à tout pour qu'aucun de ceux qui viennent d'être vendus ne quitte cette salle avant que j'en aie terminé avec EenLi.

— Peut-être serai-je fatigué de toi au bout de deux nuits, répond-il en feignant d'étouffer un bâillement sous sa main. Il fait ici une chaleur étouffante ! Pouvons-nous rassembler nos esclaves et partir ?

— Vous m'avez promis de me conduire jusqu'à EenLi !

— Et c'est ce que j'ai fait. Tu viens de le voir, non ?

Où veut-il en venir ? Plus désespérée que furieuse, je décide de jouer franc jeu.

— Au lieu de jouer au chat et à la souris, dites-moi ce que vous attendez de moi.

Pour la première fois depuis le début de cet échange, nos regards se croisent et s'accrochent.

— J'attends de toi la même dévotion que celle que tu voues à cet humain ! dit-il avec une soudaine intensité. Je veux que tu me promettes d'accueillir nos ébats avec la même faveur et le même enthousiasme que si j'étais lui !

— Accordé !

La promesse est aussi vite proférée qu'impossible à tenir, et nous le savons tous deux.

Le visage indéchiffrable, Devyn soutient mon regard un long moment avant de laisser son regard dériver jusqu'à la porte où nul ne se presse.

— Personne ne semble avoir hâte de s'en aller, constate-t-il. On dirait qu'ils ont tous décidé de traîner un peu.

— Et alors ? Qu'attendez-vous pour les endormir avant qu'ils aient *décidé* de changer d'avis ?

— D'abord, je tiens à remercier notre hôte pour nous avoir fait passer une si merveilleuse soirée.

Devyn se lève. Il passe devant moi et je le suis à genoux, tel le brave petit toutou que je suis censée être pour lui. Oui, c'est une bonne idée... Allons remercier EenLi comme il le mérite ! À la perspective de me retrouver face à mon meilleur ennemi, je me sens comme une junkie sur le point de s'injecter la dose que son dealer lui fait miroiter depuis des lustres.

En gravissant les marches, je ne peux m'empêcher de jeter un nouveau coup d'œil à Lucius. Dieu merci, il est toujours endormi. Au centre de l'estrade, EenLi est en grande conversation avec un autre Meca. Quand il voit Devyn s'approcher, il congédie son congénère d'un geste de la main et s'exclame, tout sourire :

— Vous m'avez fait gagner beaucoup d'argent, ce soir !

— Difficile de résister à la tentation...

Pendant que ces messieurs papotent, je glisse la main dans mon dos pour récupérer la dague dissimulée dans la ceinture de ce qui fut mon pantalon. Je constate avec horreur qu'elle ne s'y trouve plus. Devyn a dû se débrouiller pour me la subtiliser sans que je m'en rende compte.

Le salaud ! Il était au courant de mon intention de tuer EenLi. Pourquoi a-t-il fait en sorte de m'en empêcher ? Serait-il en train de me trahir ? J'écarte cette hypothèse sans hésiter. Le Targon ne fait pas mystère du désir que je lui inspire et de son envie de me trouver consentante quand je lui céderai. Il ne prendrait pas le risque de m'indisposer. Il doit y avoir autre chose, mais quoi ?

— Eden ! lance-t-il d'une voix nonchalante. Sois une brave fille et viens poser la tête contre ma jambe.

Je lui obéis sans hésiter, et il mêle aussitôt ses doigts à ma chevelure.

— Comment avez-vous fait pour la rendre si docile en si peu de temps ? s'étonne EenLi en laissant son regard blanc s'attarder sur mes cheveux, mes seins, mes cuisses. C'est un beau petit lot, n'est-ce pas ? J'aurais peut-être dû la garder pour moi. Je ne m'attendais pas à ce qu'il soit si facile de la dresser.

— J'ai des techniques de dressage très... persuasives !

Tout à leur virile complicité, les deux hommes rient de bon cœur.

— Merci pour vos guerriers, reprend EenLi. Ils m'ont déjà été fort utiles.

— Tant mieux.

Devyn marque une pause. Son visage affiche le plus grand sérieux lorsqu'il ajoute :

— J'aurais besoin de vous parler. En privé.

Surpris, EenLi le dévisage un moment.

— Hélas ! s'excuse-t-il, je crains fort que ce ne soit pas possible tout de suite.

— Alors faites en sorte que ce soit possible !

Le ton glacial sur lequel le Targon s'est adressé à lui laisse EenLi pantois. Sa peau vire au rouge, signe de son malaise. Il plisse ses yeux blancs et dévisage un instant son vis-à-vis avant de conclure :

— Très bien. Voulez-vous que nous allions dans mon bureau ?

— Ce ne sera pas nécessaire.

Un par un, les assistants commencent à glisser sur le sol, endormis. Bientôt, il s'élève même des ronflements çà et là. D'un bond, je me dresse, incapable de supporter la comédie de la soumission plus longtemps. Couteau ou pas, je dois en finir avec EenLi. Et vite !

— Qu'est-ce qui se passe ? s'inquiète celui-ci, incrédule, en reculant d'un pas.

Du rouge, sa peau est passée à un jaune bilieux.

— Il me semble, répond le Targon en s'écartant de nous, que mon esclave a un compte à régler avec vous.

J'avance d'un pas en direction du Meca et lance d'un air menaçant :

— Prépare-toi ! Je vais débarrasser cette planète de ta néfaste présence, comme je l'ai déjà débarrassée de celle de Mris-ste, ton associé.

De nouveau, EenLi change de couleur. Cette fois, sa peau arbore un rouge vineux.

— Ainsi, c'était toi ! s'exclame-t-il. Je m'imaginais bien que Michael devait être dans le coup, mais je n'aurais jamais soupçonné sa fille adorée.

Il recule d'un nouveau pas et plonge la main dans une de ses poches.

— Mon couteau, vite ! dis-je à Devyn sans quitter d'un œil le Meca.

Les bras croisés, le Targon observe notre confrontation à distance, avec un sourire réjoui.

— Pas question, répond-il tranquillement. Je t'ai fait une faveur en te désarmant.

Voyant EenLi tirer de sa poche une pyro-arme de petit calibre, il le désarme lui aussi en usant de ses pouvoirs pour l'envoyer valser à l'autre bout de la pièce.

— Vois-tu, reprend-il à mon intention, j'avais autrefois un ennemi à qui je vouais la même haine que celle que tu portes à EenLi. Si tu le tuais trop rapidement, je sais que tu le regretterais ensuite. À toi de jouer, maintenant. Bats-toi contre lui. De toutes tes forces. De toute ta hargne. Fais-lui regretter d'être né !

— Targon ! intervient EenLi en lui adressant un regard suppliant. Aide-moi et je...

— Ne me mêle pas à ça ! l'interrompt Devyn. C'est une affaire à régler entre toi et la Raka.

Tout sourire, il descend de l'estrade, va s'asseoir au premier rang et conclut :

— Amusez-vous bien. Moi, je sens que je ne vais pas m'ennuyer. Dommage qu'il n'y ait pas un peu de popcorn. J'adore le pop-corn de ces Terriens...

Sans attendre, je bondis sur EenLi. Il parvient à esquiver en faisant un pas de côté, mais je réussis à l'atteindre à l'épaule. Avec un grognement de douleur, il trébuche et lutte pour garder son équilibre.

Comme deux fauves s'observant avant l'assaut, nous commençons à tourner l'un autour de l'autre. Je remarque qu'il ne cesse de lorgner vers la sortie avec la manifeste intention de s'enfuir. Puis, comprenant sans doute que je ne le laisserai pas partir sans me lancer à sa poursuite, il opte pour une autre tactique.

— Sais-tu que je suis au courant de bien des choses te concernant, Eden ?

Il y a dans le ton de sa voix une méchanceté viscérale, un désir de faire le mal, qui me font frissonner.

— En fait, reprend-il, j'en sais bien plus sur toi que tu ne l'imagines.

Je me garde de lui répondre, bien que ses paroles m'intriguent. Où diable veut-il en venir ?

— J'ai pris beaucoup de plaisir à faire de toi une esclave, se réjouit-il. Toi, la combattante de choc. Toi, que le grand Michael Black considère comme la prunelle de ses yeux…

Nous décrivons sur le plancher de l'estrade des cercles de plus en plus resserrés. Insensiblement, je me rapproche de lui, comme le tigre encerclant sa proie.

— J'éprouvais une grande joie à l'idée que le Targon puisse faire de toi sa chose ! continue-t-il de plus belle. Et une joie plus grande encore à l'idée que Michael resterait jusqu'à sa mort sans nouvelles de toi, à se ronger les sangs en se demandant ce que tu étais devenue.

C'est le moment de frapper. D'un rapide balayage, je fauche ses chevilles. Il s'affale lourdement mais se redresse aussitôt. Sa peau est d'un rouge carmin marbré de bleu.

— Dis-moi… reprend-il d'une voix insidieuse. Pourquoi tiens-tu tellement à me tuer ?

— Pour le plaisir !

— Tu devrais plutôt t'en prendre à celui qui a tué tes parents ! s'écrie-t-il avec une joie mauvaise. Pour quelle raison crois-tu que Michael t'a adoptée ? Je vais te dire la vérité ! Il avait pour mission de tuer ton père. Quand ta mère s'est interposée, il a dû la tuer elle aussi.

La fureur me fait oublier toute prudence et toute mesure. Je bondis et lui décoche un coup de pied en plein nez. Celui-ci casse avec un craquement sec, répandant des flots d'un sang noir sur le plancher.

EenLi titube longuement. Il lutte autant pour reprendre son équilibre que son souffle. Sa peau vire au pourpre.

— Je travaillais avec ton père… lâche-t-il enfin d'une voix nasillarde. Il te l'a dit ?

Je sais ce qu'il cherche à faire : offrir une vérité pour rendre son mensonge crédible. Je le lui fais savoir sans détour.

— Je ne croirai jamais ce que raconte une ordure dans ton genre. Alors ne gaspille pas ton souffle, tu vas en avoir besoin.

À présent, fini de jouer ! Je bondis en avant, pressée d'en terminer avec lui. Une fois encore, il esquive et parvient à ramasser un flingue sur le corps de l'un de ses gardes endormis. Il n'est cependant pas assez rapide pour s'en servir, et j'expédie la pyro-arme à l'autre bout de la scène d'un bon coup de pied.

Je lui donne un coup de poing dans la poitrine. Il se lance en avant et m'atteint à la mâchoire, faisant valser ma tête sur le côté. Puis il me tombe dessus avant que j'aie pu réagir et tente de m'étrangler, mais en commettant l'erreur de ne pas m'immobiliser les jambes. Pliée en deux, j'enroule mes chevilles autour de son cou et l'envoie valdinguer en arrière.

Je profite du moment de flottement qui s'ensuit pour me relever. Avant qu'il n'ait pu faire de même, je fonce sur lui tête la première. Mon crâne lui percute violemment l'estomac. Le souffle coupé, cassé en deux de douleur, il ne peut esquiver la série d'uppercuts que je lui assène ensuite. Encore et encore, je frappe à la tête, comme une machine à cogner, indifférente au sang noir qui gicle de tous côtés.

Sonné, EenLi n'est plus en mesure de résister. Quand il finit par tomber à la renverse, je l'accompagne dans sa chute sans cesser de cogner. Depuis le bord de la scène, j'entends alors Devyn m'appeler.

— Eden ! Je commence à m'ennuyer... Finis-en.

J'attrape au vol mon poignard, qu'il vient de me lancer habilement. Affolé, EenLi grommelle quelque chose qui doit être un appel à la clémence et tente de s'enfuir. Je ne lui en laisse pas le temps. Soulevant son menton d'une main, je lui tranche la gorge de l'autre, ainsi que j'en rêve depuis le début.

Quand sa tête retombe sur les planches avec un bruit sourd, je me redresse en proie à une vague déception. Sa mort ne m'a pas suffi. Devyn avait raison ; j'aurais voulu qu'il souffre plus longtemps. J'aurais voulu qu'il souffre pour l'éternité !

— Bien joué… commente le Targon depuis le bord de la scène.

Tout en essuyant mes mains couvertes du sang du Meca sur les restes de mon pantalon, je le rejoins et lui ordonne :

— Donnez-moi votre téléphone.

Il me le tend sans commentaire. Rapidement, je compose le numéro de Michael. Lorsque mon père décroche, je lui explique en quelques mots où je me trouve.

— Je sais parfaitement où tu es, marmonne-t-il. Je n'ai eu qu'à te suivre à la trace grâce aux isotopes, et je ne suis pas loin. Tu remarqueras que je t'ai fait suffisamment confiance pour ne pas intervenir avec mes hommes.

— Envoie une ambulance. Et vite !

Michael marque une pause puis s'inquiète :

— Tu es blessée ? Qu'est-ce que…

— Je vais bien. C'est Lucius qui est blessé.

Sur ce, je lui raccroche au nez. Je n'avais jamais fait une chose pareille mais, pour l'heure, je ne vois pas ce que je pourrais dire d'autre à mon père.

Je rends son téléphone à Devyn et me précipite auprès de Lucius. Il est toujours inconscient et retenu par ses liens au rail métallique qui surplombe la scène. Jamais il ne m'est apparu aussi pâle et fragile. Les doigts tremblants, j'écarte les pans de son peignoir et soupire de soulagement en sentant sous ma paume le battement fort et régulier de son cœur.

Lucius est en vie, EenLi est mort, les esclaves sont sauvés. Nous avons gagné. Dans ce cas, pourquoi faut-il que je me sente aussi seule, aussi perdue ?

Une larme solitaire dévale le long de ma joue.

29

Avant de trancher les liens de Lucius, je vérifie l'état dans lequel il se trouve. Son épaule gauche est entourée d'un épais bandage blanc, sa poitrine porte quelques bleus, ses poignets entravés ont souffert d'avoir eu à soutenir le poids de son corps, mais ses blessures semblent se limiter à cela.

Après avoir passé un bras autour de sa taille, je coupe les cordes qui le retiennent. Dès qu'elles cèdent, je ploie sous le poids de son corps et fais de mon mieux pour le laisser glisser en douceur sur le sol.

Dieu, ce qu'il m'a manqué ! Le cœur serré, je suis du bout du doigt le tracé hérissé d'un chaume de barbe de sa mâchoire. Cet homme a cru en moi plus que mon père ne l'a jamais fait. Il m'a certes menti sur les raisons pour lesquelles il est devenu mon partenaire, mais au moins il m'a fait confiance au point de me laisser prendre tous les risques pour mener à bien cette mission.

Sans même que j'aie besoin de le lui demander, Devyn s'active à libérer de leurs liens le reste des esclaves. Quand il en vient à prendre dans ses bras une blonde avantageuse, il se tourne vers moi et demande :

— Dis-moi... J'ai bien acheté celle-ci, n'est-ce pas ?

Je ne peux retenir un rire nerveux.

— Peut-être, mais vous n'allez pas pouvoir la garder.

— Pourquoi ? s'étonne-t-il. Toi, tu vas bien garder celui-là...

— Certes. Mais c'est parce qu'il le veut bien.

Il reporte son attention sur la blonde, qu'il dépose avec précaution sur le sol avant de me rejoindre.

— Celle-ci pourrait bien être volontaire aussi, proteste-t-il. Il suffirait que je passe cinq minutes seul avec elle.

— Si vous voulez, dis-je en secouant la tête. Demandez-lui si elle accepte de passer cinq minutes avec vous. Mais vous n'avez pas le droit de l'y forcer.

À cet instant, Michael entre dans l'entrepôt à la tête d'une dizaine de ses hommes, l'arme au poing. Lorsqu'ils réalisent que tout le monde est endormi, ils baissent leurs flingues mais restent en alerte.

Je crie pour attirer leur attention.

— Par ici !

Deux agents me rejoignent sur l'estrade, prenant leur patron de vitesse.

— Emmenez cet homme chez un médecin, leur dis-je. Et conduisez-le ensuite à mon appartement.

Je leur donne l'adresse. Ils acquiescent d'un hochement de tête et se penchent pour prendre Lucius dans leurs bras. Ils s'y prennent si bien qu'ils le font gémir de douleur dans son sommeil. Je proteste sèchement :

— Faites gaffe ! Il est blessé.

— Emmenez-le chez moi, intervient Michael. Une équipe médicale s'occupera de lui.

Je m'empresse de corriger :

— Emmenez-le chez un médecin et ensuite chez moi ! Sinon, je vous fais faire connaissance avec ma lame.

Mal à l'aise et sachant que je ne suis pas du genre à plaisanter, ils se tournent vers Michael pour attendre ses ordres. Avec un bref hochement de tête, il leur ordonne :

— Faites ce qu'elle dit.

Pendant que l'on évacue Lucius, je me tourne vers mon père. Nos regards s'accrochent et ne se quittent plus. Nous avons des choses à nous dire et le savons tous les deux. Toutefois, avant d'en arriver à des sujets personnels, il nous reste à boucler cette mission.

En quelques mots, je m'efforce de lui faire un rapport aussi détaillé que possible.

— Tous ceux qui se trouvent sur cette estrade ont été kidnappés par EenLi et ses hommes, qui s'apprêtaient à les vendre.

— Et EenLi ? me demande-t-il.

— Mort, dis-je en haussant les épaules. Je l'ai tué.

À cette nouvelle, Michael se détend et passe une main sur son visage.

— C'est donc fini.

— Oui, c'est fini.

Il tend le bras et pose la main sur mon épaule.

— Je suis fier de toi, Eden. Je crois… je crois que je ne te le dis pas assez.

J'ai du mal à contenir mon amertume.

— Tu es fier de moi, mais crois-tu finalement en moi ?

— J'ai toujours cru en toi.

D'un brusque mouvement d'épaule, je me débarrasse de sa main.

— C'est pour ça que tu paies des hommes pour me surveiller ? Parce que tu crois en moi ?

— Non, proteste-t-il avec véhémence. J'avais peur pour toi, c'est différent ! Rentrons à la maison. Tu pourras me faire ton rapport demain. Nous déjeunerons ensemble, et nous pourrons parler de ta prochaine mission. J'ai déjà…

— Je te l'ai déjà dit : je ne travaille plus pour toi.

— Mais bon sang ! s'énerve-t-il. Nous savons tous les deux que tu as dit ça sous le coup de l'énervement.

En l'absence de réaction de ma part, il pousse un soupir exaspéré et conclut sèchement :

— Très bien ! Si tu ne veux plus travailler pour moi, tu n'y es pas obligée. Claudia Chow s'est beaucoup inquiétée à ton sujet. Elle n'a cessé de m'appeler. Tu peux toujours aller reprendre ton travail chez elle.

Je n'ai pas plus envie de travailler pour Claudia que pour lui. En fait, je n'ai aucune idée de ce dont j'ai envie. Mais je sais ce qu'il me reste à faire dans l'immédiat.

— Avant de mourir, dis-je en scrutant intensément son visage, EenLi a dit quelque chose à propos de mes parents. Toi et moi n'en avons jamais parlé, mais j'ai besoin de savoir si tu as découvert qui les a tués.

Michael ne me répond pas et soutient mon regard avec difficulté. Au fur et à mesure que s'égrènent les secondes, une intense culpabilité transparaît sur ses traits.

— Eden... commence-t-il d'une voix pleine de remords. Je suis désolé. Tellement désolé ! Cela fait si longtemps que je me promets de demander ton pardon, mais... je n'en ai jamais eu la force. C'était trop pour moi.

C'est à cet instant que je réalise que tout est vrai. EenLi n'a pas menti ! Avant de me recueillir et de m'adopter, c'est Michael qui a fait de moi une orpheline.

Une douleur intense fuse dans ma poitrine, m'arrachant un gémissement sourd. Durant toutes ces années, il n'a même pas eu le courage d'assumer son acte en me disant la vérité. Et ce qui est pire, il ne m'a pas crue capable de l'aimer malgré tout, de lui pardonner !

Cette prise de conscience me libère d'un coup de la sourde culpabilité qui me ronge depuis que je suis toute petite. Dire que je me suis abstenue durant tout ce temps d'évoquer devant lui mes parents, pour le ménager, pour lui éviter de lui rappeler qu'il n'est pas mon père biologique !

La gifle part d'elle-même. Un puissant aller et retour qui envoie sa tête valser sur le côté. Lentement, il la redresse pour me faire face, frottant d'une main distraite le sang sur sa lèvre éclatée.

— Je l'ai mérité, assure-t-il calmement.

Pendant un long moment, je me contente de le dévisager en silence. Est-ce bien là le visage que j'ai adoré sans la moindre restriction depuis mon enfance ?

— Raconte-moi, dis-je enfin d'une voix éteinte. Dis-moi pourquoi tu as fait ça.

— Ce n'était qu'un job, se justifie-t-il. Rien qu'un job. Tes parents t'aimaient sans doute, te protégeaient, te traitaient comme leur plus précieux trésor, mais ils n'en étaient pas moins des trafiquants de drogue. Une dope d'origine extraterrestre, mortelle pour les humains. J'ai fait ce que j'avais à faire, ce pour quoi j'étais payé. Toi-même, combien de parents as-tu déjà tués, Eden ?

Le coup est bas, et il est rude. J'ai bien du mal à l'encaisser. Mal à l'aise, je détourne les yeux et sens le monde vaciller sur ses bases. Je ne sais que répondre à sa question. *Combien de parents as-tu déjà tués, Eden ?* Son écho ironique se répercute sans fin sous mon crâne. À la vérité, je serais bien en peine de le dire. La réponse la plus proche de la vérité est sans doute *beaucoup*. Je ne sais combien de parents, de fils, de filles, de frères, de sœurs, d'oncles, de tantes j'ai tués au fil des années. L'idée ne me serait même jamais venue de considérer les choses sous cet angle. Simplement, je me contente de faire mon boulot... exactement comme Michael l'a fait.

— Eden, je...

Incapable de finir sa phrase, il tend la main vers moi. D'un geste réflexe, j'écarte violemment son poignet.

— Laisse-moi tranquille ! Je... je ne veux pas te voir ni te parler. Je parviendrai sans doute à te pardonner. Peut-être même à comprendre. Mais pour le moment, je préfère ne pas avoir à te rencontrer.

Je me détourne de lui et vais donner un coup de main à ses agents qui font le tri entre les hommes d'EenLi, les esclaves qu'il comptait vendre, et les clients venus les acheter. Les sbires du Meca seront gardés en vie un jour ou deux et interrogés, le temps de s'assurer que le réseau est bien démantelé et qu'aucun humain ne reste emprisonné. Ils seront ensuite éliminés. Je n'ai pas la moindre idée de ce qu'il va advenir des acheteurs et, pour tout dire, je m'en fous.

Michael se joint à nous mais se tient à distance de moi, silencieux et triste. Il m'aime vraiment comme sa fille. Je le sais, et cela me tourmente d'autant plus.

Devyn participe lui aussi aux opérations. Furieux de toute évidence que je préfère l'aide du Targon à la sienne, Michael fait de son mieux pour l'ignorer. Dieu que je suis lasse de tout ça ! J'ai besoin de Lucius. De sa force. De ses bras réconfortants.

Lorsque nous en avons terminé et que l'entrepôt s'est vidé de ses occupants, je prends Devyn à part pour lui demander :

— Accepteriez-vous de me reconduire chez moi ?

Il me sourit, enroule un bras autour de ma taille et me serre fraternellement contre lui.

— Naturellement.

Je sors du bâtiment sans un regard en arrière, ce qui ne m'empêche en rien de sentir celui de Michael peser sur mon dos.

L'aube sera bientôt là. L'air est relativement frais. Une impression d'accablement et de désespoir semble peser sur ce quartier délabré, mais peut-être ce triste tableau n'est-il que le reflet de mon cœur.

J'ai depuis longtemps dépassé mes limites, et le coup de grâce vient de m'être donné par Michael. Ma tête est trop légère sur mes épaules, mes jambes trop lourdes ont du mal à décoller du sol. Je dois m'appliquer à avancer, un pas après l'autre, jusqu'à la Jaguar de Devyn.

Tandis qu'il s'installe côté conducteur, je me laisse tomber comme une masse sur le siège passager.

— Ne t'inquiète pas pour ces nuits que tu me dois, dit-il en programmant l'ordinateur de bord. Je reviendrai quand tu te seras reposée.

Je m'adosse au siège et ferme les yeux.

— Je vous donnerai les nuits que je vous dois, Devyn. Vous les avez amplement méritées. Mais vous savez quoi ? Je suis persuadée que vous ne viendrez pas me les réclamer. Parce que vous êtes un homme d'honneur et que vous savez que j'en aime un autre.

Un long silence s'ensuit. Un très, très long silence.

— Je me suis fait avoir... marmonne-t-il enfin. Tant pis.

Je suis trop fatiguée pour lui répondre. Sur le point de sombrer, je dois puiser dans mes ultimes réserves d'énergie pour rester éveillée. Je ne veux m'abandonner au sommeil que chez moi, entre les bras de Lucius.

Après ce qui me semble avoir duré une éternité, nous arrivons à destination. Dès que la Jaguar s'arrête au bord du trottoir, je descends et claque la portière un peu trop fort. J'inspire profondément, avec délices. L'air est plus frais qu'il ne l'a été depuis des semaines ; il embaume d'odeurs végétales.

Avec un chuintement discret, la vitre de la portière s'abaisse. Je vois Devyn se pencher et s'apprêter à parler. J'ignore ce qu'il veut me dire, mais je fais demi-tour et le rejoins dans l'habitacle. Je dois beaucoup au Targon. Je lui dois même énormément, et je ressens comme une injustice de ne rien lui offrir en retour.

Sans un mot, je me penche lentement et pose mes lèvres sur les siennes. Doucement tout d'abord, puis plus fermement quand je le sens se prêter au baiser. Et quand ses lèvres se séparent, ma langue s'aventure dans sa bouche.

Il ne s'écoule que quelques secondes avant que je me retire. Je souris en voyant Devyn passer la langue sur ses lèvres avec gourmandise.

— Merci pour tout, dis-je.

— J'espère que nous aurons l'occasion de nous revoir, répond-il en plongeant dans les miens ses yeux dans lesquels dansent des flammes. J'espère aussi que ton humain est digne de toi.

— Il l'est, dis-je sans hésiter.

S'il y a une chose dont je suis sûre, c'est bien celle-là.

30

Pansé de frais et sous l'empire d'un puissant analgésique, Lucius est profondément endormi dans mon lit. Je vais me doucher et m'attarde longuement sous le spray pour effacer les horreurs de la nuit. Puis, enfin propre, je vais me blottir contre lui. Sa chaleur pénètre en moi comme une onde bienfaisante.

Soudain, une larme roule sur ma joue, suivie d'une autre. Bientôt, incapable de retenir mes pleurs, je me retrouve en train de sangloter. Je pleure jusqu'à ce que mes yeux n'en puissent plus. Sur la famille que j'ai perdue. Sur le père que j'ai cru trouver. Sur toutes ces choses que j'ai dû faire...

Bien que j'aie probablement détruit nombre de familles, j'ai également lutté contre le mal en débarrassant le monde d'êtres malfaisants. À l'heure qu'il est, des gens dorment tranquillement parce que j'ai accepté de me salir les mains en tuant. Je dois me satisfaire de le savoir... et ne pas perdre de vue que Michael n'a pas fait autre chose.

Sur cette pensée douce-amère, je sombre enfin dans le sommeil.

Quand je me réveille, je suis d'abord surprise de ne pas reconnaître le décor dans lequel je me trouve. Je ne réalise qu'au bout de quelques secondes que ces murs couleur café et ce lit à baldaquin sont ceux de ma nouvelle chambre.

Sans bruit, pour ne pas réveiller Lucius qui dort toujours à poings fermés, je me glisse hors du lit et gagne la cuisine. Je me prépare un grand verre d'eau sucrée que je déguste lentement. Alors que je suis en train de m'en préparer un autre, Lucius fait irruption dans la pièce, qu'il passe au crible de ses yeux de glace. Un soulagement intense illumine ses traits quand il m'aperçoit.

— Désormais, tu m'appartiens ! dis-je en levant mon verre à sa santé. Tu as été acheté pour moi et payé en bonne et due forme.

— C'est tout ce que tu trouves à me dire ! proteste-t-il en se précipitant vers moi. Bon sang, Eden ! J'étais sûr de t'avoir perdue. Où étais-tu passée ?

— Je…

D'un geste de la main, il me fait taire et focalise son regard sur mes lèvres.

— Plus tard ! lance-t-il d'une voix rauque. Tu m'as trop manqué.

L'instant d'après, tous les mauvais souvenirs sont effacés. Avec bonheur et enthousiasme, me voilà immergée dans le paradis de ses bras, embrassée et l'embrassant à en perdre haleine.

Nous n'avons pas le temps d'arriver jusqu'à la chambre. Les vêtements volent autour de nous, et c'est sur le carrelage de la cuisine que se passent nos retrouvailles. Je ne parviens pas à me rassasier de ses caresses. Mes mains ne me suffisent pas pour explorer son corps autant que je le voudrais. Nous nous jetons à corps perdu dans une mêlée sensuelle et, lorsque enfin il me pénètre, je crie tant me submerge la force de mon orgasme, bientôt suivi par le sien. Cette fois, nous n'avons plus de précautions à prendre et laissons les murs résonner de nos cris de plaisir.

Repus et pantelants, nus et en sueur, nous restons étendus sur le sol dans les bras l'un de l'autre. En quelques mots, j'explique à Lucius ce qui s'est passé pour moi après la vente aux enchères. Je lui raconte même que Michael a tué mes parents.

Il resserre son étreinte autour de moi.

— Je ne savais pas, dit-il. Je... je ne sais pas quoi dire. Je suis désolé pour toi, baby.

— Pour toi, ce sera *Cookie*...

Le plaisir de le retrouver m'aide à surmonter ma peine. Je lui souris bravement et assure sans avoir besoin de mentir :

— Je surmonterai ça. J'ai besoin d'un peu de temps, c'est tout. Malgré ce qu'il a fait, Michael est un homme bon. Et il m'aime.

— C'est vrai qu'il t'aime beaucoup, approuve Lucius. Sans doute pas autant que moi, mais il t'aime.

Je sursaute et redresse la tête pour le dévisager. Ai-je mal entendu ? Mal compris ? Ces mots que j'attends depuis si longtemps, il les a prononcés avec une telle désinvolture...

— Tu peux répéter ce que tu viens de dire ?

Son regard plonge profondément dans le mien. Il ne fait pas semblant de ne pas comprendre.

— Je viens de dire que je t'aime. Et depuis longtemps déjà...

Mes épaules s'allègent soudain d'un poids énorme. Je me sens plus légère que l'air et m'envolerais s'il ne me tenait pas serrée, si merveilleusement serrée, contre lui. Mes lèvres se retroussent en un sourire mutin.

— Eh bien puisque tu en parles, il se trouve que je t'aime aussi.

Lucius prend mon visage en coupe entre ses mains.

— À présent que nous nous aimons, dit-il, tu vas peut-être pouvoir cesser de faire en sorte de prouver sans arrêt que tu es la meilleure... Je sais à quel point tu es merveilleuse. Il n'y en a pas de meilleure que toi.

Ses paroles me vont droit au cœur et achèvent de me libérer. Lucius m'aime, et j'ai mené à bien ma mission toute seule. J'ai prouvé ce que je vaux, et je peux me montrer un peu magnanime à son égard...

— Tu n'es pas trop mal toi-même, sais-tu ?

Avec un grognement de satisfaction, il roule sur le dos et m'entraîne avec lui.

— Ce Targon… dit-il en me dévisageant d'un œil noir. Que voulait-il dire quand il affirmait que tu as misé gros pour obtenir ma libération ?

Sans détour, je lui avoue la vérité. Du moins, en partie.

— Je l'ai embrassé. Deux fois. Et si c'était à refaire, je le referais. J'aurais fait n'importe quoi pour te sauver.

— Je veux bien passer l'éponge, maugrée-t-il. Moi aussi, j'aurais fait n'importe quoi pour te sauver. Mais arrange-toi pour que ça ne se reproduise plus. Tu es à moi !

Que j'aime entendre ces mots *Tu es à moi* !

— Je ne demande pas mieux que de te croire, dis-je en réprimant un sourire. Pourtant…

— Pourtant quoi ?

— Pourtant je ne connais pas ton véritable nom.

Tout en parlant, je laisse ma main descendre le long de son ventre, jusqu'à son sexe, dont je m'empare et que je serre entre mes doigts.

— Dis-le-moi et je te ferai jouir !

— Phineas Gaylord Hargrove, lâche-t-il d'une voix qui s'étrangle. À toi, maintenant. Que signifie le « F » de ton deuxième prénom ?

Lâchant son membre, je m'exclame d'un air incrédule :

— Attends un peu ! Tu as bien dit Phineas ? *Phineas Gaylord* ? Tu te fiches de moi, n'est-ce pas ? Tout ça pour garder ton secret pour toi.

— C'est la stricte vérité. Alors remets ta main où elle était !

C'est plus fort que moi. Un fou rire me prend, qui ne cesse que lorsque mes côtes me font mal. Pas étonnant qu'il ait fait tant de mystère sur sa réelle identité !

Lucius se redresse sur son séant. Appuyé sur les mains, il pianote des doigts sur le carrelage en attendant mon bon vouloir.

— Je crois que tu as quelque chose à me dire, insiste-t-il. Et aussi quelque chose à faire. Je suis fatigué d'attendre.

— D'accord, d'accord...

Du plat de la main, j'essuie mes dernières larmes de rire et poursuis :

— Quand j'étais gamine, je menais tellement la vie dure à Michael qu'il m'a donné un deuxième prénom de son cru en m'adoptant. Depuis, je m'appelle officiellement Eden Fucking Black.

Lucius, à son tour, éclate d'un rire énorme.

— Sans blague ! s'exclame-t-il. Tu te fous de moi...

— J'aimerais bien, *Phineas*.

Il tente de me foudroyer du regard, et pouffe sans y parvenir. Nous tombons dans les bras l'un de l'autre en nous laissant emporter par un nouveau fou rire. Quand le silence retombe, il nous laisse pensifs et un peu mal à l'aise tous les deux. Tout n'a pas été dit. Il reste entre nous un sujet épineux que je rechigne à aborder. Faute de m'y résoudre, je demande :

— Où est Luke ? Elle va bien ?

— En pleine forme, répond-il. Nous irons la voir tout à l'heure. Mais d'abord, j'ai une confession à te faire. C'est ton père qui me payait pour être ton partenaire. Il...

Soulagée et émue que ce soit lui qui ait eu le courage de mettre le sujet sur le tapis, je le fais taire en posant un doigt sur ses lèvres.

— Je sais, dis-je avec un sourire reconnaissant. Il m'a tout dit.

— Ne sois pas en colère contre moi, ajoute-t-il en hâte. J'ai vite compris que tu n'avais pas besoin d'un chaperon et que tu pouvais parfaitement te débrouiller seule.

— Je ne suis pas en colère.

Je mêle mes doigts aux siens avant de préciser :

— Je te suis reconnaissante.

Un peu incrédule, il me dévisage un long moment d'un air soupçonneux.

— O.K. marmonne-t-il enfin. Dis-moi ce que tu as fait de la véritable Eden Black. Celle qui me collait un couteau sur la gorge pour un oui pour un non.

Pour toute réponse, je lui chatouille les côtes sans merci. Bientôt il se tord sur le sol en implorant grâce. Phineas Gaylord Hargrove est donc chatouilleux ! Voilà qui ajoute encore à son charme…

— Après tout, dit-il lorsqu'il a repris son souffle, peut-être que c'est moi qui t'en veux un peu. J'aurais bien aimé faire un sort à EenLi moi-même.

De but en blanc, je lui réponds :

— Je te laisse le suivant.

Puis je réalise tout à coup qu'il n'y aura pas de suivant et niche ma tête contre son épaule en concluant :

— En fait, j'ai dit à Michael que je démissionnais. Et je ne reviendrai pas là-dessus.

Lucius laisse courir ses doigts le long de mon dos, ce qui me fait frissonner de plaisir.

— On pourrait peut-être monter notre propre agence ? suggère-t-il.

— Peut-être.

Songeur, il garde un long moment le silence avant de reprendre d'une voix sans réplique :

— Mais pas avant que tu m'aies dit la vérité sur ce Targon ! Je n'ai pas aimé sa façon de te regarder et de te peloter pendant la vente aux enchères. Et je n'aime pas plus l'idée qu'il ait posé ses lèvres sur toi. En fait, il pourrait bien devenir notre première cible…

J'éclate de rire et roule sur lui pour reprendre nos ébats où nous les avions laissés. Je suis peut-être une pauvre orpheline au chômage, mais pour l'heure, entre les bras de l'homme que j'aime, jamais la vie ne m'a paru plus belle ni plus pleine de promesses.

*Découvrez les prochaines nouveautés
des différentes collections J'ai lu pour elle*

Le 2 janvier

`Inédit` ***Les fantômes de Maiden Lane - 4 -
L'homme de l'ombre*** ⊗ **Elizabeth Hoyt**
Directeur d'un orphelinat le jour, Winter Makepeace devient,
chaque nuit, le Fantôme de St. Giles. Un soir, blessé, il est
secouru par Isabel Beckinhall, qui lui offre un baiser passionné
sans même connaître son identité. S'engage alors entre eux
une liaison voluptueuse et dangereuse... Car la mort rôde
autour du justicier de Maiden Lane.

`Inédit` ***Beauté fatale*** ⊗ **Sherry Thomas**
La baronne de Seidlitz-Hardenberg est d'une beauté à couper le
souffle. Il a suffi d'un regard pour que le jeune duc de Lexington
tombe sous le charme. À tel point qu'il la demande bientôt en
mariage ! Or elle disparaît sans laisser la moindre trace.
Déterminé à connaître la vérité, le duc se lance à la poursuite de
l'intrigante beauté...

La ronde des saisons - 1 -Secrets d'une nuit d'été
⊗ **Lisa Kleypas**
Dénicher la perle rare dans la haute société est loin d'être facile,
Annabelle Peyton le sait. Et ce n'est pas ce malotru de Simon
Hunt qui aura ses chances auprès d'elle. Lui qui a osé prétendre
qu'elle serait sa maîtresse ! Enrichi dans l'industrie, ce fils de
boucher n'est pas un bon parti. Même s'il embrasse
divinement bien...

Le 16 janvier

Le 16 janvier

CRÉPUSCULE

8504

Composition
IGS

Achevé d'imprimer en Slovaquie
par NOVOPRINT SLK
le 5 novembre 2012

Dépôt légal : novembre 2012
EAN 9782290058251
L21EPSN000969N001
1er dépôt légal dans la collection : octobre 2007

ÉDITIONS J'AI LU
87, quai Panhard-et-Levassor, 75013 Paris

Diffusion France et étranger : Flammarion